HARALD MARTENSTEIN

Wut

HARALD MARTENSTEIN

WUT

Roman

Ullstein

ISBN 978-3-550-20120-2

Gesetzt aus der Minion
bei Pinkuin Satz und Datentechnik, Berlin
Druck und Bindearbeiten: GGP Media GmbH, Pößneck

Gerechtigkeit ist nur in der Hölle, im Himmel ist Gnade,
und auf Erden ist das Kreuz.
Gertrud von le Fort

Prolog

Ich bin in der Wohnung meiner Mutter, morgen kommen Möbelpacker. Sie ist jetzt im Heim und versteht nicht mehr, was um sie herum geschieht. Die letzten Monate waren hart, mehr für sie als für mich. Sie hat gekämpft um ihr selbstständiges Leben, mit allen Mitteln, sie hat getobt, sie hat geschmeichelt, hat mit den besten Anwälten gedroht, sie kannte die Namen, obwohl sie gar nicht mehr telefonieren konnte. Sie vergaß fast alles, nur nicht ihren Freiheitswillen. Sie ist eine große Kämpferin, die man vor der letzten Kraft schützen musste, die sie noch besaß. Jetzt hat sie endlich aufgegeben.

Meinen Vater habe ich geliebt, vor meiner Mutter hatte ich Angst. Wir haben jahrelang nicht miteinander gesprochen. Zeitweise habe ich sie gehasst. Als sie sehr jung Mutter wurde, war ich wohl so etwas Ähnliches wie jetzt die Krankheit, etwas, das sie daran hinderte, frei zu sein. Es gibt Dinge, die ich ihr nicht verzeihen kann, obwohl ich sie verstehe. Erst als sie schwächer wurde, konnte ich das plötzlich. Es ist leichter, zu verzeihen, wenn man der Stärkere ist. Wenn man sich ohnmächtig fühlt, gibt einem der Hass wahrscheinlich die Kraft, die man braucht. Und irgendwann muss man sowieso damit aufhören, den Eltern die Schuld an dem fehlerhaften Menschen zu geben, der man ist.

Sie war klug und stark, aber für Frauen wie sie war die Zeit noch nicht reif. Kurz vor dem Abitur hat sie die Schule geschmissen, weil sie dachte, ein toller Mann, mein charismatischer Vater, der Jagdflieger und Jazzmusiker, sei die Lösung für sie. Danach probierte sie es mit anderen Männern, aber das Problem, das sie hatte, lässt sich nicht mit der richtigen Partnerwahl lösen. Sie durfte nie zeigen, was sie kann, und wurde sehr wütend. Das hat sie mir, ihrem Kind, zu spüren gegeben. Das Kind in mir wird ihr nicht verzeihen, der Erwachsene kann es.

Ich habe die Möbel und sonstigen Sachen zusammengesucht, die in ihrem neuen, kleinen Zimmer um sie sein sollen und die sie vielleicht mag, sie selbst kann das nur noch ganz vage sagen. Der Plattenspieler, eine schöne Vase. Ein Foto des Geliebten, an dem die Ehe mit meinem Vater zerbrach. Das immerhin weiß ich von ihr. Darf ich ihre Mails lesen? Besser, man lässt es. Ich hatte eine Fantasie, all die Söhne und Töchter, die in genau diesem Moment genau das Gleiche tun und die gleichen Fragen wälzen wie ich, ein riesiger Split-Screen. Und dann dachte ich, dass in einigen Jahren, gar nicht so vielen, meine Söhne oder meine Witwe das Gleiche tun werden wie ich heute. Man muss rechtzeitig aufräumen.

Sie hat jede Karte aufgehoben, die ich ihr geschickt habe, jedes Foto, Zeitungsartikel, kleine Geschenke, alles, auch in den Jahren, in denen wir nicht miteinander sprachen. Sie hat mich nie aufgegeben, ich sie dagegen schon. Ich schämte mich, weil ich gnadenlos war. Ich dachte, es ist gut, dass sie nicht einfach so stirbt, sondern noch eine Weile in diesem Zwischenreich lebt. Sie wird nicht verstehen, was ich ihr sage, aber sie wird spüren, wenn ich sie streichle.

Dies ist eine Geschichte, die ich erst heute schreiben kann, nach so langer Zeit, noch vor 20 Jahren hätte ich es nicht gekonnt. Sie würde diese Geschichte nicht mögen. Ich mag sie auch nicht. Wir sehen beide nicht gut aus darin.

Und dies ist ein Roman, keine Biographie und keine Reportage. Ein Anderer als ich könnte ihn nicht schreiben, denn ich arbeite, wie jeder Romanautor, im Steinbruch meiner Erinnerungen, eigne mir dieses an, verwerfe jenes, erfinde dazu und vergesse. Ich habe mir alle Freiheiten genommen, die das Genre Roman gestattet. Für manche Personen gibt es Vorbilder, aber in diesem Roman leben sie alle ihr eigenes Leben, keine reale Person ist gemeint. Wer glaubt, sich zu erkennen, irrt sich. Ich beschreibe nur Zustände. Wenn aber die vielen etwas wiedererkennen, die unter ähnlichen Bedingungen aufgewachsen sind, habe ich mein Ziel erreicht.

Der Erzähler heißt Frank.

An einem bestimmten Punkt der Geschichte habe ich mich gefragt: Was hätte ich getan, wenn ich ein anderer wäre? Was hätte geschehen können, wenn ich einen anderen Ausweg gesucht hätte als den, den ich schließlich gefunden habe? Als ich mit dem Schreiben anfing, ein paar Tage vor jenem Tag in der Wohnung meiner Mutter, dachte ich, dass es eine Erleichterung wäre zu erzählen. Das war ein Irrtum.

MARIA

Ich muss damals zwölf gewesen sein, oder dreizehn. Wir wohnen schon in dem Hochhausviertel. Die Tür meines Zimmers ist mit meinem Tisch und mit Stühlen verbarrikadiert, ich habe das gemacht. Einen Zimmerschlüssel besitze ich nicht, Maria hat ihn mir abgenommen.

Die Erinnerung beginnt mit einem Geräusch. Maria tritt die Tür auf, als wäre das gar nichts. Die Barrikade schiebt sie einfach weg. Sie war unglaublich stark.

Ich krieche unters Bett. Sie holt den Besen, mit dem Besen schlägt und stochert sie unter dem Bett nach mir. Dabei schreit sie: »Komm raus, Drecksau, verkriech dich nicht, du Stück Scheiße.« Die genauen Worte habe ich vergessen, es war etwas in dieser Art. Ich erinnere mich an den Staub unterm Bett. Ich kann ihn heute noch riechen. Maria achtete sehr auf Sauberkeit, deshalb habe ich mich gewundert. Aber ein bisschen Staub ist unter einem Bett natürlich immer da. Als Kind weiß man das nicht. Ich erinnere mich an Bettfedern, die an meinen Rücken drückten, und an den Besenstiel, der mich aber nur ein, zwei Mal voll trifft. Die meisten Stöße kann ich mit Händen und Füßen abfangen. Nach einer Weile wird sie ruhig und eisig. Sie sagt: »Komm raus, dir passiert nichts. Ich will nur mit dir reden.«

Ich wusste, dass man ihr, wenn sie in diesem Zustand war, nicht trauen konnte. Andererseits kann ich nicht ewig unter diesem Bett bleiben. Ich gehe ihr sowieso nicht durch die Lappen. Die Wohnungstür hat sie garantiert abgeschlossen und den Schlüssel versteckt.

Als ich hinausgekrochen bin, packt sie meine Haare und reißt den Kopf hin und her, ungefähr wie man eine Fahne schwenkt. Dann nimmt sie mir vorsichtig die Brille ab. Jetzt geht das Ohrfeigen los.

Maria hat mich nach meiner Erinnerung fast immer ins Gesicht geschlagen. Der Rest des Körpers hat sie nie interessiert. Sie schlägt, bis ihre Arme müde werden. Dabei schreit sie ununterbrochen, dass ich ihr Unglück bin, dass ich ihr Leben kaputt mache, dass ich undankbar bin, dass ich ins Internat komme, solche Sachen. Wenn ihre Arme eine Pause brauchen, drückt sie mich an die Wand und bringt ihr Gesicht ganz nah an meines. Da passt nur ein Stück Papier zwischen unsere Gesichter. Auge in Auge. Sie schreit, dass ich genauso bin wie mein Vater. Ein Stück Scheiße eben. Ein Feigling. Der Schlappschwanz des Jahrhunderts. Manchmal spuckt sie mich an, aus kurzer Distanz. Das macht mir mehr aus als die Schläge. Weil sie das mitbekommen hat, tut sie es erst recht. Wenn sie mit Schreien und Spucken fertig ist und sich ihre Arme erholt haben, geht wieder das Ohrfeigen los.

Das ist wie ein Film, der jahrelang immer wieder in meinem Kopf abgelaufen ist. Warum erinnere ich mich gerade an diese eine Szene so intensiv, die mit dem Bett? Vielleicht, weil ich nur ein einziges Mal unter das Bett gekrochen bin. Oder deshalb, weil sie an diesem speziellen Tag unbedingt wollte, dass auch mein Stiefvater mitmacht. Sie brüllt ihn an, tu du doch auch mal was, zeig endlich, dass du ein Mann bist und kein Schwächling. Zeig's ihm. Ich habe in Erinnerung, dass er sich irgendwie gedrückt hat, wahrscheinlich hat er gesagt, dass er noch zu einem Kunden fahren muss. Er hat mich tatsächlich nie geschlagen, obwohl wir uns nicht mochten und nur das Nötigste miteinander redeten. Bestimmt hat sie ihn sich deswegen hinterher zur Brust genommen. Es wäre einfacher für ihn gewesen, ein paar Mal mit halber Kraft zuzuschlagen.

Mein echter Vater hat mich auf ihren Wunsch ein paar Mal übers Knie gelegt, so hieß das damals. Es war eine richtige Zeremonie. Ich musste vorher die Hose und die Unterhose runterlassen und mich nach vorne beugen, über seine Beine. Dann schlug er mir auf den Hintern, was wirklich eine Kleinigkeit ist, verglichen mit dem Gesicht. Aber das kam selten vor. Vielleicht ist es sogar nur ein oder zwei Mal gewesen. Ich war damals noch klein, höchstens sechs. Später wohnte er nicht mehr bei uns, und er machte so etwas nicht von sich aus. Ich habe in Erinnerung, dass er schwach zuschlug, nicht mal mit halber Kraft, da war nicht dieser unglaubliche Wumm und dieser Hass dahinter wie bei Maria. Er hat mich nicht angeschaut hinterher und ging schnell aus dem Zimmer. Es war ihm unangenehm.

Marias Männer waren immer weich. Ich glaube, dass Marias Stärke und ihre unglaubliche Energie und natürlich ihr tolles Aussehen sie angezogen haben. Wenn man sich ihr unterordnete, wenn man nicht zu dünnhäutig war, dann ging es. Heute glaube ich, dass sie die Männer, die sie liebten, alle verachtet hat. Mit einer Ausnahme. Sie wollte etwas Viriles, Starkes. Einen, der ihr ebenbürtig war und ihr Paroli bieten konnte. Aber wie hätte das funktionieren sollen, sie und einer, der genauso tickt wie sie? Es wäre auf Mord und Totschlag hinausgelaufen.

Für mich wäre es leichter gewesen, wenn ich geheult und um Gnade gefleht hätte. Dann hätte sie früher aufgehört. Ein bisschen Gewinsel, und sie hätte aufgehört. Nicht sofort, aber bald. Ich war der Mann, von dem sie träumte. Ich war stark, ich habe niemals klein beigegeben. Und ich wusste, sie will genau das. Sie will, dass ich in meinem Blut, meinem Rotz und meiner Pisse auf dem Boden krieche und um Gnade winsele, aber das habe ich nicht gemacht. Jedenfalls nicht, als ich schon etwas größer war. Vielleicht war es so, als ich drei gewesen bin, das habe ich vergessen. Ja, irgendwann muss ich kapiert haben, was sie will. Und genau das hat sie nie bekommen.

Ich habe niemals geweint. Ich habe sie angegrinst. Ich habe gelacht, während sie sich die Arme müde schlug, rechts, links, immer voll in die Fresse. In ein lachendes Gesicht. Ich habe dabei gedacht: »Ich bin eine Festung. Diese Festung ist uneinnehmbar. Niemand kommt durch meine Mauern.«

Das hat sie rasend gemacht. Dieses Lachen. Ich habe es gemacht wie Muhammad Ali in dem berühmten Boxkampf gegen George Foreman, Zaire, Rumble in the Jungle. Muhammad Ali stand in seiner Ecke, er wehrte sich kaum, er ließ diesen unglaublich starken und wilden Foreman einfach schlagen, bis Foreman endlich müde war, und am Ende blieb Ali der Sieger. Sie war unbesiegbar, wie Foreman. Aber ich habe gewonnen, wie Ali. Ich habe ihr in die grünen, wutverheulten Augen geschaut und gelacht, bis sie nicht mehr konnte. Das nächste Mal würde sie noch härter zuschlagen, aber ich würde auch dann nicht zu Boden gehen, niemals. Sie hätte mich schon totschlagen müssen, um zu gewinnen. Aber davor hatte sie Angst, und das wusste ich.

Ich bin ins Plaudern geraten, fürchte ich. Ich habe mich in Kindheitserinnerungen verloren.

Viele Erinnerungen habe ich nicht. Meine Kindheit ist nur in Bruchstücken vorhanden. Es sind wenige Szenen, die kurz aufleuchten, in einer leeren Weite des Vergessens. Niemals weiß ich, ob mir meine Erinnerung nicht einen Streich spielt. War es denn wirklich so?

Wenn ich auf meine Geschichte zurückblicke, öffnet sich irgendwann ein Vorhang, das Licht geht an, und ich stehe da, ein Erwachsener auf der Bühne des Lebens, der nicht weiß, wie er da hingekommen ist, in diesen Lichtkegel. Da sind eben nur diese Bruchstücke, Splitter, einzelne grell beleuchtete Bilder, eingebettet in das Vergessen. Die Erinnerung an die Schule ist ab der dritten, vierten Klasse ganz passabel. Da fallen mir Namen ein und ein paar Vorfälle. Das, was zu Hause passierte, ist weg. Bis heute bin ich ein Mensch, der viel vergisst, nicht Termine, nicht Verpflichtungen, das funktioniert, aber das Leben als solches vergesse ich. Manchmal treffe ich Leute, die behaupten, wir seien gute Freunde gewesen, sie erzählen von gemeinsamen Partys, von Streichen, von einer Schülerzeitung, die wir gemeinsam gemacht hätten. Ich weiß nicht, wovon sie reden.

Man denkt da sofort an Verdrängung. Aber das trifft es nicht. Soweit ich weiß, verdrängen Menschen das Unangenehme, das, womit sie nicht zurechtkommen. Mein Gehirn speichert auch angenehme Erinnerungen nicht. Es ist nun mal aufs Löschen programmiert, egal was, es wird gelöscht, sofern die Information nicht notwendig ist, um sich im Leben zurechtzufinden. Und sogar das Notwendige vergesse ich manchmal. Es kommt vor, dass ich mich auf dem Heimweg verirre, oder sogar überrascht bin, wenn jemand sich für eine Einladung vom Vortag bedankt.

Alles, was ich erzähle, ist unter diesem Vorbehalt zu sehen. Ich kann mich täuschen, es kann anders gewesen sein. Einmal, vor Jahren, wollte auf dem Amt ein Mann von mir wissen, wo ich wohne, ich musste kurz überlegen, die Scham, die ich dabei empfunden habe, erinnere ich noch gut. Mein Gedächtnis kommt mir vor wie eine unaufgeräumte Kiste. Du greifst hinein und weißt vorher nie, was du in der Hand halten wirst, eine abgebrochene Türklinke, ein Bündel alter Briefe, eine Dauerwurst oder den Reisepass.

Die Festplatte ist also fast leer. Dafür hat das Gehirn den Arbeitsspeicher großzügig ausgeweitet. Sie würden staunen. Alles hat sein Gutes. Ich lese ein Buch und kann mir für eine gewisse Weile alles merken, fast jeden Satz. Die geistige Energie, die andere für ihr privates Gedächtnis aufwenden müssen, steht mir für andere Aufgaben zur Verfügung, und das ist praktisch.

Mit Leuten zu reden, die ich nicht gut kenne, strengt mich an. Wenn ich die Wahl hätte, mit ein paar unbekannten Menschen, Fremden, kostenlos eine Weltreise zu machen oder stattdessen drei Wochen allein zu Hause zu bleiben, würde ich sofort Letzteres wählen. Ich will niemanden kennenlernen.

Die wenigen Szenen, die noch da sind, habe ich vor mir wie einen Film. Ich betrachte sie, als ob ich einem Fremden zusehe, einem Darsteller, wirklich wie im Kino, ich erkenne auch die Emotionen und kann sie beschreiben, aber ich empfinde nichts mehr dabei. Deshalb habe ich keine Ahnung, ob es wirklich so gewesen ist.

Ich weiß, dass sie manchmal ein nasses Handtuch genommen hat, damit es keine Spuren gibt. Diese Erklärung – es soll keine Spuren geben – füge ich nachträglich ein, als Erwachsener. Das kann ich damals nicht gedacht haben. Was ich sehe: Ich stehe in einer Badewanne, oder in der Küche, ich bin nackt, und sie schlägt mit dem Handtuch. Ich hebe die Arme und wehre das Handtuch ab. Es tut fast nicht weh. Das merkt sie, es macht sie noch wütender. Sie schreit, dass ich feige bin und dass ich die Arme runternehmen soll, sonst würde sie mich so fertigmachen, wie ich es noch nie erlebt habe. Dann wirft sie das Handtuch weg und nimmt wieder die Hände. Das Bild des zusammengerollten Handtuchs habe ich jetzt wieder ganz deutlich vor mir. Es fliegt durch die Luft und klatscht auf den Boden. Es ist blau.

In einer anderen Szene bin ich jünger, es ist noch die Altbauwohnung mit den hohen Decken und mein Vater wohnt noch bei uns. Es gibt eine große Wohnküche, hinter dem Esstisch sehe ich eine Flügeltür, die aber dauerhaft verschlossen ist, ich glaube, in der Türöffnung befindet sich ein Regal mit Küchenkram. Wahrscheinlich hat mein Vater dieses Regal gebaut, er war ein guter Handwerker. Hinter der Tür liegt mein Kinderzimmer, das Fenster geht auf den Hinterhof, ich habe mein eigenes Waschbecken. Das Klo teilen wir uns mit anderen Leuten. Mein Vater sitzt am Küchentisch, sein Kopf ist gesenkt. Er ist betrunken, er ist erst früh am Morgen nach Hause gekommen. Das weiß ich, weil sie es dauernd schreit, von alleine hätte ich es nicht gemerkt. Mein Vater war damals nicht oft betrunken, glaube ich, ich kann mich jedenfalls nur an dieses eine Mal erinnern. Sie steht vor ihm und brüllt. Er sagt nichts, er sitzt nur da. Sie packt mich an den Haaren und schleift mich zu ihm, ganz nah, dann sagt sie ungefähr: »Schau dir dieses Schwein an. Dieses besoffene Schwein da ist dein Vater. Schau ihn dir genau an, den Versager, das Würstchen, den Hurenbock. Ich will, dass du das niemals vergisst. Los, schau hin! Da kommst du her, aus diesem Dreckschwanz. Vergiss das nie.« Dann schlägt sie zu.

Sobald ich den Kopf senke und versuche, die Augen von meinem betrunkenen Vater abzuwenden, kriege ich eine. Und es hat tatsächlich funktioniert. Ich habe es mir gemerkt.

Sie nimmt etwas, eine Pfanne, glaube ich, und versucht, ihm die Pfanne ins Gesicht zu schlagen, aber das klappt nicht, denn er wacht aus seiner Apathie auf und wehrt den Angriff ab. Ich sehe, dass er weint. Noch ein Grund dafür, dass ich mir diesen Tag gut merken konnte. Ich glaube, nur dieses einzige Mal hat er geweint. Ich habe gespürt, dass er sich schämt. Er schämte sich vor mir, so, wie er sich schämte, wenn er mich schlug. In diesem Moment habe ich meinen Vater geliebt. Sie hat also bei mir genau das Gegenteil von dem erreicht, was sie wollte. Dann nehme ich das Brotmesser und halte mir das Brotmesser an den Hals, ich schreie: »Hör auf, hör auf, lass ihn in Ruhe, sonst steche ich zu!« Sie wirft die Pfanne weg, reißt mir das Messer aus der Hand und stürzt sich auf mich.

Dann reißt der Film.

Ich habe nur solche Puzzlestücke, wie ein Anthropologe, der Knochenreste und den Backenzahn eines unbekannten Hominiden gefunden hat und nun versucht, sich etwas über dieses Wesen und seine Lebensweise zusammenzureimen. Es muss zum Beispiel irgendwelche Spuren an meinem Körper gegeben haben, obwohl ich mich zu erinnern glaube, dass sie immer aufhörte, wenn Blut kam. Das passierte schnell, wenn sie den Gürtel genommen hat, sie war ja wie gesagt auf das Gesicht fixiert, deshalb hat sie aufgehört, den Gürtel zu nehmen, als ich in die Schule kam. Ist das niemandem aufgefallen? Ich erinnere mich, dass ich ein paar Mal zu meinen Großeltern gelaufen bin und dort übernachten durfte. Meine Oma sagte dann, das geht nicht, Kind, wie du aussiehst. Und dann hat sie mit Maria geredet. Da war ich nicht dabei. Immer, wenn es besonders heftig gewesen ist und meine Oma mit ihr geredet hatte, kam eine Ruhepause, dann hielt sie sich eine Weile zurück, oder sie war einfach satt und müde. Sie hatte fürs Erste genug.

Ich bin nicht in den Kindergarten gegangen, das habe

ich später erfahren. Maria sagte, dass ich Angst hatte, am ersten Tag im Kindergarten hätte ich geschrien und gewinselt, stundenlang, wie ein Tier, die ganze Zeit, und als Maria mich abholen kam, sei ich zu ihr gerannt und hätte ihre Beine umklammert. Die Kindergärtnerin sagte, das geht nicht, mit diesem Kind ist das nicht möglich. Er nässt auch ständig ein. Da hat sie mich mitgenommen und ist nie wieder hingegangen.

Es ist vorbei. Später, als Erwachsener, habe ich oft diesen Satz gedacht: Es ist vorbei. Sicher haben viele Ähnliches erlebt, jeden Tag begegne ich wahrscheinlich solchen Menschen. Man möchte natürlich nicht darüber reden, es soll vorbei sein. Das Gehirn löscht die Bilder, wie die Haut eine Wunde schließt. Und es gibt Schlimmeres, was einem zustoßen könnte. Ich will es nicht dramatisieren. Ich will kein Opfer sein, es gibt genug eingebildete und echte Opfer. Diese Platte lege ich nicht auf. Jahrhundertelang sind wahrscheinlich die meisten Leute auf eine irgendwie ähnliche Weise aufgewachsen, zumindest viele, dann wurden sie erwachsen, schüttelten sich und schrieben eine Oper oder stellten sich an den Pflug. Die Bilder verblassen und verwandeln sich in Gefühle, die sehr wahrscheinlich bei jeder betroffenen Person in einem verschiedenen Mischungsverhältnis vorkommen. Diese Gefühle sind Scham, Angst, Wut und Ehrgeiz. Letzterer ist kein Gefühl, ich weiß, es ist eher eine Lebenseinstellung.

Die Scham kommt von der Ohnmacht. Sobald man davon erzählt, sobald man daran denkt, fühlt man sich wieder klein, man ist ein hilfloser Wicht, einer, der keinen

Respekt verdient. Du hast keine Chance, Widerstand ist unmöglich, es sei denn, im Kopf. Das habe ich versucht, indem ich innerlich so hart und so kalt sein wollte wie nur möglich, indem ich gelacht habe und alle Gefühle zu unterdrücken versuchte. Flüchten kann man nicht, realistisch betrachtet. Wie denn, wohin denn? Manche Kinder tun es, die wenigsten haben den Mut dazu, weil ein Fluchtversuch alles nur schlimmer machen würde. Außerdem liebt man die Person, die das mit einem tut, in den meisten Fällen ist es jedenfalls so, bei mir ist es wohl auch so gewesen. Wegen dieser Liebe ist man besonders angreifbar und fühlt sich schuldig, irgendwie hat man die Schläge ja vielleicht verdient.

Es muss angenehmer sein, von einem Fremden geschlagen zu werden, einem Lehrer vielleicht. Die Liebe ist ein Problem, weil sie verwundbar macht. Vor der Liebe muss man sich hüten.

Die Angst wird im Lauf der Zeit schwächer. Es hat eine ganze Weile gedauert, einige Jahre konnte ich mich nur mit Tabletten über Wasser halten. Es ist erstaunlich, wie gut die wirken. Man hat innen ein taubes Gefühl, wie bei eingeschlafenen Füßen, es kribbelt auch manchmal im Bauch. Trotzdem stand ich oft morgens an der Haustür und hatte Angst, auf die Straße zu gehen, habe kehrtgemacht und mich eingeschlossen. Ich liebe es, Türen hinter mir abzuschließen. Was aber noch besser hilft als jedes Medikament, ist der Ehrgeiz. Leute wie ich müssen beweisen, dass sie etwas wert sind, das klingt ein bisschen platt, aber besser kann ich es nicht ausdrücken. Ich bin kein Genie, aber ich habe aus meinen Talenten herausgeholt, was möglich war. Ich erledige jede Aufgabe, die man mir überträgt, zur vollsten Zufriedenheit, mit aller Kraft, ich will niemanden zornig machen und niemanden enttäuschen, davor habe ich immer noch Angst. Weil diese Angst da ist, habe ich im Beruf einen gewissen Erfolg gehabt. Erfolg beruhigt mich. So frisst die Angst sich selbst auf, verstehen Sie?

Maria sagte immer, dass ich alles ihr verdanke, dass ich nur ihre Kreatur bin, mein Talent, mein Geld, der Erfolg, alles ihr Erbe, ihre harte Schule, und in gewisser Weise hat sie damit recht. Ich verdanke ihr alles, was ich bin, im Guten und Schlechten.

Für körperliche Züchtigung gibt es, glaube ich, drei Motive. Es kann sich um eine Erziehungsmethode handeln. Das Kind macht etwas falsch, es wird mit Schlägen bestraft. So war es früher weithin üblich, heute ist es verpönt. Ich lehne das auch ab, aber rückblickend muss ich sagen: So hätte ich es gerne gehabt. Klare Regeln. Du weißt, warum es passiert, und du weißt, wie du es vermeiden kannst. Das zweite Motiv ist Überforderung. Eltern sind hilflos, sie können nicht mehr, sie sind am Rand ihrer Kräfte. Hinterher bereuen sie es. Die dritte Kategorie sind die Sadisten, sie schlagen, weil es ihnen Spaß macht. Maria gehörte zu keiner dieser drei Gruppen.

Für Maria war Gewalt ein Heilmittel, ein Stresskiller, etwas, das den inneren Druck von ihr genommen hat. Sie war verärgert, über irgendwas, es ging ihr nicht gut, ein Mann hatte sie schlecht behandelt, bei der Arbeit gab es Probleme, das Essen war angebrannt, es konnte alles Mögliche sein. Dann schlug sie, und hinterher war ihre

Welt wieder in Ordnung. Das Schlagen war immer von einem Wutausbruch begleitet, von Beschimpfungen. Es hatte absolut nichts mit mir zu tun, es war nichts Persönliches. Ich war da, ich stand zur Verfügung. So ging sie auch auf ihre Männer los, aber da blieb es meistens bei Worten. Die Männer konnten sich verteidigen. Wenn sie schlagen wollte, hielten die Männer ihre Hände fest oder hauten ab.

Wenn es vorbei war, ist sie immer zufrieden und sanft gewesen, wohlig erschöpft, mit geschwollenen Augen, denn sie weinte fast immer während eines Ausbruchs und beklagte ihr Schicksal. Sie konnte aber blitzschnell umschalten. Das Telefon klingelte, oder jemand war an der Haustür, und sie ging hin, völlig ruhig, völlig normal, sie redete wie immer, total kontrolliert, dann kam sie zurück, brüllte sofort »Ich hab dich nicht vergessen, Brillenschlange« und schlug wieder zu. Ich wusste also die ganze Zeit, dass sie aufhören könnte, wenn sie wollte. Und dann, danach, nur zehn Minuten später, konnte sie mich auf den Schoß heben und küssen. Nie war sie so nett und weich wie nach einer solchen Szene. Heute glaube ich, dass sie eine Art Orgasmus erlebt hat. Gewalt und Toben, das war für sie schon etwas Ähnliches wie Sex, obwohl sie keine Sadistin war, im engeren Sinn. Ein Sadist muss sich nicht ärgern, um geil zu werden.

Manchmal hasste ich sie. Nachts, im Bett, dachte ich mir Todesarten für sie aus, grausame Todesarten. Ich würde sie mit Benzin übergießen, anzünden und schreiend laufen lassen, ich würde rufen: »Kannst du nicht lauter? Schrei lauter, sonst hört dich niemand!« Ich würde sie festbinden und schlagen, immer ins Gesicht. Aber auf meinen Hass war kein Verlass, er ging an und aus wie ein schwarzes Licht. Wenn sie nett war, jedes Mal, wenn sie nett war, bereute ich meine Fantasien, jedes Mal dachte ich, jetzt ist es für immer vorbei. Von jetzt an bleibt sie so lieb, wie sie gerade ist.

Heute bin ich mir sicher, dass sie mich in diesen Momenten gemocht hat. In diesen Momenten suchte sie körperliche Nähe, nichts Übergriffiges, nichts Sexuelles, sie wollte von mir nur in den Arm genommen und geküsst werden, wie Kinder küssen. Sie war fürsorglich, sie kümmerte sich um alles. Wenn es in der Schule ein Problem gab, schimpfte sie auf die Lehrer und stand auf meiner Seite. Ich erinnere mich, dass ich ihre Umarmungen, später, als ich älter wurde, nie erwidern konnte, ich machte mich steif und drehte den Kopf weg. Ich hatte nun mal Angst vor ihr, oder Angst davor, weich zu werden.

Aber wie war es, als ich klein war? Bin ich in ihr Bett gekrochen, wie andere Kinder das tun? Hat sie sich gefreut, als ich Radfahren lernte? Hat sie manchmal mit mir gespielt? Vielleicht war es so. Ich erinnere mich nicht.

Ihre Stimmung konnte blitzschnell umschlagen, jederzeit. Sie war nett, sie fragte mich etwas, ganz normal, und dann schlug es um, als ob jemand in ihrem Inneren einen Knopf gedrückt hätte. Manchmal ahnte ich, worum es ging, sie hatte einen Brief gelesen, jemand hatte angerufen, einer ihrer Männer, der etwas Unangenehmes sagt, oder mir war etwas passiert, ich hatte ein Glas umgestoßen, ich hatte etwas angestellt. Manchmal wusste ich gar nichts. Nichts war passiert. Plötzlich kam ihre Hand und schlug zu, das konnte in jedem Moment passieren, jederzeit. Es gab keine Regeln. Es gab nichts, was ich hätte tun können.

Ich glaube wirklich, dass es die Kinder besser haben, die auf diese Weise bestraft werden, man kennt das Warum, man weiß, wie man die Strafe vermeiden kann und wie lange es dauern wird. Großartig. Aus heutiger pädagogischer Sicht ist das natürlich verwerflich, aus meiner damaligen Sicht wäre es ein fairer Deal gewesen. Eine Strafe ist berechenbar. Als junger Mann hatte ich einige Tics, ein nervöses Blinzeln, ein Zucken, weil ich im Geist immer noch ihre Hand über mir schweben sah, eine schöne, schlanke Hand, gepflegt, die jederzeit in Aktion treten konnte, aus dem Nichts, ohne Warnung. Ich drehte oft grundlos den Kopf zur Seite, um einem Schlag auszuweichen, obwohl niemand in der Nähe war. Auch das wurde besser mit der Zeit.

Es ist schwierig, über diese Dinge zu sprechen, weil einem das fehlt, was man zum Erzählen wohl braucht, Distanz. Die Gefahr ist groß, sich in Selbstmitleid und Anklagen zu verlieren. Immer ist da diese Wut, sie kommt mir ständig in die Quere. Kinder sind selten gerecht zu den Eltern, und das wütende Kind, das aus mir spricht, ist zur Gerechtigkeit besonders wenig aufgelegt. Immerhin weiß ich das. Ich will versuchen, gerecht zu sein mit Maria, ob es mir gelingt, müssen andere beurteilen. Aber selbst wenn ich scheitere, werde ich es am Ende doch mit aller Kraft versucht haben, und deshalb bitte ich um mildernde Umstände, falls ich scheitere. Ich nehme das Kind an der Hand, das ich einmal war, ich versuche, es zu beruhigen.

Es gibt keine Gefahr mehr. Es ist vorbei. Wir müssen uns nicht schämen. Wir können versuchen, auch die andere Seite zu sehen, ihre Seite. Wir können verzeihen – was meinst du, Kleiner? Wir können Frieden schließen.

Das hier wird wirklich keine Horrorgeschichte, auf gar keinen Fall. Dein Leben ist ganz gut gelaufen, Kleiner. Ein paar Träume hast du mir hinterlassen, die haben mir in meinen jungen Jahren ganz schön zugesetzt, später sind sie selten geworden. In einem Traum läufst du weg, Kleiner, irgendwelche Bestien sind hinter dir her, dann fällst du ins Bodenlose und schreist ganz furchtbar. In dem anderen Traum läuft dir die Scheiße an den Beinen herunter und lachende Leute stehen um dich herum. Vermutlich ist das ein Erinnerungsfetzen aus meinem missglückten, einzigen Kindergartentag.

Das Einzige, was nicht weggeht, ist die Wut. Sie hat ihre Wut in dich hineingepflanzt, Kleiner. Immer, wenn ich wütend werde, spüre ich dich in mir, du zitterst, du machst dich hart und kalt, so gut du kannst. Ich würde dich gerne aus deinem Gefängnis befreien. Aber wir beide sind wohl dazu verurteilt, gemeinsam zu sterben.

Maria hat, solange ich denken kann, mit mir gesprochen, als sei ich ein Erwachsener. Es gab keine Tabus. Ich wusste, wann sie ihre erste Periode bekommen hat, wann und von wem sie aufgeklärt wurde, obwohl ich selbst noch nicht aufgeklärt war, ich kannte schon mit acht die Geschichte ihrer ersten Ehe, eine Geschichte, in der mein Vater schlecht aussah. Mein Vater war ganz einfach die größte Drecksau, die herumlief. Diese Geschichten waren mir unangenehm, und die Wochenenden mit meinem

Vater liebte ich als Kind auch deshalb, weil er nie schlecht über meine Mutter sprach. Er war auf eine zerstreute Weise freundlich, er wollte nichts von mir und redete nur das Nötigste. Er wollte mir nur so nahekommen, wie ich es zuließ, er stellte keine Fragen, und wenn ich etwas erzählte, hörte er zu oder tat so als ob.

Wenn Maria erzählte, sprach sie zu sich selbst, ich glaube, dass ihr meine Gegenwart kaum bewusst war. Ich wusste also, solange ich denken kann, dass sie viele Abtreibungen hinter sich hatte. Mein Vater benutzte grundsätzlich keine Verhütungsmittel, die Pille gab es noch nicht. Es war schwierig, Ärzte zu finden, die so etwas machten, es war verboten. Manchmal probierte sie es selbst, ich habe vergessen, wie das genau vor sich ging. Der Vater meines Vaters war promovierter Tierarzt beim städtischen Veterinäramt, ein glatzköpfiger Mann mit einem edlen Cäsarenhaupt und Zigarre, ein preußischer Offizier des Ersten Weltkrieges und engagierter Weintrinker, streng und lebenslustig in einer genau austarierten Balance, inzwischen im Ruhestand. Mein Vater hatte wohl eher seine strenge Seite erlebt. Er war nicht nur für Maria, sondern auch in den Augen seines Vaters ein Versager, weil er die Schule nicht geschafft hatte und in der Fabrik arbeitete. Nun ging er also zu ihm und bat ihn, bei der Beseitigung seiner unerwünschten Enkel behilflich zu sein.

Der Alte, stelle ich mir vor, hat sich eine Weile bitten lassen. Etwas Illegales zu tun war keine Kleinigkeit für ihn. Vermutlich hat mein Vater, so war das damals einfach, von dem Alten oft Prügel bekommen, auf die, sage ich, angenehme preußische Art, immer mit einem glasklaren Motiv. Verliert man jemals die Angst? Kann man es irgendwann schaffen, von Gleich zu Gleich miteinander umzugehen? Keine Ahnung, aber die Situation war sowieso nicht danach.

Mein Vater, der noch nicht mein Vater war, schwitzte wahrscheinlich und schilderte mit stockender Stimme seine schwierige Situation, wenig Geld, kleine Wohnung, Ehekrise, wir können das Kind nicht brauchen, dumme Sache. Mein Großvater wies ihn zurecht, verantwortungslos, Präser sind billig, mir ist das nie passiert, wenn der Kaiser noch da wäre. Dann machte er einen Termin für übermorgen und packte noch am selben Abend sein Veterinärbesteck.

Am übernächsten Tag trank mein Großvater zwei Gläser Wein und hörte »La Traviata«, damit seine Hände nicht zitterten, dann machte er sich mit wackligen Beinen auf den Weg. Als ehemaliger leitender Beamter hatte er immer noch ein kleines Büro in der Behörde. Er hatte schon seit vielen Jahren nicht mehr operiert, der letzte Eingriff war ein Kalb gewesen, 1944, danach Volkssturm, später Verwaltung. Über die weibliche Anatomie hatte er sich in der Fachliteratur informieren müssen, bei Rindern sah die Anatomie ja im Prinzip ähnlich aus. Der Teufel steckt im Detail. Er hatte Lampenfieber.

Maria und ihr erster Schwiegervater mochten sich, das machte es einfacher. Seine Frau war spröde und verhutzelt, Maria war sinnlich und lebenslustig wie er, nicht dass es da etwas Erotisches gegeben hätte, aber eine Seelenverwandtschaft war da. Als seine Schwiegertochter mit gespreizten Beinen auf dem Schreibtisch lag, Eiche,

Vorkriegsqualität, sah mein Großvater zum ersten Mal die weibliche Anatomie in natura und aus der Nähe, im achten Lebensjahrzehnt wurde ihm diese Gnade zuteil. Er hatte selbstverständlich mit verschiedenen Frauenzimmern kopuliert und mehrere Kinder gezeugt, aber die Details hatten ihn nie interessiert. Mein Großvater schaute, aber schaute nicht zu lang, neben ihm lag auf dem Schreibtisch ein Notizzettel mit dem Ablauf, Punkt für Punkt, in krakeliger Altmännerschrift. Dann machte er sich, mit dem Rinderbesteck, daran, der Existenz seiner potenziellen Enkeltochter, meiner großen Schwester, ein Ende zu bereiten.

Dies wiederholte sich einige Male, und ich habe mir oft vorgestellt, wie es wohl gewesen wäre, mit all diesen Brüdern und Schwestern aufzuwachsen, oder vielleicht zwei von ihnen. Keiner kam durch, dann aber geschah etwas. Maria wurde der Zeremonie müde, das kann sein, oder aber mein Großvater, der von Zeremonie zu Zeremonie ein immer älterer Herr wurde, wenngleich er an Routine gewann, zitterte gar zu arg bei der Handhabung des Rinderbestecks. Maria wurde schwanger und sagte, sie wolle, nach so vielen Malen, keine weitere Zeremonie mehr.

Deshalb lebe ich. Von diesen Brüdern und Schwestern bin ich der Auserwählte. Maria hat bestimmt, dass ich lebe und dass die anderen sterben mussten. Mein Leben verdanke ich ihrer Gnade.

Ich wusste das, seit ich denken kann. Sie war einfach müde. Sie hatte keine Lust mehr auf das Rinderbesteck. Sie wollte das schmatzende Geräusch nicht mehr hören, mit dem eine meiner Schwestern und Brüder in dem Plastikbeutel meines Großvaters verschwand, den er auf dem Nachhauseweg in den Rhein warf.

Eines Morgens änderte sich mein Leben. Said saß am Frühstückstisch. Es gibt noch andere Männer, die kamen, wieder gingen und an die ich mich nur schwach erinnere, aber das war später. Als Said auftauchte, wohnte mein Vater noch bei uns, vielleicht war ich sechs. Es ist schwierig für meinen Vater gewesen, etwas Eigenes zu finden, weil Wohnungen knapp waren, das dauerte Monate. Er schlief für eine gewisse Zeit in meinem Kinderzimmer, ich schlief im Wohnzimmer auf der Couch. Said und Maria hatten das Schlafzimmer.

Ich glaube, dass die beiden Männer sich selten getroffen haben. Mein Vater machte damals oft Nachtschichten und kam fast nur, um zu schlafen oder zu duschen. Manchmal hat er sicher auch bei Frauen übernachtet, aber er hatte nichts Festes. Es war, glaube ich, eine friedliche Zeit. Maria und mein Vater stritten sich nicht mehr, alles war geklärt.

Said war Student. Er stammte aus dem Irak, aus einer reichen Familie. Deutschland hatte im Irak einen guten Ruf, weil die Deutschen den Engländern im Krieg so richtig eingeheizt haben. Said bekam von zu Hause genug Geld, so viel, dass er als Student sogar ein eigenes Zimmer mit Bad hatte. Ausländer fanden noch schwerer eine Wohnung als Deutsche. Sein eigenes Zimmer behielt Said, für alle Fälle, obwohl er die meiste Zeit bei uns verbrachte.

Er ließ mich in Ruhe, er war nicht unfreundlich, aber distanziert. Manchmal brachte er ein Geschenk mit, ein

Spielauto oder Legosteine. Als Gegenleistung musste ich ins Wohnzimmer gehen, sollte spielen und durfte auf keinen Fall das Wohnzimmer verlassen. Manchmal gingen Maria und Said ins Schlafzimmer, manchmal saßen sie in der Küche und redeten. Maria hatte immer gute Laune, wenn er da war. Irgendwie schaffte er es, dass sie nie ausrastete. Er war der Mann, der ihr ebenbürtig gewesen ist, und er musste, entgegen meiner Erwartung, nicht einmal mit ihr kämpfen. Von Said ließ sie sich sogar etwas sagen, tu bitte dies, tu bitte das, und sie machte es dann. Er war höflich, er befahl nie etwas, er sagte »bitte« oder »wenn es dir nichts ausmacht«.

Ich erinnere mich nur an eine Szene genau. Es ist heiß, und wir sind zu dritt am Rhein baden gegangen. Wir lagen auf einer Wiese am Ufer, nicht in einem Schwimmbad. Ich glaube, es war eine Rheininsel. Auf der Wiese waren wir fast allein, weil damals schon nicht mehr viele Leute im Rhein badeten. Der Fluss ist viel schmutziger gewesen als heute, eine braune Soße, er roch auch seltsam.

Said sagt: »Wenn du uns einen Fisch bringst, Frank, kaufe ich dir ein Eis, egal welches, du darfst auch das größte Eis nehmen.« Dann fangen Maria und er an zu knutschen.

Ich gehe in das Wasser, es ist schön kühl. Ich merke zum ersten Mal, was Strömung ist, die Strömung reißt an den Beinen, als ob jemand ein Seil um die Beine gebunden hat und einem die Beine wegziehen will. An den Füßen spüre ich Muschelschalen, Pflanzen, Schlick, manchmal eine Glasflasche oder einen Stein. Ich habe ein bisschen Angst wegen der Strömung und weil ich noch nicht schwimmen kann. Aber dann sehe ich den Fisch. Er glitzert und ist riesig und schwimmt ganz oben. Ich gehe immer tiefer ins Wasser, bis zur Brust. Und dann erwische ich tatsächlich den Fisch, am Schwanz. Aber als ich zurück ans Ufer will, merke ich, dass ich es nicht schaffe. Ich kann mich gerade so stehend halten, aber ich komme gegen die Strömung nicht vorwärts, vor allem nicht mit einer Hand. Wenn ich mit zwei Händen im Wasser rudere, wäre es vielleicht möglich, aber mit der rechten Hand halte ich nun mal den Fisch am Schwanz, und den loszulassen ist völlig unmöglich, niemals. Ich stehe da und warte, vielleicht lässt die Strömung nach, aber das tut sie nicht. In meiner Erinnerung fühle ich mich wie in der Szene, in der ich unter dem Bett liege und dann rauskrieche und die wütende Maria anlache. Ich weiß, dass ich nicht nachgeben werde. Ich gebe vor dem Fluss nicht klein bei, niemals, egal, was passiert.

Dann spüre ich, wie Said mich hochhebt, und ich höre ihn mit seinem Akzent sagen: »Kleiner, geh nicht so weit ins Tiefe.« Er trägt mich ans Ufer, zu Maria. Ich hebe den Fisch hoch. Beide lachen. »Der ist ja schon tot. Bestimmt ein Fischsterben, die Toten schwimmen oben.« Ich sage: »Fisch ist Fisch.« Said lacht wieder und sagt: »Stimmt.«

Das ist eine gute Erinnerung. Ich kann mir das wieder und wieder ansehen. Fisch ist Fisch.

Der Sommer geht vorbei, erst langsam, dann schneller, der Herbst kommt, und ich merke, dass sich etwas verändert zwischen Maria und Said. Ihre Augen sind wieder oft verweint. Zum ersten Mal wird es laut zwischen ihnen. An Heiligabend aber sitzen sie schweigend vor dem

Baum, den Said geschmückt hat. Mein Vater klingelt und kommt kurz hoch, um mir eine Ritterburg zu bringen. Er hat jetzt viele Freundinnen und eine Wohnung. Said und mein Vater stoßen mit Sekt an und wünschen sich gegenseitig in vollendeter Höflichkeit schöne Feiertage. Solange mein Vater da ist, scheint zwischen Said und Maria alles bestens zu sein. Sie strahlt ihn an, er strahlt zurück, er legt den Arm um sie, sie sagt »Wir fahren nach Paris«, mein Vater ist verlegen und dreht den Kopf weg. Als er weg ist, schweigen sie wieder.

Dann kommt Said nicht mehr. Mit diesem Tag beginnt die schlimmste Zeit. Es gibt keinen Tag mehr ohne die Wut. Maria war allein, sie war wütend, und es gab nur noch mich.

Für unsere gemeinsame Geschichte war das ein Wendepunkt, weil ich jetzt endlich zu wissen glaubte, warum sie wütend auf mich war. Sie sagte, dieser Mann, Said, das ist die große Liebe meines Lebens. Das war der Glücksfall, den es im Leben nur ein Mal gibt, verstehst du? Kapierst du das? Und wegen dir ist er weggegangen. Du hast mir mein Leben versaut.

Ich habe das zuerst nicht verstanden. Ich habe niemals Streit gehabt mit Said, ich dachte, wir seien, na ja, nicht Freunde, aber fast Freunde. Sie hat mir das aber geduldig erklärt, immer wieder, bis ich es verstanden habe. Said wollte sie heiraten. Er hat sie genauso geliebt wie sie ihn. Es war perfekt. Aber in Saids Heimat und in seiner Familie durfte man keine Frau heiraten, die ein Kind mit einem anderen Mann hat. Dass sie eine Ausländerin war, ist schon schwierig genug gewesen. Seine Eltern hatten längst eine andere Frau für ihn ausgesucht, eine junge Frau, die zu einer reichen und angesehenen Familie gehörte, genau wie er. Deshalb ist er nach Hause geflogen, und er hat mit seinem Vater geredet.

Saids Vater war kein harter Mann, das Glück seines Sohnes war ihm wichtig. Deshalb hat er Saids Wahl akzeptiert, nicht sofort, aber nach mehreren langen Gesprächen. Nur das Kind musste weg, also ich. Der Vater sagte: »Das Kind kommt in ein gutes Internat, in die Schweiz, ich bezahle das. Wir zahlen für das Kind, bis es groß ist. Niemand wird davon erfahren.« Maria sollte als Jungfrau in Bagdad ankommen.

»Das konnte ich nicht machen«, sagte Maria. »Mein Kind kommt nicht ins Heim. Ich habe abgelehnt. Deshalb musste Said gehen. Ich habe mein Glück für dich geopfert.«

Heute weiß ich, dass so ein Opfer sinnlos ist. Wenn man für jemand anderen ein Opfer bringen soll oder will, überlegt man sich das genau, man prüft seine Gefühle und wägt ab, dann tut man es oder lässt es bleiben. Auf keinen Fall sollte man es tun und das eigene Opfer dann dem anderen zum Vorwurf machen. Damit hört es auf, ein Opfer zu sein, weil man den Preis für das Opfer den anderen zahlen lässt, zumindest teilweise. Vielleicht bereut man den Entschluss, vielleicht bereut man das Opfer, aber das muss man mit sich selbst ausmachen, glaube ich. Aber vielleicht irre ich mich. Das ist nämlich leichter gesagt als getan.

Damals, als Kind, war ich sehr fromm. Ich bin manchmal allein in die Kirche gegangen und hatte Weihwasser im Zimmer, eine kleine Schale aus Porzellan mit einem grünen Engelskopf, die neben der Tür an der Wand hing. Vor dem Schlafengehen habe ich mich immer mit Weihwasser bekreuzigt, und wenn Maria wütend gewesen war, habe ich für sie und mich gebetet, weil ich dachte, Jesus kann sie und mich von ihrer Wut erlösen. Mach, dass sie gut ist, Jesus. Mach, dass sie nicht mehr zuhaut. Aber sogar Jesus hat ja sein Opfer dem Vater zum Vorwurf gemacht. Als er am Kreuz hängt, sagt er: »Mein Gott, warum hast du mich verlassen?« Er hätte sich doch leicht retten können, Pilatus hat ihm das angeboten. Aber Jesus wollte nicht. Als dann die Schmerzen kamen, hat er mit seiner rhetorischen Frage so getan, als ob Gott ihn verlassen hätte, obwohl Gott ihm die Freiheit gegeben hat, Nein zu sagen und mit Pilatus ein Arrangement zu treffen. Wenn schon Jesus nicht perfekt war, wie sollte es da meine Mutter sein?

Maria bereute jeden Tag ihr Schicksal. Und an jedem einzelnen Tag musste sie mich sehen, den Grund für ihr Unglück. Ich habe gemerkt, wie sie immer hin- und hergerissen war zwischen Liebe und Hass. Sie war kein Mensch, der Gefühle unterdrücken kann, das konnte sie überhaupt nicht, und so wechselte das eben manchmal innerhalb weniger Minuten, Küsse, Schläge, dann wieder Küsse. Und immer wieder rief sie, wie Jesus, ihren Gott an, Said, der sie verlassen hat, und jetzt hängt sie am Kreuz. Wenn sie damals auf dem Berg Golgatha an Jesus' Stelle gewesen wäre, dann hätte sie sich vom Kreuz losgerissen, wäre zum Himmel aufgefahren, hätte Gottvater an seinem langen Bart gerissen und ihn angebrüllt: »Wie kannst du Arschloch eigentlich auf die Scheißidee kommen, mich für diese bescheuerte, sündige Menschenmischpoke zu opfern? Hast du eigentlich kein Gramm Hirn im Kopf?«

Heute weiß ich, warum sie mich nicht in ein Heim geben konnte, sie konnte das einfach nicht. Dabei wäre das teure Schweizer Internat, das Saids reicher Vater für mich wahrscheinlich ausgesucht hätte, etwas völlig anderes gewesen als das großdeutsche städtische Heim, in dem sie mal gewesen war. Ihr Opfer war zu nichts gut, weder für sie noch für mich. Und sie bereute es jeden Tag, immer wieder hörte ich, dass sie für mich ihr Glück geopfert hat.

In meiner Erinnerung sagte sie das fast jeden Tag, aber auch das muss nicht stimmen. Von einem bestimmten Tag an habe ich immer zurückgeschrien: »Ich will ins Internat! Geh zu Said! Geh doch endlich zu dem Scheißsaid!« Die ersten Male hat sie geschlagen, härter als jemals zuvor, aber das nützte nichts. Sie hat auch in der größten Wut immer einen Rest Kontrolle gehabt, sie wusste, wo die Grenze liegt, bei deren Übertretung sie richtig Ärger bekommt. Ich habe mich innerlich ganz hart gemacht, härter als jemals zuvor. Schließlich ist ihr etwas Neues eingefallen. Sie ist zum Fenster gegangen, hat das Fenster aufgemacht und gesagt: »Ich springe jetzt, und dann bin ich tot. Ich bringe mich um wegen dir. Du hast deine Mutter in den Tod getrieben. Das ist das Schlimmste, was ein Mensch tun kann, und du hast es getan.«

Das erste Mal habe ich geweint. Ich habe gesagt, dass es mir leidtut, alles. Ich will nicht, dass sie stirbt wegen mir. Sie ist von der Fensterbank runtergestiegen und hat gelächelt. Sie hat mich nicht in den Arm genommen oder so was, aber sie hat sich mit dem Ärmel die Tränen abgewischt und ist mit Türenknallen in ein anderes Zimmer gegangen.

Dann hat sie das öfter gemacht. Nicht immer mit dem Fenster, manchmal hat sie Tabletten in die Hand genommen, die schluckt sie jetzt, keine Rettung möglich, oder sie hat ein Messer genommen und es sich an den Hals gesetzt. So etwas hatte ich als kleines Kind ja auch mal gemacht. Ich wusste, dass sie es sowieso nicht tut, sie macht Show. Und wenn sie es doch tut, ist es auch egal, dann ist sie weg und wahrscheinlich komme ich zu meinem Vater. Ich habe geschrien: »Spring doch! Gute Reise in die Hölle!« Oder: »Stich zu! Möglichst tief!«

Ich dachte, dass sie über mich herfällt, aber sie ist weinend zusammengebrochen, hat sich auf den Boden geworfen und geschluchzt und hat gejammert, dass niemand sie liebt und dass sie ihr Glück für ein Stück Dreck weggegeben hat.

Es war nicht ganz so, wie sie es mir erzählt hat, damals, als ich Kind war. Saids Vater hat ihm eine Stelle in der Ölindustrie angeboten, er hatte Verbindungen. Aber Saids Studium hatte mit der Ölindustrie nichts zu tun. Er schrieb seinem Vater, dass sein Stolz es ihm verbiete, eine Stelle anzunehmen, für die er nicht qualifiziert sei und die er nur seinem Vater verdanke. Der Vater hat das verstanden. Vielleicht war er sogar stolz auf den Stolz seines Sohnes. Also hat Said in Deutschland eine Stelle gesucht. Aber für einen arabischen Philologen hat der Arbeitsmarkt, trotz Promotion, nicht viel hergegeben.

Die beiden haben unbedingt ein Kind gewollt. Unter Mitwirkung meines Vaters keimten viele Schwestern und Brüder, und sie vergingen spurlos wie Frühlingsschnee. Dieses eine, ersehnte Kind aber wollte den beiden Liebenden einfach nicht gelingen. Said hat sogar sein Sperma untersuchen lassen. Alles bestens. Marias Fruchtbarkeit war sowieso über jeden Zweifel erhaben. Das Schicksal wollte es nicht. Ich war der Einzige, den das Schicksal ihr zugeteilt hatte.

Irgendwann muss Said aufgegeben haben. Vielleicht wollte er wirklich unbedingt Kinder. Kann sein. Ganz bestimmt aber brauchte er einen Enkel, am besten wohl einen Sohn, um seinen Vater für dessen Langmut zu belohnen. Er hatte so vieles geschluckt, der Alte, eine Ausländerin, eine Geschiedene, eine Ungläubige, eine Frau mit Kind, da sage ich: Respekt, Alter. Aber falls diese Beziehung am Ende unfruchtbar blieb, würde ihm das wie eine Strafe seines Gottes vorkommen.

So reime ich es mir zusammen.

Sie musste also für Saids Familie gar nicht unbedingt eine Jungfrau sein, wie ich viele Jahre geglaubt habe. Said durfte sogar ein Kind nach Hause mitbringen, aber es musste seines sein und das einzige dieser Frau.

Maria hat mir geschrieben, ich hatte lange nichts von ihr gehört, seit fast einem Jahr. Ich fühlte mich besser, wenn ich sie nicht sah. Warum habe ich den Kontakt nicht ganz abgebrochen? Irgendwie habe ich das, ich melde mich nie bei ihr. Aber sie meldet sich, mal öfter, mal seltener. Sie ruft an, redet eine Viertelstunde ohne Punkt und Komma, dann sage ich, dass ich arbeiten muss, Ende der Vorstellung. Manchmal schickt sie ein Buch, mit einem Zettel darin, auf dem steht: »Dieses Buch hat mich stark bewegt.« Oder sie schickt Gedichte, die sie in einer korrekten und gleichzeitig schwungvollen Handschrift abgeschrieben hat. Es sind weithin bekannte Gedichte, die alle aus einem Sammelband stammen, der schon in meiner Kindheit auf ihrem Regal stand. Den Gedichten liegt ebenfalls ein Zettel oder eine Postkarte bei, fast immer mit dem gleichen Text. »Für meinen Sohn zum Nachdenken, Deine Mama.«

Und nun kamen mit der Post ihre Tagebücher. Es sind zwei ordentlich geheftete Kladden, und sie enthalten meinen späten Freispruch in der Strafsache Said. Ihre Aufzeichnungen hatte sie abgetippt und überarbeitet, vermutlich auch einiges gekürzt, Originale waren es nicht. Auf dem Deckel der ersten Kladde stand, handgeschrieben: »Wie man wird, was man ist. Nietzsche«. War das eine Anspielung auf Monika? Sie legte einen kurzen Brief bei. Sie wolle, dass ich sie besser verstehe, auch ihre Emotionalität und Spontaneität.

Nichts von dem, woran ich mich erinnere, findet sich in ihren Aufzeichnungen. Bis auf diese eine Andeutung vielleicht, »meine Emotionalität und Spontaneität«. Ich tauche in den Tagebüchern selten auf, aber immer in zärtlichen Formulierungen, mein goldiger Junge, mein Sonnenschein, unser Ein und Alles.

Ja, natürlich hat sie mich geliebt, so gut, wie sie konnte. Aber man kann ihr nicht trauen.

FRED

Im Frauengefängnis muss es eigentlich ganz lustig gewesen sein. Die älteren Mädchen haben sich Storys erzählt, gekichert und die Wärter angemacht, »*Come here, I show you something nice, Sweetheart*«, so in dieser Art. Was sollte ihnen schon groß passieren? Die Mädchen hatten Connections.

Bei Maria war das etwas anderes. Sie war erst dreizehn. Das ist ein bisschen jung für eine Professionelle. Ihre Tante Wilma, die eigentlich Wilhelmine hieß, hatte sie in diesen Klub mitgeschleppt. Der Besitzer war einer von diesen schmierigen alten Nazis, die ganz schnell die Kurve gekriegt hatten, gestern zackig, heute ami-devot bis zum Gehtnichtmehr. Aber eine richtige Erlaubnis mit Stempel hatte er trotzdem nicht für seinen Laden. Der Klub lag weit draußen auf dem Land, wo noch genug Häuser standen.

Maria saß vorne, direkt vor der Band. Manchmal kam ein Amisoldat und grinste sie an, dann fragte sie: »*Do you have a cigarette, Mister?*«, und schüttelte ihr Haar wie ein Filmstar. Eigentlich rauchte sie nicht. Sie fragte nur aus

Show und ließ die Zigarette in der Hand abbrennen, das sah lässig aus. Wenn die Soldaten aus der Nähe sahen, wie jung sie war, wurden sie unsicher. Die meisten zischten wieder ab. Die ganz Hartnäckigen verscheuchte Wilma, auf die höfliche Tour. *She is still a kid, Officer.*

Kurz vor Mitternacht wurde die Tür aufgerissen, und die Militärpolizei stürmte den Laden, mit Waffen in der Hand, als ob sie das letzte Widerstandsnest der Werwölfe vor sich hätten. Die Lampions wackelten, die Band hörte mitten im Lied auf, das Licht ging an. Die knutschenden Paare, weiß und weiß, schwarz und weiß, flogen auseinander wie Funken, wenn man ins Feuer bläst. Hey, was soll denn das? *What's the problem?* Licht aus!

Sie luden die Mädchen auf Lastwagen. Die Amipolizisten hatten ein paar Bretter an die Ladefläche gelehnt, damit die Fräuleins es bequemer haben, vielleicht auch, damit sie die Girls nicht anfassen mussten. Nein, damit sie was zu glotzen hatten. Über die Bretter sind alle vorläufig Festgenommenen, beschienen von Funzellaternen, im Gänsemarsch nach oben gestöckelt wie auf einem Laufsteg. Maria hatte hohe Schuhe an und ein enges Kostüm, das Tante Wilma ihr geliehen hatte, schwarz mit roten Punkten. Sie wusste, dass sie ein heißer Feger war. Als sie auf dem Klo in den Spiegel geschaut hatte, fand sie sich zum Niederknien. Ein paar Militärpolizisten zwinkerten ihr sogar zu. Die amerikanischen Soldaten aus dem illegalen Klub hatten ihre Uniformen wieder zugeknöpft und standen bedröppelt herum, manche suchten Blickkontakt zu ihren Mädchen. Fraternisierung war offiziell immer noch verboten. Aber das kippte schon langsam. Die Amis kapierten allmählich, dass von den Deutschen keine Gefahr mehr ausging, absolut keine. Die Deutschen, die übrig waren, sind einfach nur froh gewesen, noch am Leben zu sein. Sommer 45, Sommer der Liebe.

In der Zelle stank es, in die Wände waren Botschaften eingeritzt. »Vergesst mich nicht. Ina.« Oder einfach nur ein Herz, darin ein Männername, Heinz, Klaus, so was. Die meisten dieser Heinze und Kläuse gab es nicht mehr. Wilma und Maria teilten sich eine Einzelzelle. Maria wollte sich unter keinen Umständen auf die Pritsche legen, zu dreckig. Also hockte sie auf dem Boden, an die Wand gelehnt, und versuchte, ein bisschen zu träumen. Sie wollte Kinder, eine Familie, auf jeden Fall wollte sie etwas anderes als die Scheiße, die hinter ihr lag. Tante Wilma lag auf der Pritsche und schnarchte. Am Morgen brachten Militärpolizisten Kaffee, den guten Amikaffee, und für jede ein dick belegtes Brot. Die Mädchen riefen »wie im Hotel« und *»give us a morning smoke«*. Dann ging es ins Militärhospital, wieder im Lastwagen, ein ganzer Lastwagen voller Fräuleins. Die Deutschen, an denen sie vorbeigefahren sind, schauten finster. Ein paar von denen hätten den Mädchen sicher am liebsten die Haare geschoren. Ein alter Mann rief: »Amihuren!« Wilma brüllte zurück: »Nazischwein!« Da lachten im Lastwagen alle, auch die Amis. Die konnten ihnen ja nun gar nichts, diese Verlierer.

Sie sollten auf Geschlechtskrankheiten untersucht werden. Eigentlich ein netter Service, sagte Wilma. Maria war noch nie bei einem Frauenarzt gewesen, obwohl sie schon seit einem Jahr ihre Periode hatte. Ein Besuch beim Frauenarzt ist in der Endphase des Krieges beim besten Willen nicht drin gewesen, alle Frauenärzte waren mit dem Endkampf ausgelastet. Sie versuchte, lässig zu wirken. Sie steckte einen Kaugummi in den Mund, kletterte auf diesen Stuhl und machte die Beine breit, als ob sie das nicht im Geringsten kratzt. In Wirklichkeit ist das so ziemlich das Peinlichste gewesen, was ihr bis dahin passiert war. Der zweite Mann, der sie im Leben da unten berührte, war also ein amerikanischer Militärarzt, der erste kommt später. Er hatte raspelkurze Haare, war steinalt und ziemlich dick. Während er seiner Arbeit nachging, schnaufte und schwitzte er. Maria konnte sein Aftershave riechen.

»Du bist ja noch Jungfrau.« Der Arzt hatte einen starken Akzent. Maria sagte: »*Yes, Sir.*« Den Satz kannte sie aus einem Lied von Zarah Leander. Der Arzt lächelte. Er schien ganz nett zu sein.

»Wieso bist du an diesem Ort gewesen?«

Maria sagte, dass ihre Tante sie mitgenommen habe. Sie hätte selbst darum gebeten, weil sie die Amimusik so toll findet. Sie wollte das einfach mal miterleben. »Mein Onkel war Sänger in der Band. Mein Onkel ist vorm Krieg in den besten Häusern aufgetreten. *He is a star. He is very good.*« Das stimmte so halbwegs. Ein richtiger Star, so was wie Johannes Heesters, war ihr Onkel nicht, eigentlich war er nicht mal ihr Onkel.

Der Arzt telefonierte auf Englisch. Dann sagte er: »Du bist noch ein Kind. Ein Offizier wird dich nach Hause fahren. Zu deiner Familie. Die soll in Zukunft besser auf dich aufpassen.«

Das Problem war, dass Maria so etwas wie eine Familie nicht besaß. Sie hatte keine Ahnung, wohin dieser Offizier sie bringen könnte. Wo wohnte ihre Mutter? Wer war ihr Vater? Offene Fragen.

Maria wurde im Bett ihrer Großmutter Luzia geboren, als das zwölfte Kind, welches diesem Bett entsprang, aber als das erste, das nicht ihre Oma selbst gebar. Marias Mutter war erst achtzehn. Sie soll stundenlang geschrien und getobt haben, Schmerzen konnte sie nicht gut aushalten. Eine Hebamme war zu teuer. Deshalb musste Luzia ihre erste Enkelin selbst aus ihrer Tochter rausholen. Nach der Geburt zog die Tochter sofort zurück zu ihrem Freund. Als Kindsvater gab sie irgendeinen Kerl an, mit dem sie, lange vor dem aktuellen Freund und im passenden Monat, mal kurz zusammen gewesen war, die Auswahl ist nicht klein gewesen. Sie entschied sich für einen, der ein bisschen Geld hatte und voraussichtlich für das Kind zahlen würde.

Maria ließ sie zurück. Das war Maria recht. Denn Luzia ist eine wunderbare, liebevolle Frau gewesen. Sie hatte elf Kinder geboren, davon vier Jungen. Die Jungen sind alle gestorben. Die sieben Mädchen aber haben alle überlebt, schon seltsam. Luzia zog ihre sieben Töchter in der Zweizimmerwohnung alleine groß, Maria ist jetzt eben Tochter Nummer acht gewesen. Wovon lebte sie? Hauptsächlich von Almosen. Der Metzger aus dem Vorderhaus ließ täglich vom Lehrling Fleischreste zu ihr bringen. Beim Bäcker gab es für Luzia das Brot vom Vortag umsonst. Die größeren Töchter gaben, sobald sie das erste Geld verdienten oder einen Mann hatten, ihrer Mutter und den kleinen Geschwistern etwas ab. Luzias Bruder Fred, der in Wirklichkeit Friedrich hieß, gab auch etwas. So war das damals eben. Die Familien hielten zusammen. Und sie waren eine Familie. Hungern mussten sie nicht.

An Weihnachten saßen sie alle zusammen. Jeder hatte für jeden anderen ein kleines Geschenk gebastelt, zur Not aus dem Abfall, falls es nichts anderes gab. Und dann haben alle gesungen. Luzia hob Maria hoch, das Nesthäkchen, und hat ihrer Kleinsten zärtlich ins Ohr geflüstert, dass sie ihr Schatz sei. Du bist mir die Liebste von all den Mädchen.

So stellte sich Maria das ihr Leben lang vor, das war die Erinnerung, die sie gern gehabt hätte und die sie sich so oft ausmalte, dass sie sich fest in ihr Gehirn einbrannte. Sie dachte fast täglich an Luzia, sie war sich sicher, dass es so gewesen war, genau so. Luzias Bild hing später in jeder ihrer Wohnungen. Luzia strahlt auf dem Bild Wärme aus, obwohl sie ernst schaut. Das also ist die glückliche Zeit gewesen, das goldene Zeitalter. Luzia, warum konntest du nicht ein bisschen bei mir bleiben? Warum hast du mich verlassen? Wir hatten es doch gut.

Luzia ist gestorben, als Maria elf Monate alt war, es ging ganz schnell und Geld für einen Arzt war nicht da. Aber sie konnte sich immer noch an sie erinnern, als fast alle anderen Erinnerungen ihr entglitten waren, auch wenn andere darüber lachten und behaupteten, dass so eine frühe Erinnerung unmöglich ist. Sie erinnerte sich an Luzias weiche Haut, an ihren Geruch nach Brot und Kirschen und die Schlaflieder, die sie ihr sang. Manchmal stand sie noch als alte Frau lange vor Luzias Bild und schaute ihr in die Augen.

Nach Luzias Tod kam Maria zu ihrer Mutter, die wahrscheinlich davon nicht begeistert war. Aber daran erinnerte sie sich nicht. Ihre Mutter war kurz mit Marias angeblichem Vater verheiratet, dem Mann mit ein bisschen Geld, dieser Trottel hatte sie tatsächlich geheiratet. Na ja, ein Volltrottel war er nicht. Er hat einen Plan gehabt. Sein Geld kam von Gaunereien und Schweinereien aller Art. In null Komma nichts war er nicht mehr nur ihr Gatte, sondern auch ihr Zuhälter.

Welche Qualifikationen muss ein Zuhälter besitzen? Nur zwei. Er muss es schaffen, dass seine Mädchen parieren. Und er muss schlau genug sein, um sich nicht erwischen zu lassen.

Letztere Qualifikation konnte Marias Stiefvater nicht vorweisen. Sie haben ihn geschnappt und verurteilt. Das Kind soll bei den Kundenbesuchen meistens dabei gewesen sein, auch daran konnte Maria sich nicht erinnern, aber bei dieser ekelhaften Vorstellung schüttelte es sie. *Buy a woman, get a child free*. Haben diese Herren auch mit ihr was angestellt? Ihr Leben lang versuchte sie, sich zu erinnern, aber vor dieser Erinnerung hing ein schwerer Vorhang, durch den sie auch mit all ihrer Kraft nicht hindurchkam. »Manchmal«, sagte sie als Erwachsene, »würde ich am liebsten einfach nur Scheiße schreien, wenn ich dran denke, Scheiße, Scheiße und nochmals Scheiße. Ist wohl mein Lieblingswort. Zum Glück erinnere ich mich wenigstens an Luzia. Mach es wie die Sonnenuhr, zähl die schönen Stunden nur.«

Als ihr Zuhälterpapa blöd genug gewesen war, sich erwischen zu lassen, kam sie auf behördliche Anweisung in ein Heim, oder auch in mehrere Heime nacheinander.

Niemand weiß das genau, es ist alles weg, getilgt für immer. Mit drei landete sie in einer ordentlichen Pflegefamilie mit schönem Haus. Ein Ehepaar tauchte im Heim auf, der Mann im schicken Mantel, die Frau mit Hut und Kostüm. Der Mann deutete auf Maria und sagte: diese da. Ein liebes Kind und obendrein ein überaus hübsches. Das wollen wir und kein anderes.

Manchmal blinkten später aus dieser Zeit ein paar Bilder in ihrem Kopf auf, Frühstück im Garten, das schöne Haus, ein Hund, alles wunderbar, wie im Werbefilm. Luzia, wo warst du? Luzia, konntest du in deinem Himmel denn nicht ein bisschen aufpassen auf dein Mädchen?

Der Mann im schicken Mantel, Stiefvater Nummer zwei, ist vermutlich Marias erster Mann gewesen, also der erste, vor dem netten alten Amiarzt, der an ihr herumgemacht hat. Gesetzt den Fall, dass mit den Kunden von Stiefvater Nummer eins nichts gewesen ist, das weiß ja niemand. Deswegen wurde sie der Familie von Amts wegen wieder weggenommen. Es muss nach einer Weile aufgefallen sein. Hat seine Frau etwas gemerkt? Sind die vom Amt bei einem Kontrollbesuch misstrauisch geworden, weil sie irgendwelche Verletzungen hatte oder sich seltsam verhielt? Keine Ahnung, der Film in Marias Kopf gibt nichts her. Eine beschissene Zeit. Das Hirn hat sie gelöscht.

Sie ist stark. Sie hat das alles weggesteckt. Sie wird noch mehr wegstecken, wenn es nötig ist. Darauf ist sie stolz.

Und jetzt saß sie also in diesem offenen Jeep, die Sonne schien, und neben ihr dieses Bild von einem Mann, ein junger amerikanischer Offizier, höchstens Mitte zwanzig, der akzentfrei Deutsch spricht. Vielleicht ein Jude, oder ein Emigrant, aber so was konnte man schlecht fragen. Seine dunklen Haare waren gerade lang genug, um im Wind ein bisschen zu flattern. Er sah wahnsinnig männlich aus. Nach einer Weile drehte er seinen Kopf kurz zu ihr und fragte: »Bist du eigentlich aufgeklärt?«

Sie fragte zurück: »Wollen Sie was Bestimmtes?«

In Wirklichkeit hatte sie nur eine vage Vorstellung von diesen Sachen. Aber wenn ein Mann eine Frau auf diese Weise ansah, dann wollte er was von ihr, das wusste sie, und wenn sie dann darauf einging und sich nicht wegdrehte oder wegging, bekam er es auch.

Der Offizier reichte eine Tafel Schokolade herüber. Dann fing er an zu reden und hörte gar nicht mehr auf.

»Lass dich nicht auf die Soldaten ein. Die Soldaten haben fast alle zu Hause eine Familie oder eine Freundin. Die wollen sich nur amüsieren. Wenn du schwanger wirst, lassen die dich allein, und das wird dein Leben ganz schön kompliziert machen, in deinem Alter.«

Nachdem er das gesagt hatte, erklärte er haarklein, wie man schwanger wird und wie man verhütet. Das erzählte er so sachlich und freundlich, dass es kein bisschen peinlich wurde. Dann fing er an, über Liebe und Sex zu reden. Sex ist wie Essen und Trinken, eine gute Sache. Die Menschen brauchen das. Viele Männer denken aber nicht über den Sex hinaus, weil ihr Frauen ja dann die Kinder kriegt und sie weggehen können. Warte auf einen, dem du vertraust und der dich liebt. Liebe heißt, dass einer zu dir hält und nicht gleich abhaut, sobald es Probleme gibt. Wenn du einfach nur Lust auf einen Mann hast, auch okay, aber dann kümmere dich um die Verhütung. Verlass dich nicht auf die Männer. Das ist ganz wichtig, kapiert? Bevor du sechzehn bist, lässt du am besten ganz die Finger von den Schwänzen. Willst du vielleicht ein Sandwich, Kleine? Hast du Fragen?

Dieser Offizier redete tatsächlich drei Stunden lang mit ihr nur über Sex. Sie wurde immer mutiger und fragte alles Mögliche, was es so gibt, was man alles machen kann, wie das so ist, und er gab immer freundlich und sachlich Auskunft. Schon mit deutlichen Ausdrücken, aber ohne dass es richtig schlüpfrig oder unangenehm wurde. Sie war sich nach einer Weile völlig sicher, dass er es gut mit ihr meinte und nichts im Schilde führte. Nur ein winziger Rest Misstrauen blieb übrig. Und halb wünschte Maria sich sogar, dass er vielleicht doch noch was anderes im Kopf hatte als nur Fürsorge. Dieser Offizier war ein besonderer Mensch, wie man ihn nicht oft findet, einer, in den man sich verlieben muss.

Als sie endlich die Stadt erreichten, war das ein Schock für sie. In den letzten Kriegsmonaten waren viele Kinder von der Regierung aufs Land geschickt worden, in Marias Fall zu Wilma und ihrem Freund, dem Star, der beschlossen hatte, abzutauchen und auf bescheidene Weise zu überleben, statt in großem Stil zu sterben. Es gab zu essen, es gab eine improvisierte Schule. Hin und wieder flog eine Bomberstaffel über das Dorf, oder ein Verwundetentransport mit Lastwagen voller schreiender, blutverschmierter und stöhnender Männer fuhr durch, mehr merkte man vom Krieg nicht. Von der Stadt aber war nichts mehr übrig, nur Trümmer.

»Warum habt ihr das gemacht?«, fragte sie. »Ihr wart das doch, oder?«

Zum ersten Mal dachte der Offizier länger nach, bevor er eine Antwort gab. Er wirkte verlegen. Das fand Maria süß. »Wir mussten das tun, damit der Krieg aufhört. Wir mussten siegen. Um zu siegen, musst du den Feind zerstören, außer, der Feind ergibt sich. Jetzt ist es vorbei. Wo soll ich dich denn hinfahren?«

In den letzten Jahren hatte sie mal hier, mal da gewohnt. Mal bei ihrer Mutter, die sich null für sie interessierte und sie am liebsten von hinten sah, mal bei einer der zahlreichen Tanten, dann wieder in einem Heim, weil Maria angeblich schwierig war und angeblich manchmal total ausrastete, was so aber nicht stimmte. Sie wehrte sich doch nur.

Das Haus, in dem ihre Mutter zuletzt gewohnt hatte, gab es nicht mehr, das stand fest. Von dem Viertel war nichts mehr übrig, nur eine Steinwüste mit ein paar verbogenen Verkehrszeichen, die aufragten wie Bartstoppeln, die man beim Rasieren vergessen hat. Ihr Stiefvater, das Schwein, war an der Weichsel gefallen, als Soldat, was sie sich gar nicht vorstellen konnte. Bestimmt war er beim Bombardement eines von ihm betriebenen Truppenbordells gestorben oder beim Schwarzhandel von Partisanen erledigt worden.

Sie fuhren zu der Tante, die Maria am besten kannte. Ihr gehörte eine Gaststätte, in der Männer verkehrten, diese Männer waren auf der Suche nach willigen Frauen. Tante Rosalie half ihnen bei dieser Suche. Die willigen Frauen saßen hübsch aufgereiht wie Täubchen auf hohen

Hockern an der Theke, und wer sie näher kennenlernen wollte, musste erst mal ein paar teure Getränke bestellen. Das war Tante Rosalies Geschäftsmodell, völlig legal, so blöd wie der Stiefvater war sie nämlich nicht. Sie selbst nahm nie Geld von den Männern, außer für Getränke. Sie drückte lediglich beide Augen zu. Wenn aber ein Mann es wagte, ihr einen schlüpfrigen Antrag zu machen, flog er sofort hinaus. Tante Rosalie war eine strenge Schönheit, unverheiratet und kinderlos, und sie stand nicht auf Männer. Deshalb, dachte Maria, hat sie's auch als einzige der sieben Schwestern zu was gebracht. Rosalie wurde nicht gern angefasst, egal von wem, und sie fasste nicht gern an, egal wen. Maria glaubte, dass ihre Freundinnen im Bett einfach nur auf sie einredeten. Das hat sie erregt, so was ist ja vielleicht gar nicht schlecht.

Die Bar stand noch, als einziges Haus in der ganzen Straße. Als ob die Amis gewusst hätten, wie viel Freude ihren Soldaten dieses Haus in den kommenden Jahren bescheren würde, ein Backsteinhaus mit einem Band aus schwarzen, schimmernden Kacheln und einer roten Laterne an der Fassade. Als der Offizier und Maria dieses Etablissement betraten, stand Tante Rosalie wie immer hinter ihrer Theke, Hand am Zapfhahn, wie immer rauchend, Amizigaretten, sie hatte also schon die Kurve gekriegt in die neue Epoche. Ein paar Amisoldaten und Franzosen hockten herum, auf den Hockern saßen drei zerrupfte Mädchen mit rosa Perücken über den ungewaschenen Haaren und in löchrigen Netzstrümpfen. Das war weniger glamourös als früher, aber immerhin ein Anfang, ein paar Monate nach der Kapitulation. Später haben Flüchtlingswaisen aus dem Osten und dralle Kriegerwitwen auf den Barhockern gesessen und für richtig Remmidemmi gesorgt.

Als der Offizier die Bar betrat, hielt er Maria fest an der Hand, wie ein Kind. In diesem Moment wusste sie, was sie wollte. Sie wollte, dass der Offizier ihr Vater ist. Ein Mann, der sein Kind einfach so an der Hand nimmt, ohne was zu wollen. Einer, der ruhig redet und nicht brüllt wie die im Heim und der kapiert hat, dass sie nicht blöd ist.

Die Soldaten setzten sich aufrecht hin, einige hoben die Hand zum militärischen Gruß an die Mütze, nicht zackig wie die Deutschen, sondern lässig. Der Offizier sah natürlich sofort, was für eine Art Bar das war. Er fragte Rosalie, ob dieses Mädchen bei ihr bleiben könnte. Rosalie nickte ihm freundlich zu und lächelte ihn kurz an, das war nun wirklich das Äußerste an Zuwendung, was man von ihr erwarten konnte. »Klar, Herr Leutnant. Meine Nichte kennt sich hier aus. Ich kümmere mich.«

Maria hatte immer noch die engen Sachen vom Vorabend an, Erwachsenensachen, die ihr am verschwitzten Leib klebten. Sie spürte die Blicke der Soldaten und auch den Blick von Rosalie. Es war höchstens ein Dreivierteljahr her, seit sie sich das letzte Mal gesehen hatten, aber in diesem Dreivierteljahr war körperlich bei ihr eine Menge passiert.

Der Offizier sagte: »Kann ich kurz alleine mit Ihnen sprechen?«

Tante Rosalie nickte, sie goss Maria ein Glas Limonade ein und gab der Kellnerin ein Zeichen, die sollte das Mädchen auf einen der Barhocker heben, aus alter Gewohnheit. Inzwischen hätte sie das ganz gut alleine geschafft. Dann setzten sich Rosalie und der Leutnant an einen freien Tisch wie zu einer Konferenz. Maria trank die Limonade, eine amerikanische, die es auch am Vorabend in dem Klub gegeben hatte. Sie sah, wie der Leutnant auf Tante Rosalie einredete. Er war sehr ernst, Rosalie hörte zu und nickte von Zeit zu Zeit, manchmal sagte sie etwas, dabei spielte sie nervös mit ihrer Halskette. Der Leutnant griff in seine Jackentasche, er holte seine Brieftasche heraus, dann schob er, schnell und möglichst unauffällig, ein paar Geldscheine auf die andere Seite des Tisches.

Er stand auf und gab Rosalie die Hand. Dann kam er zu Maria. »Es wird dir hier gut gehen, Kleine. Auf Wiedersehen.«

Sie sagte: »Nimm mich mit, bitte. Ich mach alles, ich kann putzen, ich werd auf deine Kinder aufpassen, bitte, bitte.«

Der Offizier sagte: »Du weißt doch, dass ich das nicht machen darf. Es tut mir leid. Du bist ein liebes Mädchen. Pass gut auf dich auf. Denk an das, was ich dir gesagt habe.«

Er streckte seinen Arm aus, um ihr über den Kopf zu streichen. Sie fasste den Arm, mit beiden Händen, sie klammerte sich so fest an ihn, wie sie konnte. Sie schrie. Sie heulte. Sie küsste den Ärmel des Offiziers und versuchte, mit dem Mund sein Gesicht zu finden, bitte, bitte, bitte, sei du der Erste, der mich küsst. Soldaten kamen und zogen sie von dem Offizier weg.

Sie wand sich und trat um sich und schrie: »Du blödes Schwein, du Drecksau, du willst mich doch nur ficken!

Die ganze Zeit hat er nur vom Ficken geredet, die Sau. Und jetzt ziehst du den Schwanz ein? Sollen die anderen mich ficken, du Versager?«

Nachdem der Leutnant gegangen war, ohne sich noch einmal umzudrehen, stieg sie allein die Treppe in den ersten Stock hinauf. Rosalie blieb unten bei den Gästen, um sie zu beruhigen. Ein bisschen tat Maria leid, was passiert war. Aber nicht sehr.

Das also war das beschissene Ende ihrer beschissenen Kindheit. Manchmal kamen Worte aus ihr heraus, die sie hinterher bereute, manchmal war sie grob, das stimmte, na, wenn schon. Worte bedeuten nichts. Taten zählen. Sie hatte nie einen einzigen Kuss von ihrer Mama oder ihrem Papa bekommen, niemals. Sie hatte nie mit den Eltern an einem Tisch gesessen, niemals. Sie hat genug zu essen gehabt und ein Dach überm Kopf, und das war's. Nie hatte ihr jemand ein Schulbrot gemacht. »Ich hab mich allein durchgeschlagen«, dachte sie. »Da ist so eine Wut in mir, die hat mir manchmal geschadet, weil ich mich nicht im Griff habe, aber ich bin lieber so als anders. Nichts kriegst du geschenkt, gar nichts. Ich bin eine Straßenkatze. Mit mir muss man vorsichtig sein, ich beiße. Ich lass mir nichts gefallen. Ich beiße und kratze, und wer mir wehtut, der wird das bereuen bis ans Ende seiner Tage. Du musst den Feind vernichten. Du musst sie kaputtbomben, bis nichts mehr steht. Der Leutnant hat recht gehabt.«

Sie machte die Tür auf und hätte fast losgejubelt. Ihr ehemaliges Zimmer sah fast noch so aus, wie sie es in Erinnerung hatte. Der Vorhang, ordentlich zugezogen. Das Bett. Der Schrank. Der kleine Schreibtisch. Die Bücher auf dem Regal, »Grimms Märchen«, »Pucki«, »Pünktchen und Anton«, »Das Kinderschiff«. Auf der Ablage des Waschbeckens lagen eine Tube Rasierseife und ein Rasiermesser, an dem ein paar Haare klebten, eine leere Weinflasche stand neben dem Schrank. Das Zimmer war benutzt worden.

Sie wischte das Messer an ihrem Ärmel ab. Dann packte sie das Rasierzeug in die Schreibtischschublade, schlug die Tagesdecke zurück und roch an der Bettwäsche. Persil. Ja, so war Tante Rosalie. Im Krieg hat es irgendwann kein Persil mehr gegeben, aber in Rosalies Luftschutzkeller standen da schon längst Vorräte, gestapelt bis an die Decke, und wer sich daran vergriff, durfte den nächsten Luftangriff im Freien genießen. Auch wenn der Krieg dreißig Jahre gedauert hätte, der Persil-Geruch in Rosalies Bettwäsche wäre als letztes Überbleibsel deutscher Größe verschwunden. Sie setzte sich auf ihr Bett, öffnete den Vorhang und das Fenster und zog danach die Stores wieder zu, damit niemand hineinsehen konnte. Ein bisschen stickig und staubig roch es schon im Zimmer. Von draußen hörte sie das Pfeifen einer Dampflokomotive, der Bahnhof war nicht weit entfernt.

Endlich zog sie die verschwitzten Kleider aus und legte sie sorgfältig zusammen. Ob wohl noch ein paar ihrer alten Sachen im Schrank waren? Ja, in einem der Regale lagen sie noch, genau so, wie sie von ihr zurückgelassen worden waren, etwa vierzig Zentimeter hoch, exakt Kante auf Kante, von ihr nach ihrem eigenen System zusammengelegt. War das wirklich erst vor einem Dreivierteljahr gewesen? Die Stadt war noch die Stadt, unten im Gastzimmer saßen damals noch deutsche Soldaten, meistens halb genesene Verwundete. Jemand hatte ihren Bären Winni, dem schon immer eines seiner Glasaugen fehlte, auf den Stapel aus Blusen, Röcken, Unterwäsche und Wolljacken gesetzt. Von allem gab es zwei, höchstens drei Stück, aber das reichte ja erst mal.

Sie nahm Winni und drückte ihn kurz an sich, weinen wollte sie auf gar keinen Fall. Sie fühlte sich müde, zerschlagen, ein bisschen schämte sie sich immer noch, aber sie war auch erleichtert. Nach einem Wutanfall fühlte sie sich immer, als hätte jemand ihr Innerstes gründlich durchgelüftet, ein gutes Gefühl.

Einige Sachen waren inzwischen zu klein. Sie fand auch das Nähzeug an der gewohnten Stelle. Ein paar alte, geflickte Bettlaken gab es auch. Die konnte sie benutzen, um die Sachen ein bisschen weiter zu machen, Rosalie würde bestimmt nichts dagegen haben. Tante Rosalie ging es nicht schlecht. Die Laken lagen einfach nur herum, Rosalie hatte viel zu tun und war froh, wenn man ihr so wenig Mühe wie möglich machte.

Rosalie war kalt, böse war sie nicht. Sie kümmerte sich nicht groß, aber manchmal steckte sie Maria ein bisschen Geld zu. Und manchmal lagen morgens, vor der Schule, wenn alle noch schliefen und sie sich im leeren Gastraum ein Frühstück zusammensuchte, ein halb gegessenes Brötchen vom Vorabend und ein paar Salzstangen auf einem der Tische oder ein Solei aus dem großen Glas auf der Theke, manchmal sogar eine Tafel Schokolade. Da hatte Rosalie spätabends, vor dem Schlafen, also an Maria gedacht. Sie hatte den Schlüssel von seinem streng geheimen Platz genommen, den Vorratsschrank geöffnet, den nur sie öffnen durfte, niemals eine der Serviererinnen oder Barfrauen, und sie hatte nur für sie diese Schokolade hingelegt. Die konnte man in der Schule eintauschen, meistens tauschte sie gegen Äpfel, Birnen oder Kirschen. Kinder müssen auch Obst essen, das ist sehr wichtig. Für eine Tafel Schokolade bekam man eine Menge Obst. Die anderen Kinder hatten immer viel zu viel davon. Aber eben keine Schokolade.

Der Offizier wäre sowieso weggegangen, der Wutanfall hatte also nichts schlechter und nichts besser gemacht. Das musste halt raus. Maria dachte an einen anderen Wutanfall, damals im Heim. Mama war nie ins Heim gekommen, niemals, aber Fred besuchte sie von Zeit zu Zeit, immer sonntags. Fred hieß eigentlich Friedrich und war Luzias kleiner Bruder. Fred war sanft und freundlich, genau wie seine große Schwester. Er hatte keine Kinder, grau melierte, lockige Haare und war immer tipptopp angezogen, gebügeltes Jackett, Rose im Knopfloch, dazu ein mittelteures Aftershave. Fred war Schriftsetzer und bei den Schriftsetzern sogar eine Art Chef, die wurden gut bezahlt.

Alle Kinder schliefen in einem großen Saal, das Licht ging immer um 19 Uhr aus, nach der Gymnastik und dem Waschen mit anschließendem Zähneputzen. Jedes Kind hatte einen Spind aus Blech mit seinen Sachen, Schlüssel für die Spinde gab es nicht. Hinter dem Saal lagen die Waschräume mit den Duschen, alle Kinder mussten zwei Mal in der Woche duschen. Am Ende des Gangs war der Aufenthaltsraum, dort kamen zu festen Zeiten auch die Besucher hin.

Für die Besucher und das jeweilige Kind gab es kleine Tische mit zwei Stühlen. Aber Onkel Fred setzte sich immer zu Maria auf den Boden und spielte ein bisschen mit ihr, meistens mit Bauklötzen, zehn Minuten lang vielleicht, bis es ihm langweilig wurde. Kein anderer Erwachsener tat so etwas, keiner der Besucher. Die Aufseherinnen mochten es nicht, wozu gab es Stühle. Aber Fred brachte ihnen meistens einen kleinen Blumenstrauß mit, da waren sie nicht so streng. Bevor er ging, fragte er immer, was er denn das nächste Mal mitbringen solle. Maria wünschte sich nur etwas Kleines, einen Lutscher oder ein Heftchen mit Bildergeschichten, damit sie Fred nicht abschreckte durch übertriebene Wünsche. Manchmal dauerte es drei Wochen, manchmal vier, bis er wiederkam, aber er vergaß nie den Wunsch.

Fred zwinkerte immer verschwörerisch, wenn sie sich begegneten, und fragte: »Na, was glaubst du, kleine Maria, was habe ich heute wohl Schönes dabei?« Das war ein Spiel zwischen ihnen. Er wusste, dass sie es wusste. Aber Maria sollte so tun, als hätte sie keine Ahnung.

»Einen Lastwagen?«

»Viel zu groß, wie soll ich den durch die Tür kriegen?«

»Eine Flasche Bier?«

»Na hör mal, du bist doch noch ein Kind!«

»Eine Pferdewurst?«

»Igittigitt!« Dann klappe er seine lederne Aktentasche auf, rollte dramatisch mit den Augen, rief »Simsalabim! Trara!« und holte sein Geschenk heraus. Meistens wurden Geschenke den Kindern nach dem Besuch wieder weggenommen, Spielsachen waren Gemeinschaftseigentum. Nur Lutscher durfte man behalten. Aber das war egal.

Als Fred an diesem Tag vom Boden aufstand, mit knackenden Kniegelenken, als er sein Jackett glatt gezogen hatte und als er wie immer fragte, was Maria sich wünschte, sagte sie: »Nimm mich mit, Onkel Fred.«

Er schaute sie ernst an. »Ist es wirklich so schlimm hier?«

Maria sagte das, was sie viele Jahre später auch zu dem Offizier sagte. »Ich mache deine Wohnung sauber. Ich putze und wasche. Ich bin ganz, ganz ordentlich. Ich mache keine Arbeit. Ich kann alles selber.«

»Das geht nicht, Kleine. Es geht einfach nicht. Verstehst du? Du bist doch schon ein großes Mädchen und verstehst viel. Ich arbeite den ganzen Tag. Ich kann dich nicht einfach allein lassen. Da kommt ganz bald das Jugendamt vorbei und bringt dich wieder her.«

»Ich bin leise. Nur wenn es dunkel ist, schleiche ich mich raus wegen der frischen Luft. Frische Luft ist wichtig. Bitte.«

Fred hockte sich mühsam wieder hin und nahm ihren Kopf in beide Hände. »Pass mal auf. Ich lass mir was einfallen. Ich gehe jetzt raus und fange sofort an zu überlegen. Das verspreche ich. Der alte Onkel Fred hält immer seine Versprechen. Das weißt du doch.«

In diesem Moment ist es zum ersten Mal passiert, also, das erste Mal, an das Maria sich noch als Erwachsene erinnern konnte. Es war, als ob sie von einem starken Strudel gepackt wurde, der sie im Kreis drehte und dann wegriss. Sie holte aus und schlug zu, so fest sie konnte. Wo ihre Worte herkamen, wusste sie nicht. Sie schrie: »Du Kinderficker! Du Schwuli! Du Kackpfütze, du Scheiße, du Lügner, du Pillepalle, du falscher Fuffziger.«

Fred war aus der Hocke umgekippt, weil der Angriff ihn überraschte. Maria packte blitzschnell seine Tasche und kippte sie aus, ein Füllfederhalter rollte über den Boden. Sie kratzte, mit aller Kraft, die sie besaß. Mehrere blutige Linien zogen sich über die Backe von Onkel Fred.

Es dauerte nur Sekunden, dann kam die Aufseherin angerannt, eine dicke Frau, die mit einem ihrer dicken Baumfällerbeine ausholte und Maria von Fred wegtrat wie ein Stück zerknülltes Papier, sie flog ein Stück durch die Luft. Onkel Fred wischte sein blutiges Gesicht mit einem gebügelten weißen Taschentuch ab.

Zwei Wochen nach diesem Vorfall rief Fred die sieben Schwestern in seiner Zweizimmerwohnung zusammen. Crescencia, die Älteste seiner Nichten, war schon schwer krebskrank, sie ging am Stock und schluckte jede halbe Stunde eine Schmerztablette. Auguste hatte ihr jüngstes Kind an der Brust, das fünfte. Wilhelmine, genannt Wilma, trug ein ausgeschnittenes Kleid und erzählte von ihrem neuen Liebhaber, Generalmajor a. D., leider verheiratet. Innozenzia kämpfte mit dem Schlaf. Sie war Dienstmädchen und half außerdem auch noch frühmorgens auf dem Blumenmarkt aus, ihr ständig betrunkener Mann war zu absolut nichts in der Lage. Innozenzias Kinder, zum Glück nur zwei, waren oft bei Crescencia, aber das ging wegen der Krankheit eigentlich nicht mehr. Viktoria war stumm geboren und ein bisschen verwirrt, aber das meiste kriegte sie mit. Marias Mutter sagte, dass sie wenig Zeit habe und man bitte schnell zum Wesentlichen kommen solle. Rosalie, die eigentlich Rosamunde hieß, rauchte eine Zigarette nach der anderen und drehte ununterbrochen an ihrer Perlenkette. Die Kinder spielten im Nebenzimmer mit einem Freund von Fred, einem Matrosen, und sangen Seemannslieder.

Fred sagte, dass seine Schwester Luzia es niemals zugelassen hätte, dass eines ihrer Kinder oder ihrer Enkel im Heim aufwächst, egal, wie schwierig das Kind ist und wie schwierig die Lage, und dass Luzia sich jetzt im Grab umdrehe, wegen Maria. Dieses Kind sei lieb, aber völlig verstört, was ja kein Wunder sei. »Ich bezahle für das Essen und die Kleidung«, sagte Fred. »Da werden keine Kosten entstehen.«

»Dann nimm du sie doch«, sagte Marias Mutter. »Nur Mut. Dein Matrose kann doch gut mit Kindern.« Sie war auf Krawall gebürstet, weil sie spürte, dass sie irgendwie auf der Anklagebank saß, und das fand sie ungerecht.

»Ich übernehme das«, sagte Rosalie. »Geld musst du mir nicht geben, Fred.«

Zwei Wochen nachdem Maria bei Rosalie als offizielles Pflegekind zum ersten Mal eingezogen war, kam sie in die Schule. Rosalie hatte sie angemeldet. Maria kannte den Namen der Schule, aber wusste nicht genau, wo sie war. Jedenfalls war es eine Mädchenschule. Am Abend vor dem ersten Schultag stellte Rosalie ihr den Wecker auf 6 Uhr 30. Maria zog die beste ihrer drei Blusen an und fragte auf der Straße nach dem Weg. Die Arbeiter waren alle schon längst in den Fabriken, aber die Angestellten waren noch unterwegs. Ein älterer Mann nahm sie ein

Stück auf dem Fahrrad mit. Sie kam viel zu früh an. Der Hof war noch leer.

Also spazierte sie auf und ab, bis die ersten Mädchen mit ihren Eltern eintrudelten, mit Schultaschen und Schultüten, ein großes Hallo, in dem Maria nicht weiter auffiel. Wenn jemand sie nach ihren Eltern fragte, sagte sie einfach »Die sind da hinten, die reden mit der Lehrerin«, und weg war sie.

Der Direktor stand auf den Stufen vor dem Schulportal und las dröhnend vor, welches Kind in welche Klasse gehörte. Maria war Klasse 1 c, Raum 114. Zahlen konnte sie noch nicht lesen, aber an den Reaktionen der Eltern war leicht zu erkennen, welche anderen Kinder ebenfalls zur 1 c gehörten. Da lief sie einfach hinterher. Vor dem Zimmer umarmten die Mädchen ihre Eltern, manche weinten sogar. Viele Eltern winkten den Kindern hinterher. Maria lief stur geradeaus, ohne Blick nach links und rechts, und setzte sich auf den ersten freien Platz, den sie sah. Im Klassenzimmer fiel den anderen natürlich auf, dass sie keine Schultüte hatte und auch keine Schultasche. Sie sagte: »Meine Tüte ist viel zu groß und zu schwer, die kann ich unmöglich tragen.«

Die Lehrerin verteilte Zettel, auf denen stand, was die Kinder brauchten, außerdem den Stundenplan. Dann erzählte die Lehrerin ein bisschen über das, was in den ersten Wochen passieren würde, und fragte alle nach ihren Namen. Danach zog die ganze Karawane zur Aula, wo die größeren Kinder ein Programm aus Liedern und Gedichten für die Neuen aufführen sollten. Die Eltern warteten schon auf den Einzug der neuen Klassen, zwei und zwei, jede Klasse eine kleine Marschkolonne. Maria wollte zuerst mitgehen, aber dann entschied sie sich um und rannte nach Hause.

Rosalie saß im Schankraum und rauchte. Vor ihr lag ein riesiger Fotoapparat mit Blitzlicht. Als sie Maria sah, lächelte sie kurz, stand auf und holte hinter der Theke eine Schultüte hervor. Sie war wirklich riesig. Dann nahm sie den Apparat und fotografierte Maria zwei Mal mit der Schultüte. »Tut mir leid, dass ich verschlafen habe. Ich wollte wirklich mit. Aber gestern ist es wieder spät geworden, verstehst du? Die letzten zwei Stunden sind immer die mit dem größten Umsatz.«

Sie fragte, was sie alles kaufen sollte für die Schule, Maria gab ihr den Zettel der Lehrerin. Rosalies Kellnerin würde das als Erstes erledigen, wenn sie mittags kam. Die würde auch gleich eine Schultasche besorgen und die Fotos zum Entwickeln bringen. In der Zeit, in der sie einkaufen war, wollte Rosalie den Laden halt mal alleine schmeißen.

Maria sollte sich setzen. Rosalie spielte mit ihrer Kette. »Ich bin nicht der mütterliche Typ, verstehst du, was ich meine?«

Maria nickte.

»Ich hab dich gern. Ich bin deine Tante. Was gemacht werden muss, das mache ich, und wenn du was brauchst, kannst du mich immer fragen. So, und jetzt geh auf dein Zimmer, ich muss hier klar Schiff machen, bevor die Mädchen kommen. Meine großen Mädchen, meine ich. Du bist mein kleines Mädchen. Vergiss nicht, dir für morgen den Wecker zu stellen. Die Zahlen kennst du als Schulkind doch jetzt, oder?«

So war Rosalie. Zack, zack. Maria wusste nicht genau, ob sie diese Frau gernhatte. Aber die Frage stellte sich ja auch nicht.

»Darf ich noch etwas fragen?«

»Wenn du von mir was wissen willst, frag einfach.«

»Kannst du mir die Zahlen aufschreiben? Bis morgen lerne ich die.«

Rosalie riss ein Blatt vom Rechnungsblock ab.

Die Schule war so einfach, wie Maria das vorher nicht für möglich gehalten hätte. Sie konnte sich alles merken, wenn sie es ein einziges Mal gehört oder gesehen hatte, das saß dann tatsächlich. In der Schule meldete sie sich oft, und in den Klassenarbeiten schrieb sie immer nur Einsen.

Die anderen Mädchen schienen sie zu mögen, nicht alle, aber die meisten schon. »Ich bin nicht auf den Mund gefallen«, dachte sie. »Mit mir ist es lustig.« An die einsamen Morgen in der Gaststube, die nach kaltem Rauch und Bier rochen, hatte sie sich gewöhnt. Ganz selten tauchte doch einmal Rosalie in ihrem orientalischen Morgenmantel auf, schwankend und gähnend, wie ein Gespenst, und schob Maria wortlos ein Schinkenbrot hin, das vom Vorabend übrig geblieben war, die Ränder des Schinkens wellten sich schon. Nach der Schule saß Maria wieder in der Gaststube, am Rand, wo sie kaum auffiel, und machte Hausaufgaben. Sie mochte es, mit gesenktem Kopf dem Treiben zuzuhören, das noch ein bisschen gebremst war, richtig betrunken war noch niemand. Die Männer fragten die Mädchen noch höflich: »Wie wär's, schöne Frau, haben Sie heute Abend schon was vor, zum Beispiel in der nächsten halben Stunde? Ich wäre entzückt über Ihre Gesellschaft.« Später packten sie die Mädchen auch schon mal grob am Arm und grölten bloß noch »Wie viel kostet es?«.

Die Soldaten waren meistens die Nettesten. Die waren jung und schüchtern, hatten keine Erfahrung und Angst vor dem, was an der Front auf sie zukam. Einmal setzte ein Soldat sich an Marias Tisch, ein ganz junger. Bestimmt musste der sich noch nicht rasieren, obwohl er schon zwei oder drei Mal in der Bar gewesen war. Er drehte sich nach links und rechts, als ob er fürchten würde, dass jemand sie belauschte. Dann schaute er Maria in gespieltem Ernst an und flüsterte: »Ich habe ein Geheimnis. Kannst du ein Geheimnis behalten?«

»Na klar.«

Der Soldat flüsterte immer noch. »Ich muss an die Front, und ich habe von zu Hause was mitgenommen. Aber ich glaube, die lachen mich alle aus. Kannst du das für mich aufheben? Bis nach dem Krieg? Er heißt Winni. Bloß hier nicht auspacken, erst später.« Er lächelte verlegen.

Dann schob er Maria unter dem Tisch eine Papiertüte zu. Um acht Uhr klappte sie, wie immer, Hefte und Bücher zu und ging nach oben. Oben machte sie, wie immer, das Radio an. Onkel Fred hatte es ihr zum Einzug geschenkt. In der Tüte war ein Teddy mit nur einem Auge, anstelle des zweiten Auges saß da ein roter Knopf, ein Damenknopf, bestimmt von der Mutter des Soldaten. Sie wollte am liebsten wieder nach unten rennen, um sich zu bedanken, zum ersten Mal hatte sie ein Kuscheltier, einen

Winni. Aber das wäre dem Soldaten sicher nicht recht gewesen vor seinen Kameraden.

Als es zum ersten Mal Zeugnisse gegeben hatte, sagte Maria erst einmal gar nichts. Sie stellte den Wecker für den nächsten Morgen auf drei Uhr. Um drei schlich sie vorsichtig nach unten, barfuß. Die Bar musste eigentlich schon längst geschlossen sein, wegen der neuen Vorschriften und der Verdunkelung, aber Rosalie hatte Beziehungen, sie ließ die Rollläden runter und stellte Kerzen hin, und alles lief fast wie früher. Um diese Zeit stand sie fast immer an der Theke, rauchte, trank einen Cognac und machte die Abrechnung. Sie trank immer erst, wenn die letzten Gäste weg waren, und zwar genau drei Cognacschwenker, alle drei zu zwei Dritteln gefüllt. Marie zupfte an ihr, Rosalie schaute auf, dann legte Maria ihr erstes Zeugnis vor sie. Rosalie fasste ihre Augenbrauen mit Zeigefinger und Daumen, zwickte die Augenbrauen zusammen und schüttelte kurz den Kopf, wie jemand, der in Trance ist und aufwachen will. Dann schaute sie hin. Lauter Einsen. Ein Meer aus Einsen.

Rosalie schien eine Ewigkeit zu brauchen, um das Zeugnis zu lesen. So viele Fächer gab es doch gar nicht. Rosalie nahm Maria mit beiden Händen an der Taille, hob sie hoch und setzte sie auf den Tresen. Es war das erste Mal, dass sie Maria anfasste. Rosalie sagte: »Du bist klug. Und fleißig. Und ich bin stolz auf dich. Deine Mama ist bestimmt auch stolz. Morgen kriegst du was von mir. Jetzt gehst du besser wieder ins Bett.«

Maria ging nach oben und räumte ihr Schulzeug ordentlich in den Schrank, die Ferien fingen an. Dann legte sie sich wieder hin. Sie überlegte, wie Rosalies Zimmer wohl aussah. Da war sie noch nie gewesen. Bestimmt orientalisch, sie hatte diesen orientalischen Morgenmantel. Ob Rosalie jemanden hatte, zu dem sie anders war? Ob sie wohl jemanden mal so richtig in den Arm nahm?

Jetzt war sie also wieder hier, bei ihr, zum zweiten Mal. Sie war dreizehn, kein kleines Mädchen mehr. Sie war aufgeklärt. Sie wusste, was französisch war und anal, lesbisch, schwul und sadomasochistisch. Die Worte kannte sie irgendwie, seit sie ganz klein war, jetzt kannte sie auch deren genaue Bedeutung. Sie dachte wieder an den Leutnant. Es tat weh, an ihn zu denken. Sie wollte ihm einen Namen geben. Er hatte nicht mal gesagt, wie er heißt. Vielleicht war das verboten, wegen Fraternisierung. Sie nannte ihn Gregory.

Bei Rosalie war sie noch nie ausgerastet. Tante Wilhelmine, also Wilma, mit der sie im Gefängnis war, ist auch kühl gewesen, aber nicht so extrem wie Rosalie. Die Monate auf dem Land, bei Wilma, waren eigentlich genauso wie die Zeit in der Bar. Am Tag Schule, am Abend Männer, Musik und Feiern, aber vorsichtig, piano, wegen der SS. Als endlich die Amis triumphal einzogen und mit Bonbons und Schokolade um sich warfen, hatte Wilmas Freund schon alle Swing-Hits eingeübt.

Sie merkte, dass Winni auf ihrem Schoß saß, aber erinnerte sich nicht daran, ihn dort hingesetzt zu haben. Den Namen des deutschen Soldaten kannte sie auch nicht, bloß den Namen seines Kuscheltiers. Er sollte Hans heißen. Winni war bestimmt der Glücksbringer von Hans gewesen, so hatte seine Mutter sich das vorgestellt. Und er hatte sein Glück einem fremden Mädchen geschenkt, aus Angst davor, von den anderen Soldaten ausgelacht zu werden. Bestimmt war Hans deshalb gefallen, dieser nette Junge, der noch keinen Bart hatte. »Unser Hans ist leider tot«, flüsterte sie Winni ins Ohr, »du musst jetzt mir Glück bringen. Machst du das? Aber falls Hans doch lebt, darfst du zu ihm zurück.«

Maria ging wieder nach unten. Rosalie bereitete die Flaschen für den Abend vor, der Korken sollte nur ganz locker auf der Flasche sitzen, damit es beim Ausschenken keinen unnötigen Zeitverlust gibt.

»Wann kommt denn Onkel Fred wieder vorbei? Du, Fred und ich, wir sind dann eine Familie.«

Rosalie steckte sich eine Zigarette an. »Fred haben sie ganz zum Schluss noch zum Volkssturm geholt. Kannst du dir unsern alten Fred mit einem Stahlhelm und einem Gewehr vorstellen? Schon am ersten Tag haben die Russen ihn erwischt.« Maria drehte sich um und ging wieder auf ihr Zimmer, sie nahm Winni zu sich und sagte: »Fred, Hans, Gregory, nur wir zwei sind noch übrig.« Dann wollte sie weinen, stattdessen schlug sie mit dem Kopf an die Wand, bis ihre Stirn blutete.

IMMACULATA

Was ich wert bin, sagte sich Maria oft, als sie älter wurde, weiß ich selber. Das muss mir ganz bestimmt kein Gigolo ins Ohr flüstern, bei dem die Hormone gerade Rumba tanzen. Die Männer, die ich hatte, sind Luschen gewesen, abgesehen von zwei, drei Ausnahmen, Gregory zum Beispiel. Nur wenn sie Sex wollten, ist mit ihnen was los gewesen. Als ich noch jung war, dachte ich beim ersten Mal mit ihnen immer, das sei die Ouvertüre zu etwas Großem. Dabei war es meistens schon der Gipfel, von dem aus es nur noch bergab geht. Romantik ist etwas für schwache Menschen. Vielleicht würd ich's anders sehen, wenn ich mehr Glück gehabt hätte.

Inzwischen hatte die Uni wieder geöffnet, notdürftig, in einer ehemaligen Kaserne. Die Hälfte der Fenster war noch mit Sperrholz oder Pappe zugenagelt. Diese ersten Studenten waren aus einem anderen Holz geschnitzt als die nächste Generation, die ein paar Jahre später an die Uni kam. Viele waren erst vor ein paar Monaten aus der Gefangenschaft entlassen worden, sie besaßen nur ein Notabitur. In ihren Köpfen rumorten jede Menge üble Erinnerungen, nachts, wenn die Albträume kamen, schrien sie nach ihren Müttern. Aber Jüngelchen waren das nicht. Die sind wie Kinder, dachte Maria, und gleichzeitig sind sie wie alte Männer, weil sie an den Tod gewöhnt sind. Die sind fest entschlossen, ihr Leben zu genießen. Rücksicht und Zartgefühl sind Fremdwörter für die.

Ein Student, der öfter zu Rosalie kam, hatte sie eines Abends regelrecht abgefüllt. Probier doch mal, Kleine, Eierlikör schmeckt süß, wie Sirup. Große Kinder wie du dürfen ruhig auch mal ein Likörchen kosten. Aha, der Eierlikör schmeckt dir? Dann musst du unbedingt auch mal am Cognac nippen. Der ist nicht ganz so süß, aber hat mehr Substanz. Nimm einen Schluck, nein, nicht so einen winzigen, nimm einen großen. Sonst kriegst du den tollen Geschmack gar nicht mit. Lass den Cognac über die Zunge gleiten, rühr mit der Zunge im Cognac herum, tu so, als ob deine Zunge ein Quirl ist. Warte, ich mach dir das mal vor. Ja, so ist es richtig. Der Cognac schmeckt scharf? Nur beim ersten Mal.

Oje, nicht husten, Kleine. Da hilft jetzt nur eins. Damit du den scharfen Geschmack wieder loswirst, nimmst du ganz schnell einen Marsala. Glaub mir, das ist das Einzige, was hilft. Marsala ist süß, wie Eierlikör. Das, was ich da in den Marsala reintröpfele, heißt Wodka, den schmeckst du gar nicht, der hilft nur bei der Verdauung, das ist Medizin. Rosalie, bring uns doch noch einen Marsala, ich glaube, unser Schnuckelchen hat sein Lieblingsgetränk gefunden. Die Wodkaflasche kannst du auf dem Tisch stehen lassen, da musst du nicht so viel hin- und herlaufen.

Schon war's passiert.

Es passierte ein paar Wochen nach Marias vierzehntem Geburtstag. Die Warnungen von Gregory hatten also nicht viel genützt. Sie wachte in ihrem Bett auf, Morgendämmerung, total groggy, blaue Flecken überall, untenrum tat's weh. Ihre Jungfräulichkeit hatte sich rückstandslos in Marsala mit Wodka aufgelöst. Der Student zog sich gerade an, pfiff ein Liedchen und zwinkerte ihr zu, als ob er gerade, allen Gesetzen der Wahrscheinlichkeit trotzend, den ersten Preis in einer Schönheitskonkurrenz gewonnen hätte und jetzt von ihr erwartete, dass sie ihm gratuliert. Der sah aus wie eine Mischung aus Rehpinscher und Heuschrecke, man hätte fast Mitleid kriegen können. Aber reden konnte er wie ein Wasserfall. Und ein Riesenarschloch war er auch. Maria vergrub ihren Kopf ins Kissen und versuchte weiterzuschlafen.

Gegen Mittag kam sie wieder auf die Beine. Sie hielt eine Minute lang den Kopf unter den Wasserhahn, dann machte sie das Radio an, damit man im Nebenzimmer nichts hörte. Anschließend kotzte sie geschätzt eine Viertelstunde lang in das Handwaschbecken. Als nächste Maßnahme versuchte sie, mit Rosalies Schrift eine Entschuldigung für die Schule zu schreiben. Rosalie wusste, dass Maria so etwas immer selbst erledigte, das war kein Problem für Rosalie. Aber die Zeilen tanzten Maria vor den Augen. Immer noch! Wie lange dauerte das denn? Das war der erste Vollrausch ihres Lebens gewesen, auch einer der letzten. Auf diese Nummer ist sie nicht noch einmal hereingefallen. Sie wollte anfangen, ihr Zimmer zu putzen. Und was sieht sie auf dem Nachttisch? Einen

Fünfmarkschein. Fünf Mark hatte der Pinscher für sie hingelegt. Die Flasche Sekt kostete zwölf.

Sie schwankte die Treppe runter, zu Rosalie, die im Gastraum gerade wieder klar Schiff machte für die nächste Schicht. Gläser polieren, Flaschen entkorken. Rosalie, sagte Maria, das glaubst du nicht. Der hat mir fünf Mark auf den Nachttisch gelegt.

Rosalie musste sich erst mal setzen.

»Na, dem werd ich was erzählen. Fünfzig wäre das Mindeste gewesen in diesem Fall.«

Keine Frage danach, wie's Maria geht. Die sagte, dass die Summe das eine sei, eine beleidigende Scheißsumme, ein Rotz, klar. Aber das andere sei doch wohl die Tatsache, dass Maria keines von Rosalies Mädchen ist.

Rosalie sagte: »Deine Entscheidung, Maria. Aber denk gut drüber nach. Wo soll das Geld denn herkommen? Später, wenn die Zeiten besser sind, kannst du immer noch was anderes anfangen. Probier's aus, vielleicht macht es dir Spaß. Wenn du erst mal Übung hast, fressen dir die Kerle aus der Hand, und sie lassen sich so einfach steuern wie Tretboote. In die Schule kannst du trotzdem gehen. Du arbeitest hier am Wochenende ein bisschen mit, und in der Woche lernst du. Dann machst du Abi und studierst woanders, wo keiner dich kennt.«

Maria sagte: »Du selber machst so was doch auch nicht.«

Rosalie sagte, sie sei nun mal eine Kauffrau. Sie rückte näher als üblich an Maria heran und sprach plötzlich anders zu ihr, wie zu einer Erwachsenen. Maria war jetzt also in ihren Augen erwachsen.

»Maria«, sagte sie, »fang bloß nicht an, mir Moralpredigten zu halten. Das mag ich nicht. Der Laden hier bezahlt dein Leben und meins und das der Mädchen. Wir machen nichts Schlimmes. Von Luzias Töchtern bin ich die Einzige, die ihre eigene Herrin ist, und darauf bin ich stolz, merk dir das. Du wirst Abitur machen, als Erste in der Familie, egal ob Mann oder Frau. Nicht mal Fred hat das geschafft. Und der hatte auch Grips. Ich werd für dich tun, was ich kann. Aber halt mir bitte nie moralische Vorträge.«

Maria wollte ihr über den Arm streicheln, denn in diesem Moment mochte sie Rosalie. Aber als sie sah, wie Rosalies Gesicht versteinerte, fast, als ob sie Angst hätte, zog sie ihren Arm sofort zurück.

Wie stellte sich Rosalie das vor? Was, wenn einer der Lehrer in der Bar aufgekreuzt wäre? Oder das Jugendamt? Die Ämter arbeiteten auch wieder. Rosalie war wahnsinnig geschickt und wusste, wie man Ärger vermeidet, das stimmte, aber sie war ein bisschen zu selbstbewusst, fand Maria. Klar, ein so junges Mädchen wie sie wäre für die Bar eine echte Attraktion gewesen. Ein Eyecatcher. Selbst, wenn sie nur zwei, drei Mal am Wochenende wirklich mitmachte. Aber Maria verstand nicht, dass Rosalie so weit ins Risiko gehen wollte.

Drei Tage später tauchte der Student wieder auf, hoppla, da bin ich. Er wollte zu Marias Tisch, wo sie an ihren Hausaufgaben saß. Rosalie fing ihn auf dem Weg ab und nahm ihn ins Gebet. Was sie sagte, konnte Maria nicht verstehen. Der Student zuckte mit den Schultern. Dann ging er zu ihr und legte zwanzig Mark auf den Tisch. Es würde ihm leidtun. Dies sei eine kleine Entschädigung für die Umstände, die er ihr gemacht hätte. Mehr sei aber nicht drin.

Alle in der Bar schauten zu Maria. Manche tuschelten.

Die wichtigste Entscheidung, die Rosalie für Maria traf, war der Schulwechsel. Zuerst war sie in einer normalen staatlichen Schule gewesen, aber nach ein paar Monaten sagte Rosalie urplötzlich, während sie Gläser abtrocknete: »Ab morgen gehst du ins Liebfrauen.« Die Liebfrauenschule war ein Gymnasium für Mädchen, in dem Nonnen unterrichteten. Dieses Gymnasium war ziemlich klein und stand im Ruf, sehr gut zu sein, das beste, was es für Mädchen in der Stadt gab. Davon hatte Maria gehört. Es war schwierig, dort angenommen zu werden. Wie hatte Rosalie das bloß geschafft?

Maria fürchtete sich ein bisschen. Ihre Noten waren sehr gut. Sie konnte sich nicht erinnern, jemals für irgendwas eine Drei gekriegt zu haben. Zwei war das Mindeste. Aber dieses alte, düstere Gebäude, und dann die Nonnen, mit ihren schwarzen Kutten, in Marias Augen sahen die wie Henkerinnen aus. Außerdem war sie manchmal ein bisschen unbeherrscht, das war in der alten Schule das einzige Problem gewesen.

Am ersten Tag wurde sie von der Rektorin, Schwester Cecilia, in ihre neue Klasse geführt. Sie kam sich vor wie ein Zirkuspferd in der Manege. Alle Schülerinnen sprangen sofort auf und standen stramm. »Das also ist unsere Maria«, sagte Cecilia, die uralt und verhutzelt war, »das, liebe Maria, ist deine neue Klasse, und das ist deine Klassenlehrerin, Schwester, Moment, wie doch gleich, Herr, steh mir bei … Immaculata.« Cecilia war schon etwas vergesslich.

Immaculata war also ihre Klassenlehrerin, Deutsch, Erdkunde und Religion. Sie war jung, höchstens Anfang dreißig, und sah überraschend gut aus. Die hätte sofort beim Film anfangen können, als Rivalin von Vivien Leigh in »Vom Winde verweht«.

Immaculata sagte: »Erzähl uns ein bisschen was über dich, Maria.«

Maria sagte: »Ich wohne bei meiner Tante, meinen Vater kenne ich nicht, und am liebsten trinke ich Marsala mit Wodka.«

»Das ist sehr schön, Maria«, sagte Immaculata nach einer kurzen Pause. »Ich hoffe, du wirst dich bei uns wohlfühlen.«

Es gab vier, fünf freie Plätze im Klassenzimmer. Nach hinten wollte Maria sich nicht setzen. In der zweiten Reihe war ein Platz frei. Sie hatte die schicken Sachen an, die sie bei der Fahrt mit dem Offizier getragen hatte, einschließlich der Schuhe mit den hohen Absätzen. Die Bluse musste nur ein bisschen weiter gemacht werden. Etwas Besseres hatte sie nun mal nicht, auch wenn es ziemlich erwachsen aussah. Die anderen Mädchen trugen gedeckte Farben und karierte Faltenröcke, richtiges Kinderzeug. Hinter Immaculata hing ein riesiges Kreuz an der Wand.

Es wurde gebetet, gebetet und noch mal gebetet. Erst mal morgens. Gegessen wurde in der Aula, vorm Essen wurde natürlich gebetet. Nach der letzten Stunde mussten sie immer dem Herrn dafür danken, dass sie mit seiner Hilfe und dank seiner Güte etwas gelernt hatten. Was für ein Unfug. Um etwas zu lernen, dachte Maria, habe ich noch nie Hilfe gebraucht. Trotzdem, Herr, ein bisschen Rückenwind kann nie schaden.

Sie hatte erwartet, dass bei den Nonnen lauter Mädchen aus den besten Familien herumsitzen, aber so war es nicht. Die meisten waren Waisen, halbe oder volle, den Satz »Ich kenne meinen Vater nicht« hätte in der Klasse fast jede sagen können. Manche hausten mit ihrer Mutter und ein paar Geschwistern in einem einzigen Kellerloch, im Vergleich dazu lebte Maria wie eine Prinzessin, mit eigenem Zimmer und Klospülung. Fast alle in ihrer Klasse schienen ziemlich clever zu sein, einige, dachte Maria, haben vielleicht sogar genauso viel auf dem Kasten wie ich. Die Nonnen suchten kluge Mädchen aus, das war wohl der wichtigste Gesichtspunkt. Ein paar Unterbelichtete gab es in der Klasse allerdings auch. Deren Familien hatten der Schule Geld gegeben oder waren Bauern und spendeten Lebensmittel, diese Nullen musste man in Gottes Namen mitschleppen.

Der Stoff war anspruchsvoller als in der alten Schule. Die Bibel und das religiöse Zeug spielten eine große Rolle, Augustinus, Hildegard von Bingen, das war ja zu erwarten, aber sie mussten auch Goethe und Schiller lesen, Aristoteles, Platon, Epiktet, sogar Kommunisten wie Brecht, natürlich nicht alles im ersten Jahr, das würde nach und nach kommen. Zuerst mussten die Schülerinnen kapieren, was Leute wie Platon oder Brecht genau meinen, anschließend gaben die Nonnen aus christlicher Sicht ihren Senf dazu. Das mussten sie schließlich. Latein war eine Crux, darauf hätte Maria verzichten können.

Aber ihr Englisch war nach ein paar Monaten so gut, dass sie sicher war, jederzeit bei Winston Churchill als Hausdame anfangen zu können. Französisch war auch einfach. Französisch ist im Grunde nur ein Lateinisch, welches unter den Rädern der Sprachgeschichte zu Parfüm zermatscht wurde.

Die ersten Tage saß Maria einfach nur da und staunte. Liebfrauen war wirklich der Hammer. Keine Sekunde Langeweile. Die Nonnen waren auf eine etwas künstliche Weise immer freundlich. Wenn ein Mädchen etwas nicht wusste, lächelten sie milde und sagten Dinge wie »Mit der Hilfe des Herrn wirst du es schon lernen« oder »Gräme dich nicht, meine Tochter, wenn du dich eifrig bemühst, wird der Herr dir zu Hilfe eilen«. Nur bei der Disziplin verstanden sie keinen Spaß. Maria fing bald an, sich zu melden. Wenn sie nicht drangenommen wurde und stattdessen eine von den Bauernmaiden eine indiskutable Antwort gab, einfach nur Dünnpfiff, konnte es passieren, dass sie laut rief: »Wenn Sie eine richtige Antwort haben möchten, Schwester, dann müssen Sie eben auch die richtigen Leute fragen.« Oder sie lachte und sagte zu dem anderen Mädchen: »Gräme dich nicht, armes Ding, im Hause des Herrn gibt es auch ein Stübchen für die Doofen.« Die Klasse kicherte, Maria hatte nämlich recht. Klar, selig sind die Armen im Geiste, selig, aber mehr auch nicht.

Nach einer dieser Stunden, mit mehreren Zwischenrufen, sprach Immaculata Maria an und sagte ihr, dass sie nicht zur Pause rausgehen dürfe. »Wir werden jetzt gemeinsam darum beten, dass der Herr dir ein wenig Geduld schenkt.«

Der Herr war aber mit der Geduld geiziger, als es sonst angeblich seine Art ist. Schon am nächsten Tag stand Maria während der Stunde auf, derweil ein Mädchen an der Tafel den Dreisatz erklären sollte. Sie ging zu ihr und nahm ihr die Kreide aus der Hand. Denn das, was da vorn an der Tafel gerade passierte, stellte einfach nur eine Beleidigung des menschlichen Verstandes dar und konnte unmöglich gottgefällig sein. Gott hat uns den Verstand nicht deshalb geschenkt, um Schindluder damit zu treiben. Maria skizzierte mit der Kreide den Dreisatz, ganz lässig, das dauerte maximal zwanzig Sekunden, obwohl Mathe nicht mal eine ihrer Stärken war, sie stand nur auf Zwei plus. Dann reichte sie der anderen den Kreidestummel wie ein Edelmann den Zügel seines Rosses an einen Hintersassen und sagte: »Wenn der Herr dir nicht hilft, dann kannst du dich ersatzweise jederzeit an mich wenden. Aber Aufpassen hilft auch.«

Immaculata sagte: »Setz dich hin, Maria. Sofort. Und dann entschuldige dich bei deiner Mitschülerin.«

Maria schlenderte provozierend langsam zu ihrem Platz zurück. Sie merkte, wie Wut in ihr hochstieg. Gleichzeitig war ihr klar, dass sie wirklich einen Fauxpas begangen hatte. Das Gefühl, im Unrecht zu sein, verstärkte die Wut irgendwie noch. Sie schrie: »Den Teufel werd ich tun.« Immaculata sagte: »Verlasse bitte das Klassenzimmer.«

Maria sagte: »Drauf geschissen.«

Immaculata saß ungefähr eine halbe Minute lang schweigend da und schaute Maria nur an, weiter nichts. Auch in der Klasse herrschte völlige Ruhe. Dann sagte sie zu einem Mädchen in der ersten Reihe: »Hole uns doch bitte den Pedell, meine Tochter.« So hieß in der Liebfrauenschule der Hausmeister. Anschließend fuhr sie im Unterricht fort.

Einige Minuten später tauchte der Pedell auf. Er war grauhaarig, ging gebückt und war der einzige Mann, den man in der Schule regelmäßig sah. Zu seinen Aufgaben gehörte es, den Hof zu fegen und Glühbirnen auszutauschen. Sein Kittel hatte fast das gleiche Grau wie seine Haare.

»Diese Schülerin braucht ein wenig Zeit zur Selbstbesinnung. Bitte begleiten Sie das Kind in den Karzer und sorgen Sie dafür, dass es dort eine Karaffe mit Wasser hat.«

Maria wollte schreien »Fass mich nicht an, Drecksau«, mit dem Alten wäre sie spielend fertiggeworden. Aber dann sah sie Immaculata, deren Hände leicht zitterten und die ein paar Schweißperlen auf der Stirn hatte. Es musste sie unglaublich viel Kraft kosten, sich zusammenzunehmen. Wie konnte sie so stark sein? Maria stand auf und ging mit.

Der Karzer war eine kleine Kammer mit vergittertem Fenster, einer Liege, Stuhl und Tisch. Maria hatte im Kino einen Karzer gesehen, da gab es Inschriften an den Wänden, hier hing an der Wand nur ein Kreuz. Als die Unterrichtszeit vorbei war, also am Nachmittag, kam Immaculata zu ihr. Sie hielt eine Seite in der Hand. »Ich habe dir aufgeschrieben, was du heute an Stoff verpasst hast.«

Maria fühlte sich richtig schlecht. Eigentlich hatte sie vor, sich bei Immaculata zu entschuldigen, das war ein innerer Kampf, den sie verlor. Also sagte sie gar nichts. Immaculata wartete eine Weile. Dann fragte sie: »Also, tut es dir leid?« Maria schaffte es zu nicken. Immaculata sagte: »Gut. Gehen wir in die Kapelle.«

In der Kapelle sagte sie, dass Maria und sie jetzt zusammen beten würden. Es sei wichtig, dass Maria sich bei Jesus entschuldige und dass sie wirklich, wirklich bereue. Dann würde er ihr garantiert verzeihen. Nach dem Beten sagte Immaculata, dass sie jetzt jeden Tag nach dem Unterricht ein oder zwei Stunden mit Maria verbringen wollte, erst danach dürfte Maria nach Hause gehen. Die Aussicht, jeden Tag zwei Stunden beten zu müssen, zusätzlich zu der ganzen übrigen Beterei, war für Maria der Horror. Lieber hätte sie zwei Stunden auf einem Nagelbrett verbracht, wie ein Fakir. Aber Immaculata sagte: »Wir unterhalten uns. Du erzählst einfach ein bisschen über dich, damit ich dich besser kennenlerne. Und ich erzähle ein bisschen was über mich. Dann singen wir. Singen ist das Richtige für dich.«

Also wurde jeden Tag gesungen. Zuerst nur Kirchenlieder, aber Immaculata fragte ziemlich bald: »Was würdest du selbst denn gern singen?« Maria schlug »La vie en rose« von Edith Piaf vor, »Till the end of time« von Perry Como und »Lili Marleen«. Das fand Immaculata alles gut. Sie selbst schlug auch ein paar Schlager vor, sogar »Mein kleiner grüner Kaktus« von den Comedian Harmonists. Ein bisschen frivol, fand Immaculata, aber es ginge gerade noch. »Veronika, der Lenz ist da« lehnte sie aber ab, das ging ihr dann doch zu weit. Nach den Schlagern übten sie ernsthaftere Lieder, »Sah ein Knab' ein Röslein stehn«, der Text ist von Goethe, oder »Du bist wie eine Blume« von Heinrich Heine.

Das Singen machte Maria wirklich ruhiger. Sie störte nicht mehr die Klasse. Und sie sang gut. Immaculata schlug ihr vor, in einen Chor zu gehen. Vielleicht würde sie sogar extra wegen Maria einen Schulchor gründen, den gab es nämlich noch nicht. Maria sagte: »Ich sehe mich eher als Solistin.« Immaculata lachte und meinte: »Das habe ich erwartet. Aber zuerst mal singt man gemeinsam. Wenn du das gut kannst, sehen wir weiter. Einverstanden?«

Von Immaculata erfuhr Maria, dass Rosalie der alten Cecilia von ihrem Problem erzählt hatte, also dem Ausrasten. In der früheren Schule sei es deshalb mit ihr schwierig gewesen. Rosalie hatte Cecilia auch gesagt, dass ein persönliches Vorstellungsgespräch mit Maria vermutlich keine gute Idee wäre. Eigentlich war so ein Vorstellungsgespräch in der Liebfrauenschule üblich. »Wenn sie merkt, dass man was von ihr will, und ihr auf die Pelle rückt, ist es bei ihr gleich aus. Man muss das Mädchen zu nehmen wissen.« Cecilia war nicht leicht zu überzeugen.

»Deine Tante hat Cecilia erzählt, dass du sehr begabt bist, noch begabter, als die Zeugnisse es zeigen. Sie hat recht. Es wäre schade, wenn du dir deine Zukunft verbaust. Vielleicht wirst du Ärztin, wie wäre das? Oder natürlich Sängerin. Gott will, dass wir mit den Geschenken, die er uns macht, sorgsam umgehen.«

Und so weiter. Irgendwann bog Immaculata bei ihren Vorträgen immer zu Gott ab oder zu Jesus, obwohl sie im Grunde ziemlich locker war. »Ich weiß das alles doch sowieso«, dachte Maria. »Nicht, dass ich es glaube, aber ich kenne den Text. Was ich gelesen habe, behalte ich.« Sie wurde den Gedanken nicht los, dass Rosalie sie auch deshalb zur Liebfrauenschule geschleust hatte, weil es so gut wie ausgeschlossen war, ein Mitglied des Lehrkörpers in der Bar zu treffen. Diese Sorge musste Rosalie nicht haben.

Eines Tages sagte Maria: »Schwester Immaculata, Sie wollten doch auch ein bisschen über sich erzählen, oder?«

»Was möchtest du denn wissen?«

Maria wollte wissen, was sie gemacht hatte, bevor sie Nonne wurde, und wieso sie ein bisschen anders war als die anderen Nonnen. »Mein kleiner grüner Kaktus«, das war doch nicht normal auf so einer Schule. Cecilia würde nach so einem Lied den Weihrauchkessel holen und eine Stunde lang das Klassenzimmer ausräuchern.

Immaculata sagte: »Ich möchte eigentlich nicht darüber sprechen. Aber ich möchte auch, dass wir beide lernen, Vertrauen zueinander zu haben. Wir sollten Freundinnen werden, soweit das zwischen Lehrern und Schülern möglich ist. Ich werde dich manchmal zurechtweisen müssen. Das wirst du leichter ertragen, wenn du weißt, dass ich es immer gut mit dir meine. Auf Lügen kann man keine Freundschaft aufbauen. Ich habe in Sünde gelebt. Ich war unkeusch. Ich habe Dinge gesehen, die meine Schwestern nicht gesehen haben.«

»Einen Penis zum Beispiel.«

»Auch das. Vieles an meinem früheren Leben ist schlimm gewesen, aber nicht alles war so schlimm, wie Cecilia es glaubt. Ich habe auch schöne Erinnerungen. Gott will, dass wir glücklich sind, denn er ist barmherzig. Er ist nicht so furchtbar streng. Es ist die Summe eines Lebens, die am Ende zählt, Details interessieren ihn nicht.

Das musst du dir merken. Es gibt keinen Grund, zu verzweifeln, wenn du etwas falsch gemacht hast. Du darfst dir verzeihen. Er tut es auch.«

Allmächtiger, sie bog also schon wieder vom Thema ab. »Was genau haben Sie denn gemacht, und wieso sind Sie Nonne geworden?«

»Ich habe vor vielen Jahren eine Zeit lang bei Rosalie gearbeitet. Nur kurz. Rosalie hat mich übrigens gebeten, bei Cecilia ein bisschen Reklame für dich zu machen.«

»Sie bei Tante Rosalie? Das gibt es doch nicht.«

»Unsere Stadt ist klein, hier findest du nicht viele Orte wie diese Bar. Und ich wollte das. Ich hatte durchaus Vergnügen an diesen Dingen, auch diese Dinge hat Gott geschaffen, und ich wusste nicht, was mich erwartet. Ich hatte nicht studiert, und ich wollte auf keinen Fall in eine Fabrik. Und ich dachte, dass ich etwas Gutes tue, ich helfe Bedürftigen. Gläubig war ich damals schon. Es ist Sünde, was ich getan habe. Aber wer bereut, dem wird verziehen. Jesus hat einer Prostituierten die Füße gewaschen, das weißt du sicher.«

Das war ja eine feine Theologie, dachte Maria. Das stimmte hinten und vorne nicht. Wer genau weiß, dass er sündigt, aber dabei darauf spekuliert, dass der gutmütige alte Herr da oben seinen Schäfchen sowieso alles durchgehen lässt, der ist ganz schön durchtrieben.

Maria sagte: »Das sind doch Arschlöcher, diese Kerle bei Rosalie. Ich bitte um Verzeihung wegen des Ausdrucks.«

»Hast du dort nie einen getroffen, der es wert war, gerettet zu werden?«

Maria dachte an Hans, den Jungen, der ihr Winni geschenkt hatte. »Doch. Es gab einen.«

»Dann gab es auch andere. Manche von ihnen sind schlechte Menschen. Aber warum? Das ist die Frage. Gott hält niemanden für ein unverbesserliches Arschloch. Jeder kann gerettet werden.«

»Sie haben versucht, diese Kerle zu bekehren? Geht das einfacher auf die vaginale oder auf die orale Art? Verzeihung.«

»Verziehen. Sicher, ich habe versucht, das Gespräch auf den Herrn zu bringen. Man wechselt ja doch immer einige Worte. Dies war nicht der richtige Ort und nicht die richtige Situation, du hast recht. Eines Tages habe ich bei einer Messe Cecilia kennengelernt. Sie war noch nicht die verwirrte Alte, die sie heute ist. Sie hat mich auf den richtigen Weg geführt. Ich durfte auf Kosten der Schule studieren. Cecilia ist nicht so verbohrt, wie du denkst.«

»Vermissen Sie denn nichts?«

Bei dieser Frage war Maria unbehaglich, das war ja sehr intim, aber das Gespräch war nun mal in diese Richtung gedriftet. Das, was sie bisher in puncto Geschlechtsverkehr erlebt hatte, war nicht dazu geeignet, laut »Zugabe« zu rufen. Ihren Deflorator hätte sie am liebsten auf den Mond geschossen, ohne Sauerstoffgerät. Andererseits war ihr klar, dass sie dieses Bedürfnis hatte. Manchmal träumte sie von dem Leutnant. Aber mit Gregory hatte sie es sich wahrscheinlich bis in alle Ewigkeit verscherzt.

»Ich bin die Frau, die nachts manchmal zu Rosalie kommt. Wenn Cecilia das erfährt, würde sie mich der Schule verweisen. Es ist dumm, dir das zu erzählen.

Manchmal bin ich eben dumm, aber auch das wird Gott mir verzeihen.«

»Ich will lieber sterben, als es jemandem zu erzählen.«

»Das sagt man nicht.«

»Ist Rosalie eine Art Ersatz?«

»Ersatz ist nicht das richtige Wort. Es ist anders. Du musst herausfinden, was für dich das Richtige ist. Du hast mich gefragt, warum ich anders bin als die anderen Lehrerinnen, und weil ich nicht lügen möchte, habe ich es dir einfach erzählt.«

Sie lachte plötzlich. »Ich mache wirklich alles falsch. Eine gute Lehrerin spricht nicht über so etwas. Cecilia würde mir auch das nur schwer verzeihen. Ich liebe Cecilia, ich will ihr nicht wehtun, und ich will weiter versuchen, eine gute Lehrerin zu werden.«

Maria wollte sagen: »Und ich liebe ab sofort Sie, Schwester Immaculata.« Aber das war ihr peinlich. Stattdessen stand sie auf, hob die Hand und sagte feierlich: »Ich schwöre, zu schweigen, und wenn ich meinen Schwur breche, soll der Teufel mich holen.«

Drei Wochen später war die erste Probe des neuen Schulchors. Sie waren zehn Mädchen, ein bisschen wenig, aber die Schule war nur klein. Immaculata hatte verkündet, dass ein Mitwirken im Chor sich positiv auf die Musiknote auswirke. Das hatte sie mit den beiden Musiklehrerinnen verabredet. Außerdem durften die Chormitglieder manchmal für die Proben eine Andacht ausfallen lassen, weil sie ja Kirchenlieder sangen und dem Herrn ein Wohlgefallen waren.

Die Musiknote zählte für die Versetzung. Die meisten

Mädchen, die kamen, standen folglich in Musik schlecht und hofften, dank des Chors von einer Fünf auf eine Vier zu kommen. Ihre Stimmen waren ein Potpourri von Kreisch-, Brumm-, Gurgel- und Krächzlauten. Es hörte sich an wie die Sirenen bei Fliegeralarm oder wie ein Radio, bei dem jemand ein Glas Marsala in den Lautsprecher geschüttet hatte. Sollte Gott ihr »Lobet den Herrn« im Himmel tatsächlich hören, dann stand nach Marias Ansicht zu befürchten, dass er sich aus Verzweiflung einen hinter die Binde kippte oder evangelisch wurde.

Immaculata sagte: »Ihr singt wunderschön, sehr gut.«

Dann nahm sie sich die Sängerinnen einzeln vor und ließ sie erst mal Töne üben und ihre Stimmbänder ausprobieren. Immaculata besaß ein glockenhelles Organ, zauberhaft, zum Dahinschmelzen. Sie hätte auftreten können, fand Maria. Und dazu dieses Aussehen. Sie war klug, sie war geduldig, sie war stark, sie hatte einfach alles. Und dann wird diese Frau ausgerechnet Nonne. Ein deprimierendes Schicksal.

Die dicke Olga war stimmlich die Schlimmste von allen. Sie stammte irgendwie aus dem Osten, Schlesien oder Walachei, war ja egal, und behauptete, Deutsche zu sein, obwohl ihre Grammatikkenntnisse nicht unbedingt dafürsprachen. Ihre Eltern hatten kein Geld, und in ihrem Gehirn spielten sich etwa so lebhafte Szenen ab wie auf einer Rodelbahn im August. Es gab Gerüchte. Angeblich war ihr Vater in der Walachei oder in Transsylvanien Bischof gewesen, so was kam vor, und den Sündern wird ja vergeben. Jedenfalls hatte die dicke Olga berechtigte Angst davor, sitzen zu bleiben. Vielleicht zitterte ihre Stimme deshalb so stark. Olga klang wie eine Grille, der ein böser Junge die Beine ausreißt, und zwar schön langsam.

Maria konnte das auf Dauer einfach nicht aushalten. Sie sagte: »Schwester Immaculata, stellen Sie bitte den Lärm ab, das verstößt gegen die Menschenrechte. Abschaffung der Folter, Friedrich der Große, 1740.« Im Fach Geschichte war sie auch gut. »Unsere Olga gehört in eine Geburtsklinik, da kann sie mit ihrem Gesang die Wehen beschleunigen.« Die anderen Mädchen lachten.

Maria erwartete, dass Immaculata sie wieder zu einer Entschuldigung auffordern oder dass sie für ein paar Stunden im Karzer landen würde. Kein Problem. Aber Immaculata sagte: »Maria, das geht nicht. So redet man nicht über seine Mitschülerinnen. Du musst es endlich begreifen. Wenn du noch ein einziges Mal ein anderes Chormitglied beleidigst, bin ich gezwungen, dich des Chores zu verweisen. Das würde mir sehr leidtun.«

Maria fand das lustig. »Den Chor gibt es doch nur meinetwegen. Für mich ist der Chor gegründet worden. Das haben Sie selbst gesagt. Nur meinetwegen darf diese Wachtel überhaupt singen.«

Immaculata wurde wieder blass und zitterte wieder leicht. »Maria, du verlässt jetzt den Raum. Du bist kein Mitglied des Chors mehr. Er ist nicht für dich gegründet worden. Du hast mich auf den Gedanken gebracht, das stimmt. Es genügt nicht, an sich selbst zu glauben. Es gibt Wichtigeres als dich, das musst du lernen. Geh nach Hause und denke darüber nach. Übrigens singst du auch nicht viel besser als Olga.«

Ein richtiger kleiner Vortrag, eine Standpauke, und

das vor allen anderen, und das ausgerechnet von Immaculata, die getan hatte, als ob Maria ihre Freundin wäre, und die sich ihr anvertraut hatte. Maria bekam die Wut, sie konnte spüren, wie sie hochkochte. Sie wollte herausschreien, was für ein falscher Fuffziger diese Frau war, was für eine pseudofromme Lügnerin, wo sie doch für jeden Kotzbrocken die Beine breit gemacht hatte, womöglich sogar in Marias Kinderzimmer, aus religiösem Wahnsinn gemischt mit Geilheit, und wo sie es jetzt unterm Dach juchhe mit ihrer gichtknotigen Tante trieb, das war ja Bigotterie hoch drei, geh du doch nach Hause, wollte sie schreien, du hast niemandem Kommandos zu geben, du notdürftig übertünchte Fassade, willst du mit meiner Tante und mir einen Dreier machen, wie wäre das?

Dann sah sie Immaculatas Blick. So einen Gesichtsausdruck kannte Maria nicht bei ihr. Immaculata hatte Angst, nackte Angst. Sie ahnte, was auf sie zukam. Sie merkte, dass sie sich in Maria getäuscht hatte, ein schwerer Fehler, der vielleicht ihr Leben zerstören würde, genau jetzt.

Maria kämpfte in diesen Sekunden den härtesten Kampf ihres bisherigen Lebens. Sie spürte, wie ihre Muskeln sich anspannten, wie ihre Hände sich zu Fäusten ballten. Der Druck wurde immer stärker, sie war ein Seil, das in jedem Moment reißen konnte. Maria schaffte es nicht mehr, zu denken, der Kampf füllte sie ganz aus, alles in ihr schrie nein, nein, nein, tu es nicht, und das dauerte, sie und Immaculata Auge in Auge. Ganz nah. Dann rannte Maria aus dem Musiksaal und schlug die Tür hinter sich zu.

Sie konnte es. Sie hatte es geschafft, die Wut zu besiegen. Sie hatte ihre einzige Freundin nicht enttäuscht.

In der nächsten Stunde ließ Immaculata sich nichts anmerken. Sie nahm Maria dran, als die ihren Finger streckte. Sie war freundlich wie immer. Aber es gab keine Treffen mehr, keine Gespräche. Wenn Maria im Unterricht mit ihrer Nachbarin redete, ermahnte sie Maria nicht, auch das war neu. Obwohl Maria in diesem Jahr alles in allem etwas schwächer war als im Jahr zuvor und ein paar Mal sogar fast eine Drei schrieb, nämlich Zwei minus, bekam sie in Deutsch, Erdkunde und Religion wieder drei glatte Einsen. Wenn die beiden einander auf dem Schulflur begegneten, grüßte Immaculata kurz und ging schnell weiter, mit gesenktem Kopf.

Immaculata hatte Angst, und diese Angst blieb.

Maria hätte ihr gerne gesagt, dass sie etwas geschafft hatte, was nicht einmal Fred und nicht einmal Gregory gelungen war, sie konnte doch stolz sein auf sich. Im nächsten Jahr gab Immaculata die Klasse ab und wechselte die Schule, zum großen Bedauern von Cecilia.

Erstaunlicherweise änderte sich zwischen Maria und ihrer Tante überhaupt nichts. Davor hatte sie Angst gehabt. Was, wenn Rosalie mich rauswirft, weil Immaculata mich bei ihr angeschwärzt hat? Wen habe ich denn sonst? Und sie mochte Rosalie inzwischen wirklich. Aber die blieb wie immer, stand also jeden Abend schwarz und knochig hinter dem Tresen, Ruhetag gab's nicht bei ihr, kerzengerade, außer Maria die einzige nüchterne Person im Raum, bis sie zum Feierabend ihre drei Cognacs kippte. Hin und wieder ließ sie, in einem undurchschaubaren Rhythmus, eine Tafel Schokolade für Maria liegen.

Maria fragte sich, ob Immaculata sie noch manchmal

besuchte. Aber davon hatte sie nie etwas gemerkt, bevor sie Bescheid wusste, jetzt merkte sie auch nichts. Die beiden mussten sehr vorsichtig sein, falls da noch etwas war.

Nach einer Weile war Maria sicher, dass Immaculata über dieses Chordrama und über ihr Geständnis nichts erzählt hatte, kein einziges Wort. Sie musste sich für ihren Schulwechsel Rosalie gegenüber irgendeine wolkige Begründung ausgedacht haben, anders konnte es gar nicht sein. Sie schützte Maria. Sie log sogar für sie, obwohl Maria im Großen und Ganzen für sie eine Enttäuschung gewesen sein musste. Maria wusste das, es tat ihr leid. Ein Mensch kann nur schwer aus seiner Haut, sagte sie sich, und Gott vergibt alles.

Auf das Angebot, bei ihr einzusteigen, kam Rosalie bei Maria nie wieder zurück. In ihrem Beruf braucht man Menschenkenntnis, und die hatte sie. Um sich nützlich zu machen, fing Maria an, morgens vor der Schule den Gastraum zu putzen und am Wochenende die Zimmer, eine Putzfrau brauchte ihre Tante nicht mehr. Nur den Service in den Zimmern mussten die Kellnerinnen zusätzlich übernehmen, Betten überziehen, Flaschen und Präservative wegräumen, so etwas. Maria mochte es nicht, Rosalie auf der Tasche zu liegen, sie hatte schließlich ihren Stolz. Und weil sie ihren Stolz hatte, putzte sie lieber das Klo, als dass sie Präservative einsammelte. Ihre Hausaufgaben machte sie nicht mehr in der Bar, sondern oben in ihrem Zimmer, um in Sicherheit zu sein.

Der erste echte Mann, den sie kennenlernte, war natürlich wieder ein Student. Aber er war schon anders als dieses Rindvieh, das ihr die Ehre geraubt hatte – das meinte sie ironisch, die Ehre, das klang ja nach Nazis. Er sprach sie auf dem Schulweg an, tja, so was kam bei ihr öfter vor, aber diesmal wurde sie weich. Er war so süß. So schüchtern. Der hatte Angst vor seiner eigenen Courage. Sie war natürlich eine Erscheinung, bei der einem Mann schon mal die Knie schlottern konnten. Und, potzblitz, er sah sogar dem Leutnant etwas ähnlich, gibt's denn so was.

Frido und sie machten Fahrradausflüge. Sie lagen im Gras, und er las ihr vor, er war so gebildet, dass Maria merkte, wie ungebildet sie noch war, dies verzieh sie ihm. Shakespeare, Kant, Nietzsche, er hatte sie alle im Griff und kannte die besten Stellen. Er war sanft und zärtlich, das war für Maria natürlich mal eine Abwechslung. Aber Frido war auch eine Nervensäge. Erstens immens eifersüchtig, obwohl es keinen Grund dazu gab. Sobald sie mit einem anderen ein paar Worte redete, wurde er fickerig und wollte danach alle Details wissen.

Wenn es einen Grund zur Eifersucht gegeben hätte, dann hätte er doch als Erstes sich selbst befragen müssen, wieso Maria etwas anderes brauchte. Wer mit dem Finger auf andere zeigt, weist mit den übrigen vier Fingern auf sich, das gilt auch für Eifersüchtige. Frido schrieb fast täglich endlose Briefe, bis zu 17 Seiten, voller Zitate, die zum Teil so kompliziert waren, dass auch er selbst sie garantiert nicht verstand. Außerdem musste Maria Hausaufgaben machen. Sie hatte von Frido bald die Nase voll, das klingt brutal und herzlos, aber Frido war für Maria anstrengender als jede Mathearbeit, abgesehen davon natürlich ein lieber Kerl. Willi war ein anderes Kaliber.

Willi trug Anzug, war schon über dreißig und so viril, dass man auf seinen Hoden Spiegeleier hätte braten können. Er machte Geschäfte. Maria fand nie heraus, was für Geschäfte das waren, aber sie liefen gut. Inzwischen war sie sechzehn und durfte ins Tanzcafé, hin und wieder knetete sie Frido weich und er führte sie aus. Kant ist nicht abendfüllend, bei allem Respekt. Willi scharwenzelte eines Samstagabends im Tanzcafé um sie herum, nicht zu aufdringlich, aber Signale setzend. Bei der ersten Damenwahl ging Maria zu ihm und ließ den armen Frido fassungslos am Tisch sitzen. Nach zwei Tänzen schwirrte sie mit Willi ab. Auf der Tanzfläche, absichtlich in Hörweite von Frido, sagte sie zu Willi: »Worauf das mit uns beiden heute Abend hinausläuft, ist wohl klar. Bringen wir's hinter uns.« Willi war schwer beeindruckt.

Danach bekam Maria noch vier Jahre lang schmachtende Briefe von Frido, Maria fühlte sich dadurch in ihrem Urteil bestätigt. Er war eben eine Nervensäge. Mochte er sein Glück wo auch immer finden.

Willi war nicht gerade ein Vollidiot, aber es ging schon ein bisschen in diese Richtung. Er hatte die Geschäftsmännerschlauheit, gutes Geschäft, schlechtes Geschäft, er war ein Instinktmensch. Im Bett ist das gut, aber so gut, dass man alles andere darüber vergisst, war er im Bett auch wieder nicht. Willi brachte Maria ein paar Sachen bei, die nicht mal Leutnant Gregory erwähnt hatte. Aber es war unmöglich, sich eine Zukunft mit ihm auszumalen. Er war das, was die Amis ein One Trick Pony nennen. Er erkannte eine Chance und schnappte zu, das hatte er drauf. Aber wenn man ihn nach dem Warum fragte, warum hast du zugeschnappt, fing er an zu schwitzen und zu stammeln.

Willi suchte als Frau was Dekoratives und möglichst Junges zum Schmuck seiner künftigen Villa und zur Veredelung seiner erbarmungswürdig durchschnittlichen Gene. Maria empfand es als Gnadenakt ihrerseits, ihm die Erfahrung zu ersparen, wie sie seine Geschäftspartner bei den Dinner Partys in der Villa zusammenfaltete.

Dann kam Richie. Also Richard.

Richie, dachte Maria, war das Beste, was ein Mädchen wie sie in einer Welt wie dieser erwarten durfte. Sie war nicht mal wahnsinnig verliebt in ihn. Sie dachte nur: Verdammt, hier passt alles. Richie und ich, das sind eine Hand und ein Handschuh. Er sah gut aus, das ist ja wohl selbstverständlich. Er trug Schuhe mit Kreppsohlen und flache Hüte, das war der letzte Schrei. Richie war von der Schule geflogen, ohne Abi, aber er war klüger als Willi und nicht so überkandidelt wie Frido. Sexuell lagen sie eindeutig im grünen Bereich. Richie akzeptierte, dass Maria ihm geistig überlegen war. Die Bücher, die sie ihm hinlegte, las er und konnte dazu sogar akzeptable Kommentare abgeben.

Richie wollte nicht der Chef sein. Aber zu unterwürfig war er auch nicht. Er lachte Maria manchmal aus, aber nett. Er tanzte wahnsinnig gut. Er kochte gut. Er konnte Maria stundenlang zuhören, ohne dass Maria sich dabei langweilte.

Richie stand manchmal vor der Schule, um eine der Oberprimanerinnen abzuholen, sie kannte ihn also schon vom Sehen. Eines Tages war die Oberprimanerin krank, aber sie konnte ihm nicht absagen, vielleicht, weil sie kein

Telefon hatte oder nicht ans Telefon durfte. Er stand im Regen herum, eine bestellte und nicht abgeholte, sehr attraktive Lieferung. Sie sprach ihn an. »Na, junger Mann, warum so allein bei diesem unfreundlichen Wetter? Darf ich's wagen, Arm und Geleite anzutragen?«

Richie warf sich fast weg vor Lachen. »Sie bieten mir Arm und Geleit, ich biete ein Getränk Ihrer Wahl, ist das ein faires Angebot?« Sie gingen in ein Café. Es hatte ihn sofort erwischt.

In den folgenden Wochen führte er Maria fünf Mal aus. Kino, Tanzcafé, dann wieder Kino, dann ein langer Spaziergang, aber er schnappte nicht zu. Das war die erste Probe, er bestand sie. Richie konnte warten. Beim vierten Mal war er allerdings schon sichtlich ungeduldig, er legte die Hand auf ihr Bein und knetete es, aber im Großen und Ganzen behielt er die Contenance. Beim fünften Mal nahm sie ihn mit auf ihr Zimmer. Maria erzählte ihm, dass sie putzte, um ihrer Tante nicht auf der Tasche zu liegen. Willi fand das blöd, weil niemand es von ihr verlangt hatte. Frido hielt einen mit Zitaten gespickten Monolog. Seine Rede lief gegen Ende darauf hinaus, dass Maria doch auch mal bei ihm putzen könne. Richie aber sagte: »So würde ich das an deiner Stelle auch machen, Respekt.« Falls sie Lust dazu hätte, könnte er ihr hin und wieder beim Putzen helfen.

Die dritte und letzte Probe war die schwierigste. Wie würde er die Sache mit der anderen Schülerin zu Ende bringen?

Er führte sie in das Tanzcafé aus. Maria wusste es und saß oben auf der Empore, um sich das Spektakel anzuschauen. Richie tanzte zwei Mal mit ihr, er wählte schnelle Tänze. Dann redete er und redete, manchmal schwieg er mit gesenktem Kopf und legte ihr die Hand auf den Arm. Sie weinte. Er umarmte sie und holte die Garderobe. Maria folgte ihnen, unauffällig, das bekamen sie nicht mit. Vor ihrer Wohnung lange Abschiedsküsse, beiderseits erneut Tränen. Aber Richie nahm nicht noch schnell das erotische Finale furioso auf der Couch ihres Mädchenzimmers mit oder den heißverzweifelten letzten Bekehrungsversuch, stehend im Hausflur.

Richie war eine ehrliche Haut.

Sie fühlte sich wohl bei ihm, das war die Hauptsache, oder? Richies einziges Manko bestand darin, dass er keinen Ehrgeiz besaß. Er war Elektriker. Wahrscheinlich war er der bestaussehende und potenteste und freundlichste Elektriker des Erdkreises und einer der klügeren, er verdiente auch nicht schlecht. Aber an der desillusionierenden Tatsache seines Elektrikerseins war nicht herumzudeuteln. Maria würde aus ihrem Leben etwas machen, das stand fest, und da musste doch auch Platz für einen Elektriker wie dieses Prachtexemplar sein, sagte sie sich. Richie würde ihr nie auf der Tasche liegen und sich immer nützlich machen.

Sie hatte Angst davor, was passiert, wenn sie zum ersten Mal ausrastet. Maria wusste am Ende gar nicht mehr, was der Anlass gewesen war, sie schrie und tobte aber bestimmt eine Stunde lang, er saß ruhig im Zimmer. Als sie langsam wieder runterkam, sagte er: »Eigentlich könnten wir doch ins Kino gehen, oder? Aber was Lustiges, das brauchen wir jetzt.«

Als Rosalie vorschlug, dass Maria bei den Wahlen zur Miss Germany mitmacht, war Richie sofort Feuer und Flamme. Sie sei garantiert die Schönste, dass es überhaupt Wahlen brauche, um diese Selbstverständlichkeit zu beglaubigen, sei eigentlich eine Schande. Rosalie hatte Richie sofort adoptiert, er saß oft unten in der Bar und schäkerte mit den Damen. Aber bei ihm musste man sich keine Sorgen machen.

Die Misswahl fand in der Kurhalle von Baden-Baden statt. Zugelassen waren Mädchen ab sechzehn. Die Siegerin bekam Filmangebote, das war jedenfalls meistens so. Filmschauspielerin zu werden konnte Maria sich sehr gut vorstellen. Einen längeren Text auswendig zu lernen und gut auszusehen, waren eine Kleinigkeit für sie, aber sie würde den Text auch verstehen, inklusive der darin verborgenen Botschaften und Interpretationsmöglichkeiten. Sie konnte den Regisseuren etwas anbieten, was irgendein noch so kurvenreiches Dummchen ihnen nicht anbieten könnte. Richie würde Tontechniker oder Lichttechniker werden oder sogar Kameramann, und er würde sie bei den Dreharbeiten beschützen, falls einer der Schauspieler oder der Regisseur sich falsche Hoffnungen machte.

Vor der Wahl zur Miss Germany musste sie aber zuerst die regionale Vorausscheidung gewinnen. Die Vorausscheidung war in einem Hotel, mit zwölf Kandidatinnen und jeder Menge Publikum und einer Jury aus älteren Männern in zu engen Anzügen sowie einer angeblichen Schauspielerin, die kein Mensch kannte und die schon beschickert war, bevor es losging.

Sie saßen an einem Tisch mit weißer Decke und Kerzenleuchtern, der Saal war mit Luftballons geschmückt. Sie, das waren Maria, Richie, Rosalie und Tante Wilma. Ihre kleine Familie. Maria trug die Haare hochtoupiert, was sie etwas größer aussehen ließ, dazu ein schwarzes, enges, schulterfreies Kleid und ein dezentes Perlencollier, das Rosalie ihr geliehen hatte. Richie trug Anzug, und zwar einen gut geschnittenen, er sah aus wie Curd Jürgens, ohne Übertreibung. Rosalie hatte einen Hosenanzug an, in dem Maria sie noch nie gesehen hatte. Typmäßig ging sie in Richtung Marlene Dietrich. Zum ersten Mal erkannte Maria, dass Rosalie schön war, herb, aber schön. Wilmas Kleid war geblümt und wie so oft tiefer ausgeschnitten, als es ihr guttat. Wilma war der ästhetische Schwachpunkt in ihrer insgesamt eindrucksvollen Truppe.

Zuerst gab es Reden, unter anderem von einem Filmproduzenten. Dann mussten die Mädchen im Spalier auf der Bühne stehen, sie wurden vorgestellt. Jede wurde beklatscht. Bei Maria sagte der Conférencier, dessen Stimme sie aus dem Radio kannte: »Die reizende, zauberhafte Maria, noch Schülerin, süße Siebzehn und überall schon so erwachsen, da läuft einem doch das Wasser im Mund zusammen, nicht wahr, meine Herren?«

Aus dem Publikum kamen Rufe, oho, oh, là, là. Wenigstens nannte er nicht den Namen ihrer Schule. Dann mussten sie auf der Bühne einzeln auf und ab gehen, wie bei einer Modenschau. Maria hatte natürlich gewusst, was auf sie zukommt. Sie wusste, dass sie die Zähne zusammenbeißen musste, nein, das durfte sie nicht, lächeln sollte sie ja auch noch. Die großen Stars haben das alle irgendwann hinter sich bringen müssen, dachte sie, und sie erinnerte sich daran, dass sie genug Kraft hatte für diesen Pipifax. Die Kraft, die sie auch bei Immaculata aufbringen konnte, als die sie aus dem Chor geworfen hatte. Wenn ich will, kann ich mich zusammennehmen.

Also wackelte sie beim Lauf über die Bühne ein bisschen mit den Hüften. Urplötzlich tat sie so, als ob sie stolpere und in die Arme der Jury falle, die in der ersten Reihe saß. Aber im letzten Moment fing sie sich und zwinkerte mit einem Auge Richtung Publikum, um zu zeigen, dass alles nur Show war. Das schien gut anzukommen.

Nun kam das Interview. Der Conférencier fragte als Erstes: »Was ist denn dein Hobby, süße Maria?«

»Ich lese gern.«

»Oho, ein richtig kluges Mädchen, unsere Maria! Beifall für Maria, die kleine Leseratte!« Vereinzelt wurde geklatscht.

»Und, was liest du so?«

»Aristoteles, Platon, Francis Bacon, Gryphius, Hildegard von Bingen, Brecht, Thoreau, Sartre, Camus, Thomas von Aquin …« Die hatte sie nicht alle wirklich gelesen, aber das war ja egal.

»Halt, halt, das nimmt ja kein Ende! Maria, du machst mir richtig Angst! Hast du keine anderen Hobbys?«

»Doch, Geschlechtsverkehr.«

Das warf ihn erwartungsgemäß aus der Spur. Er stand mit offenem Mund da und wusste nicht, wie er aus dieser entgleisten Nummer wieder in sein gewohntes Fahrwasser zurückfinden sollte.

»Das wollen wir aber nicht gehört haben. Dies ist eine

seriöse Veranstaltung, mit Schmutz und Schund haben wir nichts zu tun, verstehst du, Maria? Ich glaube fast, du hast dich in der Adresse geirrt.«

»Stellen Sie bitte die nächste Frage. Ich gebe immer eine ehrliche Antwort. Bitte verzeihen Sie, dass ich Ihre Gefühle verletzt habe. Gott wird uns vergeben. Wenn Sie mögen, können wir jetzt hier gemeinsam beten. Ich bin nämlich sehr gläubig.«

Das war nun die nächste Herausforderung für ihn.

»Nein, also, Maria, du bist wirklich eine … ein besonderes Mädchen. Letzte Frage, was machst du als Erstes, wenn du Miss Germany wirst, ganz spontan, nicht lange nachdenken.«

»Ich gehe ins Kloster und bete für deine Seele, Kretin.«

»Kreta, sehr gut! Einen großen Applaus für unsere originelle, schlagfertige Maria! Und nun kommt die Helga.«

Als letzter Programmpunkt kam das Defilee im Badeanzug. Maria zog das durch, immerhin war es kein Bikini, und den Hüftschwung zeigte sie, wegen des großen Erfolgs, gleich noch mal.

Rosalie und Richie waren begeistert. »Du bist du gewesen, das ist die Hauptsache«, flüsterte Rosalie.

»Der Sprecher ist ein Idiot, dem hast du einen Kinnhaken verpasst«, flüsterte Richie.

Wilma sagte: »Das war unvorsichtig, das nehmen die übel.« Maria war klar, dass sie nicht gewinnen konnte. Sie wurde Dritte.

Nach der Siegerehrung, für die sie als Gewinnerin der Bronzemedaille noch mal auf die Bühne musste, kam ein

Mann an ihren Tisch. Es war der Filmproduzent, der zu Beginn eine kurze Rede gehalten hatte. Er atmete schwer und ließ sich auf einen freien Stuhl fallen.

»Vergiss die Abstimmung. Für mich bist du die Siegerin des Abends. Du hast was Eigenes, verstehst du. Alle haben nur von dir geredet. Du hast Persönlichkeit. Du musst auf die Leinwand. Hier ist meine Visitenkarte. Ruf mich an. Jederzeit. Falls du magst.«

Als er abgezogen war, sagte Rosalie: »Da geht es ums Ficken. Eindeutig. Ich kenne diesen Gesichtsausdruck.«

Wilma sagte: »Du vermasselst der Kleinen ihre große Chance.«

Richie sagte: »Bitte heirate mich. Schmeiß die Visitenkarte weg und nimm mich. Ich meine, du kannst natürlich trotzdem Schauspielerin werden. Es ist egal, was du willst. Ich bin dabei.«

Maria sagte: »Ich bin viel zu jung, Richie.«

Er sagte: »Und ich bin Elektriker, auch nicht so toll.«

Ein halbes Jahr später heirateten sie. Das mit den Papieren dauerte ziemlich lange, wegen Marias unübersichtlicher Familienverhältnisse. Nach der Miss-Germany-Wahl war sie von der Schule geflogen, kurz vor dem Abitur. Cecilia sagte, dass schon die Kandidatur einer Liebfrauen-Schülerin für den Titel »Miss Germany« eine fast unerträgliche Provokation darstelle. In Marias speziellem Fall hätte sie dies vielleicht hingenommen, weil sie es in der Kindheit schwer hatte und wegen der Barmherzigkeit. Aber dass die Schülerin eines katholischen Mädchengymnasiums auf die Frage nach ihren Hobbys ohne zu zögern die Antwort »Geschlechtsverkehr« gebe, sei nicht nur dem bischöflichen Ordinariat schwer zu vermitteln. Es zeichne auch für die Eltern der anderen Schülerinnen ein falsches und beängstigendes Bild von den Werten, die in einer katholischen Erziehung vermittelt werden.

So ungefähr klang es. Maria stand überall auf Eins oder Zwei. Dann war sie verheiratet, vier Jahre später kam Frank zur Welt. Es war zufällig der gleiche Tag, an dem Rosalie starb.

SAID

Es hatte getaut, endlich wurde es wärmer. Mittags kam die Sonne heraus. Maria packte den Kleinen in seinen Anorak und cremte ihm das Gesicht ein. Er sollte auch etwas haben vom ersten Vorfrühlingstag. Sie schob den Sportwagen in den kleinen Park, wo sie ihn ein bisschen laufen ließ, er torkelte dabei wie ein Betrunkener, das sah lustig aus. Mit dem Laufen war er sehr früh dran, er war nicht einmal ein Jahr alt. Einkaufen musste sie auch noch. Sie kaufte Kuchen, zwei Stück Bienenstich. Die süße Creme in der Mitte mochte er gern. Den Boden und den harten Deckel mit den Mandeln aß sie. Ein Teil der Zeitung lag noch zu Hause herum, die ersten Seiten mit der Politik hatte Richie mitgenommen. In den Pausen, die der Kleine ihr ließ, war der Haushalt dran, Spülen und Bügeln. Frank schrie neuerdings oft, weil endlich die Zähne kamen, da gehörte er eher zu den Nachzüglern. Bis das Zahnen anfing, war er meistens lieb gewesen. Ein ruhiges Kind. Freundlich. Auch hübsch, aber das dachten wahrscheinlich alle Mütter. Als er immer weiter schrie, setzte Maria das Bügeleisen ab und holte aus dem Kühlschrank einen Eiswürfel, an dem er lutschen konnte. Eis betäubt den Schmerz.

Mit Richie lief es nicht schlecht. Aber gut lief es auch nicht. Richie machte jede Menge Überstunden, vielleicht auch nicht. Vielleicht machte er mit anderen rum. Bei dem Wort »Überstunden« denken viele sofort »Seitensprung«, ähnlich, wie man beim Huhn ans Ei denkt. Es konnte auch sein, dass Frank ihn mit seinem Geschrei nervte oder dass ihn plötzlich der Ehrgeiz gepackt hatte. Aber das war Maria inzwischen schon beinahe egal.

Sie hatten sich das beide anders vorgestellt. Obwohl es ja jedem denkenden Menschen klar sein musste, dass es so kommen würde. Wie sollte sie denn Geld verdienen? Ich habe nichts vorzuweisen, dachte Maria, nichts außer mir selber. Und das ist zu wenig. Sie war auf diesen Elektriker angewiesen, diesen lieben Kerl, der sie alle im Schweiße seines Angesichts und mit seinen Überstunden über Wasser hielt, der sogar einen absurd teuren Kühlschrank angeschafft hatte und dafür vermutlich Dankbarkeit erwartete. Die bekam er aber nicht. Richie tat, was er konnte, und auch das war leider zu wenig.

Das Wort »leider« meinte Maria ernst. Es wäre doch ganz schön, mit dem Leben zufrieden zu sein, oder? Du arbeitest 16, 17 Stunden am Tag, wie alle Mütter es tun, folglich ist dies der übliche Lauf der Dinge. Und wenn du am Sonntag nach der Kirche tatsächlich mal in Ruhe ein Stück Bienenstich essen darfst, durchströmen dich Glückswallungen. Je blöder du bist, desto leichter bist du zufriedenzustellen. Aber Maria hatte nun mal vom Baume der Erkenntnis gegessen. Das war nicht rückgängig zu machen.

Wie sollte sie aus dieser beschissenen Lage wieder herauskommen? Ihre ersten, frühen Zukunftsmodelle liefen darauf hinaus, sich jemand anderen als Richie zu suchen. Das war realistisch. Aber auch das hätte nichts genützt. Ein Mann, der sagt, du machst jetzt dein Abitur nach, dann studierst du, ich bezahle das, und wenn du von der Uni nach Hause kommst, darfst du mit dem Kleinen zusammen sein, solange du möchtest, ich bügele inzwischen, davon träumst du doch nur. Maria verstand das sogar. Jeder hat nur ein Leben. Sie konnte nicht erwarten, dass ein Mann sein Männerleben für sie opfert, wenn nicht einmal jemand wie Richie das tat. Ich sitze auf der Insel Alcatraz fest, dachte sie manchmal, eine Gefängnisinsel, umgeben von kaltem Wasser mit starken Strömungen. Flucht ist unmöglich. Es nützt nichts, wenn du schwimmen kannst.

Dieser Gedanke machte sie rasend. Manchmal wäre sie am liebsten mit dem Kopf gegen die nächste Mauer gerannt. Aber dann wurde ihr allmählich klar, dass sie es selbst hinbekommen musste. Sie musste aus eigener Kraft da raus. Wer sollte das schaffen, wenn nicht sie? Es musste doch irgendwelche Kurse geben. Sie schob Frank zum Arbeitsamt, nahm ihn auf den Arm, stieg in den zweiten Stock und fragte höflichst, wie das geht mit dem Abitur in der Seniorenklasse über zwanzig. Mit der Post ließ sie sich Beispiele von Prüfungsbogen kommen. Lächerlich. Zwei Drittel der Fragen konnte sie aus der Lamäng beantworten, die Liebfrauenschule und Schwester Immaculata seien gepriesen. Nur Mathematik würde hart werden, da musste sie wohl büffeln. Es wäre idiotisch gewesen, Richie in die Wüste zu schicken, wozu denn? Maria war immer noch davon überzeugt, dass er zu den besten 25 Prozent gehörte, von dem, was auf dem Markt war. Man steigt doch nicht aus dem Bus aus, um an der gleichen Haltestelle den nächsten Bus zur gleichen Endhaltestelle zu nehmen.

Zu dieser Zeit glaubte sie, sich so sicher im Griff zu haben wie nie zuvor in ihrem Leben. Durch den schwarzen Nebel der Verzweiflung strahlte in ihr ein Licht der Hoffnung. Und der Kleine strahlte ja auch, der Kleine brauchte sie. Ich bin die einzige Chance, die er hat, damit es ihm mal besser geht als mir. Der Kleine ist ja nun auch Teil meines Lebenswerks. Mir muss es gut gehen, damit es ihm auch gut geht.

Er war unglaublich süß. Er roch so wunderbar. Es war für sie beinahe wie Sex, wenn sie dieses Kind im Arm hielt und an ihm roch, anders zwar, aber genauso stark und überwältigend. Sie flüsterte ihm ins Ohr: »Du kannst nichts dafür, Frank, gar nichts, du sollst das nicht ausbaden, Süßer.« Sogar der Geruch seiner Scheiße gefiel ihr.

Vor Franks Geburt war sie schon ein paar Mal schwanger gewesen, weil das Aufpassen nicht Richies Stärke war. Die Folgen hatte sie immer irgendwie abbiegen können. Nicht einfach, das zu organisieren, nicht ohne Risiko. Auf die Glückshormone, die so ein Kind hervorkitzelt, wenn es erst einmal da ist, war sie nicht vorbereitet. Das haute sie um. In der ersten Zeit fühlte sie sich ständig beschickert von diesem Glück, leider verging das. Allmählich hob sich wieder der Vorhang, der sich in den ersten Monaten zwischen ihr und der restlichen Welt befunden hatte. Der ungeschönte Anblick der Realität, in der sie sich befand, war geeignet, sie ein zweites Mal umzuhauen.

Wenn Richie nach Hause kam, so um sieben meistens, machte er nach spätestens zehn Minuten den neuen Fernseher an, der war teuer gewesen. Er hatte, wie schon beim Kühlschrank, einen Ratenvertrag abgeschlossen. Hin und wieder lud er Freunde ein. Der Fernseher, Maria, das Kind, er hatte ja einiges vorzuzeigen. Die Freunde, meistens zwei Dünne mit Brille und ein Dicker mit schwarzem Vollbart, saßen im Wohnzimmer, schauten mit dem Gastgeber fern und spielten Karten, nachdem sie Maria – der Hammer, deine Alte! – und das Kind – ganz der Vater! – besichtigt hatten. Dann zog Maria sich mit Frank in das bescheidene Schlafgemach zurück. Gelegentlich schreckten beide hoch, wenn einer der Freunde »Wenn du Pik hast, musst du auch bedienen« brüllte oder »Den spielt meine Großmutter im Schlaf«. Zum Glück verlangte Richie niemals, dass Maria Käseeckchen vorbereitete oder in der Kneipe Nachschub holte, wenn das Bier alle war. In diesem Fall schickte er einen der Freunde, der gerade pausierte, Skat spielt man zu dritt. An solchen Verhaltensdetails, sagte sich Maria, erkannte man wohl die besten 25 Prozent auf dem Männermarkt.

Als Richie an diesem Tag nach Hause kam, fragte er wie meistens: »Na, meine Hübschen, was habt ihr heute Schönes gemacht?« Maria sagte: »Frank kriegt schon wieder ’nen Zahn. Er lutscht gern an Eiswürfeln.«

Richie holte einen Eiswürfel und hielt ihn Frank vor das Gesicht. Der Kleine wischte das Eis mit seinen speckigen Ärmchen weg. Richie war ein bisschen beleidigt, aber versuchte, es nicht zu zeigen. »So gut wie Mama kann ich das nicht, schon in Ordnung.«

Dann sagte Richie, dass er demnächst auf Montage gehe. Es gab ein Riesenprojekt in Hamburg. Irgendwas im Hafen. »Es wird gut bezahlt. Das Doppelte. Sechs Wochen, voraussichtlich.«

»Das heißt, du bist sechs Wochen weg?«

Richie antwortete nicht sofort, sondern ging an den Kühlschrank und begann, das Abendessen für sie alle vorzubereiten. Er erwartete nicht, dass Maria Abendessen machte oder gar kochte. Genauso wenig, wie er erwartete, dass sie Käseeckchen für seine Freunde vorbereitet. »Ich weiß doch, was du mit Frank alles um die Ohren hast.« Das hatte er gesagt, und daran hielt er sich. Womöglich gehörte er sogar zu den besten 15 Prozent.

»Ich kann auch absagen, Maria.«

Richie setzte sich an den Küchentisch, den er gedeckt hatte. Maria dachte: Das ist gelogen. Er blufft. Bei einer Absage kriegt er sicher Ärger. Aber er weiß, dass ich zu den sechs Wochen nicht Nein sagen kann. Das Doppelte. Fernseher, Kühlschrank, der Kleine, alles nicht billig. Ein Hauptgewinn, dieses Hamburg-Projekt. Was hatte sie ihm im Tausch für diesen Haufen Geld anzubieten? Die Vernunft war auf seiner Seite, und das wusste er. Er sah zufrieden aus. Maria dachte: Ich bin ein Löwenfell, das zu seinen Füßen liegt, und dieser Löwe ist sogar schnurrend auf den Jäger zugelaufen. Sie hatte schließlich ihn vor der Schule angesprochen, damals, nicht er sie.

»Dann sag es ab.«

Natürlich war Richie verblüfft. Er brauchte ein paar Sekunden, um sich zu sammeln. »Gut. Aber warum denn?«

»Weil ich nicht sechs Wochen lang den Haushalt und den Kleinen allein am Bein haben will, sogar am Wochenende, und nicht sechs Wochen lang mutterseelenallein sein will, deshalb. Scheiß auf das Geld.«

»Scheiß drauf ist leicht gesagt. Ein Urlaub wäre mal schön, Italien, wie findest du das?«

»Ich will das Abitur nachmachen. Dazu brauche ich drei Monate. Normal ist ein Jahr. Aber ich schaffe das. Garantiert. Ich hab mich informiert. Nimm dir drei Monate frei.«

»Und dann?«

»Dann studiere ich. Es gibt Stipendien. Wie gesagt, ich hab mich erkundigt.«

»Das Stipendium ist für eine Person. Und wovon sollen wir leben, Frank und ich?«

»Von Rosalies Erbe. Du weißt, dass sie mir was hinterlassen hat. Nach Abzug der Schulden sind 6000 übrig.«

»Das reicht doch nicht.«

»Ich geh nebenbei putzen, wenn es sein muss. Das hab ich bei meiner Tante auch gemacht. Ich will das, verstehst du. Ich werde es schaffen.«

Richie lächelte. »Du willst nicht, dass ich nach Hamburg gehe. Verstanden. Ich würde dich auch vermissen.« Dann drehte er den Kopf weg, Richtung Kühlschrank. Er schämte sich wegen der Lüge, die er jetzt aussprechen würde.

»Ich kann nicht einfach so drei Monate aussetzen. Die feuern mich.«

»Elektriker sind gesucht.«

»Ja. Schon. Ich müsste woanders von vorne anfangen.«

»Mach das, Richie. Fang von vorne an. Ich kenn dieses Gefühl.«

Richie sagte nichts.

»Wenn ich mit dem Studium fertig bin, werd ich ein Schweinegeld verdienen, das schwöre ich dir. Du kennst mich. Ich werd sie alle an die Wand drücken. Dir wird's an nichts fehlen. Wir kaufen ein Haus in Italien. Mit Garten und einem kleinen Pool für Frank. Du musst jetzt einfach für vier, fünf Jahre die Arschbacken zusammenkneifen, Richie. Anschließend regnet es Manna.«

»Hamburg sage ich ab. Ich werd mir eine Geschichte ausdenken, die sie mir abkaufen. Über den Rest müssen wir ein anderes Mal reden.«

»Warum ein anderes Mal, gottverfluchte Scheiße?«

»Du hast gewusst, wer ich bin. Ich bewunder dich. Du bist schlauer als ich. Aber ich werd nicht dein Haustier sein. Ich werd nicht von deinem Geld leben.«

Maria stand wortlos auf, nahm Frank auf den Arm und ging ins Schlafzimmer. Richie folgte ihnen nicht. Nach einer Weile hörte sie den Fernseher. Sie hatte sich im Griff, das immerhin, sie explodierte nicht. Das Verrückte war, dass sie gerade eben genau das Gleiche hätte sagen können wie er, Wort für Wort. Abgesehen von dem Satz »Du bist schlauer als ich«. Sie verstand Richie einfach zu gut. Er war kein komplettes Arschloch. Ein Heiliger war er noch weniger. Sie beide waren in einer Zwickmühle gefangen.

Richie fuhr nach Hamburg. Das sagte er Maria erst am

Vorabend seiner Abreise, dabei entschuldigte er sich ungefähr tausend Mal. Er brachte Blumen.

»Die finden sonst keinen. Der Chef hat alles probiert. Ich kann den nicht hängen lassen.«

Bestimmt hatte er gar nicht erst gefragt. Für so etwas besaß Maria Antennen. Und sie wusste, dass es in seiner Firma mindestens ein halbes Dutzend Männer gab, die ungefähr das Gleiche konnten wie er. Vielleicht war er der Beste, der Einzige war er nicht. Er hatte nicht gefragt, weil er nicht fragen wollte.

Aber Richie war nun mal kein komplettes Arschloch. Er hatte eine Babysitterin organisiert. Marias Tante Wilma war bereit, drei Abende pro Woche und einen Nachmittag pro Wochenende auf Frank aufzupassen. Gegen Bares. Richie hatte Vorkasse geleistet. Dieses Geld war eigentlich für den Kauf einer Waschmaschine bestimmt. Maria musste immer noch in den Waschsalon, rechte Hand am Kinderwagen, in der linken Hand den Wäschesack. Das machte sie aber bei Richie nicht zum Thema, obwohl es sie schier übermenschliche Kräfte kostete.

»Ich habe es dir prophezeit.« Dies waren Wilmas erste Worte, als sie die Wohnung betrat. »Du wolltest es nicht anders.«

Wilma sagte, dass Maria wie eine alte Schachtel aussehe und dass sie ihr jetzt erst mal die Haare macht, mit Färben und allem Pipapo. Augenbrauen zupfen! Maniküre! Flächendeckender Abwurf von Kosmetika!

»Jetzt siehst du endlich wieder wie ein Mensch aus«, sagte Wilma und stellte Maria vor den Spiegel. Sie erkannte sich wirklich kaum wieder.

»Du kannst das gut, Wilma.«

»An der Figur kann sogar ich auf die Schnelle nichts ändern. Aber das, Schnuckelchen, ist in deinem Fall zum Glück unnötig. *Una bellissima bionda,* wie der Lateiner sagt.«

Maria verbrachte also sechs Wochen lang jeweils drei Abende im Tanzcafé, das sich kaum verändert hatte. Und sie machte reichlich Beute, reiche Beute zu ihrem Bedauern nicht. Meistens kehrte sie erst in den frühen Morgenstunden aus Junggesellenapartments, Hotelzimmern oder auch mal einem schlecht beheizten Hausflur zurück und löste Wilma ab, die schnarchend auf dem Sofa lag. Wilma besaß die Gabe, aus Marias morgendlichem Zustand überraschend präzise Rückschlüsse auf den Verlauf der zurückliegenden Nacht zu ziehen.

»Na, das war wohl ein ganz Wilder.«

»Den kannst du vergessen. Ein Gentleman macht einer verheirateten Dame keine Knutschflecke.«

»Ach je. Aber Kleinvieh macht auch Mist.«

»Ui, ui, ui, den musst du dir aber warmhalten.«

Als Richie zurückkam, roch er den Braten natürlich. Er sagte nichts. Er war schuldbewusst. Es war doch klar, dass so etwas passieren würde.

Maria dachte: Lässt man einen heißen Feger wie mich einfach so allein? Ja, das kann man durchaus machen. Aber verbrät man außerdem, um sich freizukaufen, das gesparte Geld für die Waschmaschine, statt in der Firma um einen Vorschuss zu bitten?

Richie war nicht der Typ, der seinen Kummer still in sich hineinfrisst. Er war eher der Typ, der seinen Kummer still in sich hineinschüttet.

Maria vermutete, dass er, im Rahmen seiner vom Alkohol gesetzten Grenzen, spätestens jetzt ebenfalls fremdging. Sie selbst war mit ihren neuen Bekannten terminlich so ausgelastet, dass er nur noch selten auf seine Kosten kam. Und er sah, auf seine Art, genauso attraktiv aus wie sie. In diesem Punkt herrschte Chancengleichheit.

Allerdings musste Maria ihm lassen, dass er, bis zu dem schlimmen Morgen, bei seinen Abenteuern diskreter vorging als sie. Ihr fiel nie etwas auf. Maria sagte einfach: »Ich geh dann mal, bis irgendwann, tschüss«, und ließ ihn am Abendbrottisch bedröppelt sitzen, mit Frank, der in die Trotzphase kam und nicht mehr ganz so pflegeleicht war. Wenn sie um drei oder vier Uhr morgens nach Hause kam, lag Richie, mit Frank im Arm oder auf dem Bauch, schlafend auf dem Sofa. Der Fernseher zeigte das Testbild. Das dreckige Geschirr stand auf dem Couchtisch. Wilma hätte es weggeräumt. Der alte Richie, der Richie vor der Montagereise nach Hamburg, hätte das Geschirr auch weggeräumt. Aber Maria hielt ihm deshalb keine Vorträge. Er hielt ihr ja auch keine. Er fragte nie, wo sie bis vier Uhr eigentlich gewesen war. Vorwürfe von Marias Seite wären unfair gewesen, das sah sie ein.

Wenn Richie auf Montage war, rief Maria aus der Telefonzelle bei Wilma an, die manchmal kam und manchmal auch nicht. Für die paar Mark, die Maria ihr geben konnte, lohnte sich der weite Weg für sie nicht. Wilma kam nur aus Gutmütigkeit, die sie aber nicht in unbegrenztem Umfang besaß. Richie bezahlte Wilma nicht mehr. Kein Wunder in Anbetracht der Faktenlage. Marias Haushaltsgeld reichte für den Haushalt, das war's im Wesentlichen, viel konnte sie nicht abzweigen. Und sie konnte sich auch im Tanzcafé nicht immerzu von unbekannten Herren einladen lassen, das hätte ihren Ruf ruiniert. Außerdem musste sie manchmal ein Taxi bezahlen, um nach Hause zu kommen.

Also fing sie damit an, manchmal wegzugehen, wenn Frank schlief. Wenn er schlief. Vorher nie. Sie wartete immer, bis der Kleine ruhig und regelmäßig atmete. Einmal hatte sie ein Oberschlawiner – Wilma hätte gesagt: »Ui, ui, ui, den musst du dir aber warmhalten« – zum zweiten Treffen in seine Wohnung bestellt. Maria sah sofort, dass es eine Ehewohnung war. Im Nebenzimmer schlief ein Kind. Der Oberschlawiner: »Wir haben uns vor zwei Wochen getrennt.« Seltsam nur, dass in der Küche eine nur leicht angetrocknete Augenmaske mit Gurkenscheiben stand und die Gattin beim Auszug im Bad ihre Zahnbürste vergessen hatte. Sie machten (ui, ui, ui) einen ganz schönen Radau, bis plötzlich ein Engelchen mit großen, fragenden Augen neben dem Wohnzimmersofa stand.

»So etwas«, dachte Maria, »tut man nicht.« Das eigene Kind in diese Dinge hineinzuziehen, in den Erwachsenenkram, war wirklich das Allerletzte. Ein Mann, der aus Geilheit so etwas nötig hatte, sollte lieber kalt duschen.

Wenn sie gegen Morgen zurückkam, schlief Frank meistens immer noch. Manchmal stand er weinend in seinem Bettchen. Vielleicht wachte er in der Nacht auf, schrie, bis er nicht mehr konnte, und dann, in dem Bewusstsein, ganz und gar allein zu sein auf der Welt, schlief er wieder ein. Niemand wird es je wissen. Es tat Maria weh, daran zu denken. Sie wusste, dass man so was eigentlich auch nicht macht. Wir alle haben unser Ränzlein zu tragen, sagte sie sich, ich, Richie, der Schlawiner, sogar Wilma, alle. Das hier war eben Franks Ränzlein.

Morgens, wenn sie kam, nahm sie den Kleinen in den Arm und flüsterte zärtlich in sein Ohr: »Ich geh nicht weg, ich geh nicht weg, ich geh nicht weg, du bist mein Allerliebster.« Dann schlief er fast immer wieder ein, für zwei Stunden oder länger, in denen sich Maria ein bisschen um die Wohnung kümmerte. Im Lauf der Zeit wurde der Kleine schwieriger, trotziger vor allem. Das schrieb Maria zum Teil sich zu. Aber welche Wahl hatte sie denn? Der Kleine hatte früh gelernt zu laufen und er fing auch früh an zu sprechen. Er entwickelte sich gut.

Maria schaffte es nicht, sich für dieses Geschöpf aufzuopfern, das war ihr klar. Ihr war auch klar, dass man ihr diese Tatsache vorwerfen konnte, vor einem imaginären Gericht. Aber war diese Forderung, die nach Aufopferung, überhaupt legitim? Schade, sagte sie manchmal, als sie viel älter war, dass ich keine Rechtsanwältin werden durfte. Meinen Fall würde ich gern durchfechten.

Anfangs bewunderte sie Richie für seine Engelsgeduld. Welcher Mann lässt es sich gefallen, dass seine Frau am Freitagabend einfach so die Wohnung verlässt und ihm das Kind ans Bein bindet, um anderswo Zerstreuung zu suchen? Und dann am Samstag wieder, ohne Erklärung, ohne Entschuldigung? Warum kämpfte dieser Idiot nicht ein bisschen um sie? Nach und nach schlug ihre Bewunderung in Verachtung um. Richie war gar nicht geduldig. Er war eine antriebslose Amöbe, ein Typ, der die Dinge laufen lässt und blöde auf ein Wunder wartet. Deshalb hatte er es auch in seinem Beruf nie wirklich zu etwas gebracht. Er wurde respektiert, das schon, er war einer der Besten, aber befördert wurden die anderen, die mit mehr Biss. Richie war in jeglicher Hinsicht ein Schlappschwanz, außer in sexueller Hinsicht, da nicht.

Der schlimme Morgen änderte alles.

Irgendwann musste es passieren, dass sie sich nachts über den Weg liefen. Die Stadt war nicht groß. Offiziell arbeitete Richie wieder mal irgendwo im Norden, da hatte er angeblich ein Projekt nach dem anderen. Natürlich vermied er das Tanzcafé, er ahnte, dass Maria dort verkehrte. Aber seit Maria fest mit Said zusammen war, ging sie auch nicht mehr ins Tanzcafé. Wozu denn auch.

Said und Maria saßen im Grünfisch, einem Studentenklub, in dem Maria bis zu diesem Abend noch nie gewesen war. Vorher waren sie bei Said gewesen, sie hatten sich geliebt, bis sie satt waren fürs Erste. Nach dem Grünfisch würden sie noch einmal zu ihm gehen, für den Nachtisch. Sie mochten es, aus dem Bett zu steigen und unter Leute zu gehen, jeder von ihnen roch noch nach dem anderen. Sie mochten es, dass man ihnen ansah, was sie gerade gemacht hatten. Sie mochten es sogar, wenn Leute über sie tuschelten, denn sie wussten, wie gut sie zusammen aussahen und wie zufrieden. Die sollten vor Neid krepieren, diese Spießer, oh weh, ein Ausländer, die sollten sich zu Hause verbittert und hoffnungslos einen auf sie beide runterholen. Sie waren zwei Supernovas, außerhalb ihrer Reichweite.

Said hatte die gleiche Energie wie Maria. Es war nicht in erster Linie das Sexuelle, was sie an ihm anzog. Auch mit anderen Männern, die ihr nichts bedeuteten, hatte sie schöne Stunden erlebt. Said sprach schon nach ein paar Monaten fast perfekt Deutsch. Nebenbei arbeitete er manchmal als Kellner, obwohl er genug Geld von seinem Vater bekam. Sein Examen hatte er schneller gemacht als die meisten, trotz der fremden Sprache. Jetzt saß er mit nicht mal fünfundzwanzig an seiner Promotion, die in ein paar Monaten fertig sein würde. Er tanzte wie ein Gott, las ein dickes Buch nach dem anderen und war zu Hause ein erfolgreicher Ringer gewesen. Sie hätten ihn irgendwann in die Nationalmannschaft aufgenommen, aber das interessierte ihn nicht. Lieber ging er nach Europa und bereitete sich auf eine Karriere als Wissenschaftler vor. Wenn sonst schon nichts läuft in meinem Leben, sagte sich Maria, dann will ich doch wenigstens so einen Mann haben, einen Grand Hand, und nicht einen Null Ouvert. So sagt man beim Skat.

Im Grünfisch würde niemand tuscheln. Said kannten hier viele, er nickte nach links und rechts. Die Studenten kamen aus allen möglichen Ländern. Der Laden lag in einem Keller. Als sie die Treppe hinunterstiegen, sah Maria an der Wand die weißen Buchstaben »LSR«, eine Kindheitserinnerung. Luftschutzraum. Unten war es ziemlich dunkel, die Musik war laut, die Getränke holte man sich an einer Bar, über der rote und grüne Glühbirnen baumelten. Viele tranken Bier aus Flaschen. An den Wänden hingen Plakate. Die Studentinnen waren nicht sorgfältig frisiert und gefärbt wie Maria, sie ließen ihre Haare einfach wachsen.

Sie war noch nie an so einem Ort. Sie kannte nur die

üblichen Tanzlokale, für die man sich in Schale schmeißt und wo Kellner Bestellungen aufnehmen. Es kam ihr vor, als gehörte sie zu einer anderen Generation, einer älteren. In Wirklichkeit war sie ungefähr genauso alt wie die meisten anderen Gäste im Grünfisch. Ich bin hier die Einzige, die kein Abitur hat, dachte sie kurz, bis morgen, wenn die Putzfrauen kommen. Ich bin die Supernova aus einer anderen Galaxie. Dann tanzten sie wild und hart, ohne sich anzufassen. Auch das kannte sie nicht.

So begann der schlimme Morgen.

Richie kam gegen Mitternacht. Die Frau, die er dabeihatte, war sicher eine Studentin, sie trug enge Jeans und Stiefel mit hohen Absätzen, weil sie klein war, dazu eine schwarze Bluse. Die Haare waren kurz und dunkel wie bei Audrey Hepburn in »Sabrina«. Sie musste ungefähr zwanzig sein. Richie trug sein kariertes Ausgehjackett, das hier deplatziert wirkte, er schaute sich unsicher um und versuchte, seine Befangenheit zu verstecken, indem er breit grinste. Garantiert war er auch zum ersten Mal hier. Blöder Zufall.

Die beiden gingen gleich auf die Tanzfläche. Sie tanzten nicht zum ersten Mal miteinander, das sah man. Richie bewegte sich wie immer gut, auch ohne Anfassen. Die Studentin, fand Maria, wirkte ein bisschen hölzern. Am Ende des ersten Songs griff sie nach seiner Hand, er lächelte gönnerhaft, fasste sie mit seiner freien Hand um die Hüfte, zog sie an sich und küsste sie leidenschaftlich. Richies Unsicherheit war jedenfalls schnell verschwunden. Maria stellte zu ihrer Überraschung fest, dass sie eifersüchtig war. Wie oft hätte sie, wenn sie gewollt hätte, im letzten halben Jahr mit diesem Mann ins Bett gehen können? Ungefähr hundert Mal. Und nun, wo sie mit dem Kopf darauf gestoßen wurde, dass er's mit einer anderen machte, störte es sie. Schon verrückt.

Nach dem Tanzen ging Richie zur Theke und holte zwei Colas, also Flaschen, in denen Strohhalme steckten. Respekt, Richie. Wenn er wollte, konnte er sich mit der Sauferei zurückhalten.

Dann entdeckte er Maria.

Sie sah, wie es in ihm arbeitete. Vermutlich überlegte er, ob er seine Studentinnenaffäre trotz der geradezu überwältigenden Indizienfülle vertuschen konnte und wie er das anstellen würde. Richies Kleinhirn meldete, völlig korrekt: *Sorry, no way out.*

Er ging zu der Studentin, sagte etwas zu ihr, dann schlenderten beide zu Maria und Said, er lächelnd, sie mit Pokerface. Maria und Said saßen in einer etwas ruhigeren Ecke an einem kleinen runden Bartisch mit zwei Stühlen. Richie ging in die Knie, um auf beider Gesichtshöhe zu sein.

»Hallo, Maria.« Dann zeigte er mit dem Daumen nach oben. »Das ist die Manuela. Sie studiert Germanistik. Manu, das ist Maria.«

Maria sagte: »Das ist mein Freund Said. Das ist Richie, mein Mann.«

»Angenehm.« Richie schüttelte Said die Hand, ohne sich die geringste Irritation anmerken zu lassen. Dass er das falsche Jackett trug, hatte ihm zu schaffen gemacht, Said aber steckte er locker weg. »Ganz schön heiß hier, was?«

Manuela sagte: »Du bist verheiratet?«

Richie sagte: »Wie? Du etwa nicht? Jetzt bin ich enttäuscht.«

Manuela lachte, echt, nicht auf die ironische Art. Sie war offenbar keine Spießerin, das sprach in Marias Augen immerhin für sie. Said wusste natürlich, wie Maria lebte. Dass sie verheiratet war, hatte Maria ihm nie verschwiegen, vom ersten Augenblick an. Sie war halt nicht Richie.

Richie fragte: »Dürfen wir uns dazusetzen?« Es gab bei ihm immer wieder Momente, in denen er dazu in der Lage war, den Stier bei den Hörnern zu packen. Wenn er davon überzeugt war, dass es unbedingt sein musste, konnte er durchaus eine gewisse Klasse zeigen, das musste Maria ihm lassen.

Klar, sie durften.

Said sagte: »Wir kennen uns doch, Manu. Das Heinrich-Böll-Seminar, oder? Ist eine Weile her. Du hast, glaube ich, das Referat über ›Wanderer kommst du nach Spa‹ gehalten.«

»Klar, natürlich, ich erinnere mich, und du? Du hast wenig geredet im Seminar, was war noch mal dein Thema?«

»›Der Zug war pünktlich‹. Kein gutes Referat, ich weiß. Der Titel hat mir gefallen, pünktliche Züge sind eine Stärke der Deutschen.«

»Oh, das Wandern aber auch«, sagte Manu und knipste ein unverbindliches Flirtlächeln an. Schon befanden die beiden sich in einem germanistischen Fachgespräch.

Sie war also hübsch und nicht auf den Mund gefallen.

Wie sagte man dazu noch gleich in Richies Kreisen? Hammer, deine Alte. Richie und Maria schwiegen. In dieser Situation gab es für sie erst mal wenig Stoff für eine nette kleine Konversation. Nach ein paar Minuten wandte Richie sich an Said. »Sind Sie schon öfter hier gewesen? Guter Laden. Unkonventionell.«

»Und nicht teuer. Ich bin gern hier, komisch, dass ich Manu nie gesehen habe.«

Und so weiter. Sie machten Small Talk. Richie sagte: »Eigentlich könnten wir uns duzen, oder? Ich bin der Ältere, glaube ich, also muss ich das vorschlagen.«

Said sagte: »Können wir, gern, warum nicht.« Er wirkte leicht pikiert.

Dann fragte Richie, ob Maria mit ihm tanzen möchte. Sie war einverstanden. Nach einer Weile kamen auch Said und Manu auf die Tanzfläche. »Es ist das reinste Idyll«, dachte Maria. Ein unbefangener Beobachter hätte sie für vier alte Freunde gehalten. Wegen Said und dieser Taschenbuchausgabe von Audrey Hepburn musste sie sich keine Sorgen machen, Said hatte ihr ewige Treue und ewige Liebe geschworen. Nicht, dass sie naiv gewesen wäre, aber man spürte es doch, ob einer es ehrlich meint.

Richie fragte: »Was ist denn mit Frank?« Er musste schreien, wegen der Musik.

Maria brüllte zurück: »Was soll sein?«

»Ist Wilma bei ihm?«

»Die konnte nicht.«

»Wer denn dann?«

»Frank kommt zurecht. Er weiß, dass es später wird, er schläft.«

»Lass uns nach Hause gehen, es ist fast zwei. Das packt der noch nicht, da kann alles Mögliche passieren. Da machst du dir Vorwürfe bis an dein Lebensende.« Alles in Fortissimo.

»Du machst dir keine Vorwürfe, oder?«

»Gehen wir.«

»Ich geh erst noch kurz zu Said. Wir treffen uns dann zu Hause.«

Die Musik hörte auf, eine Zehntelsekunde, bevor Richie brüllte: »Ihr könnt genauso gut morgen ficken.«

Alle schauten sie beide an. Der ganze Grünfisch, vom Maul bis zum Schwanz.

Alle vier gingen von der Tanzfläche. Manu verabschiedete sich, morgen früh ist Seminar, für Richie ein Küsschen auf die Wange, mehr nicht. Die war für ihn wohl perdue. Said sagte: »Ihr zwei habt bestimmt eine Menge zu bereden.« Zu Maria sagte er: »Du kannst mich jederzeit anrufen, wenn du mich brauchst. Zu jeder Tageszeit, Liebling.« Er verzichtete auf einen Kuss. Maria war deshalb kurz irritiert. Wahrscheinlich wollte Said vermeiden, dass Richie sich provoziert fühlt. Das hätte Marias Ausgangsposition in dem bevorstehenden Gespräch unnötig verschlechtert.

Richie und Maria gingen zu Fuß.

»Wir haben beide Mist gebaut«, sagte Richie. »Ich bin dir nicht böse.«

»Das hat man gemerkt. Wie großzügig. In Anbetracht der Tatsache, dass du Montagereisen vortäuschst, die du nur machen kannst, weil ich zu Hause den Laden komplett alleine schmeiße. Du denkst tatsächlich, du hättest in meiner Person einen Babysitter engagiert, der dir den Weg in die Betten der Manuelas dieser Welt freiräumt.«

»Wenn's mit uns besser liefe, müsste ich das nicht machen.«

»Wenn du mit einer Studentin ficken willst, um deine Worte zu gebrauchen, dann hättest du das mit mir leicht haben können. Du hättest nur ein bisschen Einsatz zeigen müssen. Du hättest ungefähr das bringen müssen, was ich zurzeit bringe.«

»Ich will kein Niemand sein. Ich bin auch gut in dem, was ich mache.«

»Bin ich denn ein Niemand, du blödes Arschloch?«

Richie setzte sein Ich-beherrsch-mich-jetzt-Gesicht auf. Dann sagte er: »Sieht nach einer Situation aus, in der es immer einen Verlierer gibt und nie zwei Gewinner, oder? Du willst die Gewinnerin sein, das verstehe ich. Ich will nicht der Verlierer sein. Kann man vielleicht auch verstehen. Ich hab ein Angebot an dich.«

»Du bist kein Verlierer, wenn ich studiere und einen Haufen Kohle mache, Richie. Du könntest so etwas nicht. Wenn man ein Team ist, spielt jeder seine Stärken aus. Lass das Angebot hören.«

»Du machst mit dem Araber Schluss. Ich hab nichts gegen den, der ist ganz sympathisch. Aber glaubst du im Ernst, dass der dich machen lässt, wie du willst? Weißt du, wie die Frauen da leben? Mit dem erlebst du das Gleiche, aber verschärft. Ich verlange keine Treue. Du bist frei. Amüsier dich. Aber es muss klar sein, wer die Nummer eins ist. Du bist meine Nummer eins. Es geht nicht, dass du in der Stadt mit anderen herumziehst. Ich hab meinen

Stolz. Ich habe das nur selten gemacht, mit anderen ausgehen, bitte glaub mir das, und ich habe heute gemerkt, wie falsch das war. Ich tue das nie wieder.«

»Ich erkenne nicht, wo in Ihrer Predigt ein Angebot versteckt sein sollte, Hochwürden. Ich sehe nur eine Forderung.«

»Ich geb dir das Geld für dein Studium. Ich gehe zu meinem Vater. Ich bitte ihn, mir einen Teil des Erbes vorzeitig auszuzahlen. Der wird erst mal ablehnen. Aber er mag dich. Mich mag er nicht. Weil es für dich ist, wird er es machen. Bleib bei mir.«

»Said und ich lieben uns. Alles, was du tun würdest, würde er auch tun, und noch mehr.«

»Das hoffst du. Du weißt es nicht. Ich geb mein Wort und werd es halten. Du weißt, dass ich meine Versprechen immer gehalten habe.«

»Ein Versprechen, das du auf Kosten deines Vaters gibst?«

»Wenn er ablehnt, nehme ich einen Kredit auf.«

»Niemand gibt uns so viel Kredit, Richie. Du musst eins wissen. Wenn ich mit Said zusammen bin, ist mir der Rest egal, dann ist das alles, was ich will. Wenn er das verlangt, arbeite ich sogar in Bagdad als Bauchtänzerin, scheiß drauf. Das ist Liebe. Kannst du das nicht kapieren?«

Richie schwieg eine Weile.

»Doch, ich kapiere das. Die Hormone. Da kann man nichts machen. Was soll aus Frank werden? Den liebst du doch auch, oder?«

Maria lachte höhnisch. »Nimmst du ihn etwa?«

»Ich weiß nicht, wie ich das hinkriegen soll. Vielleicht. Ich muss das durchdenken.«

»Dann durchdenke mal.«

»Hauptsache, es geht ihm gut.«

»Klar. Was für ein origineller Satz, Richie. Du bist schon auf dem Rückzug. Sogar dir ist klar, dass die Zubereitung von Käseeckchen eine nicht ganz so anspruchsvolle Aufgabe ist wie die Verantwortung für ein Kind.«

Inzwischen waren sie an ihrer Wohnung angekommen.

Frank war aus seinem Bett geklettert. Er lag im Wohnzimmer auf dem Teppich und schlief. Neben ihm lag eine Flasche Limonade, die er sich aus dem Kühlschrank geholt hatte, ein Teil davon war ausgelaufen. Er hatte sich auch Buntstifte geholt und damit auf der Fernsehzeitschrift Kreise und Striche gemalt.

Maria hob ihn hoch und trug ihn zurück in sein Gitterbett. Als sie ihn hineinlegte, wachte er auf. Er strampelte wild, fast, als ob er noch ein Baby wäre. Er sagte: »Mama, aufstehen?«

»Du kannst ruhig noch ein bisschen schlafen, Süßer.«

»Gehst du weg?«

»Ich bleibe da.«

Frank zog sich an den Gitterstäben hoch und krallte sich an Maria fest, die im Begriff gewesen war, sich aufzurichten. Sie schüttelte ihn mit einer heftigen Bewegung ab. Er fing an zu weinen. So ein großer Junge inzwischen, dachte Maria, hört das nie auf? Sie sagte: »Pssst, es ist noch ganz früh, du musst leise sein.«

Er weinte lauter. Sie hob Frank wieder hoch, auf ihren Arm, und ging mit ihm ins Wohnzimmer. Richie saß auf dem Sofa, er hatte sich aus dem Kühlschrank ein Bier geholt und starrte ins Leere.

»Hier«, schrie Maria. »Nimm ihn. Üb schon mal.«

Sie setzte Richie den Kleinen auf den Schoß. Und dann ahmte sie Richie nach, seinen belehrenden, pseudobesorgten Tonfall von gerade eben. »Oh weh, was wird aus Frank? Den liebst du doch auch. Zeig mir, wie man's macht, Klugscheißer. Vatis Fickferien sind vorbei.«

Der Kleine schrie immer weiter. Er führte sich auf wie ein Baby, aber das war er nicht mehr.

Richie stand auf und trug ihn hin und her wie früher, als Frank noch klein war. Er sang leise, das war sein altes Rezept, oft hatte es funktioniert. Diesmal nicht. Vielleicht spürte der Kleine, dass etwas Schlimmes im Gang war. Später würde Maria sagen: »Der Kleine hat als Erster gewusst, was passieren wird.«

Plötzlich klingelte es an der Tür. Maria machte auf. Es war der alte Mann von der Wohnung unter ihnen. Er trug einen gestreiften Schlafanzug. »Ich hab für vieles Verständnis«, sagte er, »aber das geht so nicht weiter. Es ist nicht mal halb vier.«

»Sollen wir unserem Sohn vielleicht eine Schlaftablette geben, wollen Sie das?«

»Jetzt werden Sie mal nicht schnippisch. Wenn das hin und wieder vorkommt, sag ich nichts. Ich hab auch Kinder gehabt. Aber Ihr Satansbraten schreit stundenlang, und das drei Mal die Woche. In dem Alter noch! Ich hab schon ein paar Mal bei Ihnen geklingelt, aber niemand hat aufgemacht. Ist der womöglich allein? Das nächste Mal ruf ich die Polizei. Das hätte ich schon längst machen sollen. Die öffnen die Tür.«

»Du schmieriger alter Bock. Wasch dir mal die Haare.«

»Gesocks.«

Maria warf die Tür mit aller Kraft zu.

Richie kam in den Flur, Frank im Arm, und sagte: »Wir müssen uns morgen bei dem entschuldigen.«

»Wir?«

»Du.«

»Weil ich das Gleiche gemacht hab wie du? Weil ich vor Pflichten abgehauen bin, die du nicht mal als Pflichten erkennst? Ich hab wenigstens ein schlechtes Gewissen. Aber du bist nicht mal dazu in der Lage.«

»Ich hab mich oft um Frank gekümmert, in dem Wissen, was du gerade machst. Find mal so jemanden. Viel Glück bei der Suche. Versuch's mal mit dem Araber. Der wird dir eins husten.«

»Said hat ein Format, von dem du doch nur träumen kannst. Der würde mich nicht für den Babysitter bezahlen lassen. Das hat er nämlich nicht nötig.«

Richie war am Limit, Maria war am Limit, und der Kleine war auch am Limit. Sie hätten aufhören müssen, Maria spürte das inzwischen auch.

Frank wimmerte nur noch. Das war fast noch schlimmer als sein Gebrüll. Er will Aufmerksamkeit, dachte Maria. Als ich so alt war wie er, hab ich im Heim gelebt. Wenn wir nicht um acht still waren, kamen wir ins Einzelzimmer. Stockdunkel. Schallisoliert. Nichts zu trinken. Da durften wir brüllen. Aber das bringt nichts, wenn du kein Publikum hast.

Sie riss Frank aus Richies Arm. »Gar nicht so einfach, oder? Der liebe Vati ist mit seinem Latein am Ende.« Sie schüttelte Frank, dann fixierte sie ihn, Auge in Auge, ganz nah, und sagte ruhig: »Halt's Maul. Sonst dreh ich dir den Hals rum.«

Frank war sofort still. Er verstand schon viel.

Richie sagte: »Das darfst du nicht machen.«

»Der Mann, der mir sagt, was ich machen darf und was nicht, muss Eier haben.«

Richie sagte: »Gut, dann wollen wir mal sehen, ob ich Eier habe.« Er ging auf Maria zu, mit erhobenen Fäusten. Maria warf Frank aufs Sofa.

Sie wusste später nicht, wie lange sie gekämpft hatten. Fünf Minuten? Eine halbe Stunde? Richie war kein einfacher Gegner. Er war stärker als sie. Aber er war auch langsam, und inzwischen hatte er auf die Schnelle einige weitere Biere gekippt. Maria hatte keine Erfahrung mit Kämpfen. Aber sie hatte die Wut. Sie hatten den stärkeren Willen, zu siegen. Als Richie auf dem Rücken lag, fixierte sie mit den Knien seine Arme und drückte mit den Daumen auf seine Augen. Immer fester. Bis er rief: »Hör auf.«

Maria drückte fester, sie drückte, so fest sie konnte, und sagte: »Wie heißt das Zauberwort?«

»Bitte.«

Als sie aufstand, kam sie sich ein paar Sekunden lang vor wie ein Westernheld. Sie sah Richie auf dem Boden liegen, mit geschlossenen Augen. Dann sah sie den Kleinen. Er war ganz ruhig. Er stand nur da. Er sah unheimlich erwachsen aus in diesem Moment. Er schaute. Sie hätte gern gewusst, was in ihm vorging.

Danach lief sie, so schnell sie konnte, zurück zu Said. Er erwartete sie. Er küsste ihre Tränen weg und versorgte ihre Wunden, nichts Ernstes. Ein paar Tage später bekam sie einen Brief. Richie hatte die Scheidung eingereicht. Später zog er den Antrag wieder zurück. Dann überlegte er es sich wieder anders. Es dauerte Jahre, bis die Scheidung endlich durch war. Ein paar Mal versöhnten sie sich sogar. Maria wohnte noch eine Weile mit Richie zusammen, obwohl sie Said liebte. Damit fanden beide sich ab. Über den schlimmen Morgen sprachen Maria und Richie nie. Aber letzten Endes war es wohl der schlimme Morgen, über den sie und Richie nie hinwegkamen, das, und nicht Said.

Maria und Said schrieben sich Mails, als das alles schon Jahrzehnte her war. Er lebte in Kanada. Er hatte Enkel. Sie wollte seine Stimme hören, wenigstens einmal noch. Wenn sie ihn anrief, was sie alle paar Monate tat, ging immer eine Frau ans Telefon, sie legte jedes Mal sofort auf. Warum war sie damals nicht mit ihm gegangen? Er hatte keine Stelle gefunden, monatelang, schließlich besorgte ihm sein Vater eine Stelle in seiner Firma. Auch Said wollte kein Niemand sein.

Wilma erzählte Maria, wieder und wieder, dass diese Männer sich verändern, sobald sie Heimaterde schnuppern. Man erkennt sie nicht wieder. Maria wurde misstrauisch. Sie dachte: Was, wenn er doch so ist wie alle anderen? Diesen Verrat verzieh sie sich nie. Und dann war er mit dieser anderen Frau, die seiner Familie so wenig gefiel wie Maria, von Bagdad nach Kanada gegangen.

Ohne Frank wäre alles einfacher gewesen, das war nun mal eine Tatsache. Ohne ihn wäre sie mutiger gewesen. Zwei, drei Mal war sie bei Frank ausgerastet, ja, das stimmte. Nachdem Said weggegangen war, hatten sie und Frank eine schlimme Phase. Aber sie wusste, dass sie nicht das Monster war, als das er sie sah. Verglichen mit dem, was sie erlebt hatte, ging es ihm immer gut. Maria hätte viel darum gegeben, wenn sie eine so behütete Kindheit gehabt hätte wie er. Es fehlte ihm an nichts. Aber Dankbarkeit darf man nicht erwarten. Das, was du falsch gemacht hast, wird dir ewig nachgetragen. Das, was du richtig gemacht hast, war selbstverständlich. Darauf läuft es beim Kinderkriegen letzten Endes hinaus.

Es ist vorbei.

Oder doch nicht? Ob es wohl irgendwo eine Gegend gab, in der Menschen eine zweite Chance bekommen? Mit Happy End, wie im Kino? Aber wo soll dieser Film laufen? Das geht nur im Kopf.

Als sie alt war, musste Maria wieder öfter an Immaculata denken, ihre fromme Lehrerin im Mädchengymnasium. Sicher war sie schon tot. Ob sie, anders als Said, bis zum Schluss an ihren Gott geglaubt hatte? Im Kopf baute Maria immer wieder ihr Leben neu, wie alte Leute das tun. Mal nahm Leutnant Gregory sie mit nach Amerika, mal nahm Said sie mit und sie wurden glücklich. Manchmal probierte sie in Gedanken aus, wie es wohl gewesen wäre, die Freundin von Immaculata zu sein. Und manchmal sagte Richie in ihrem Traum: »Na klar, du studierst jetzt, endlich kein Elektriker mehr, Millionärinnengatte liegt mir besser.« Sie wurde eine berühmte Anwältin, mit ihrer Intelligenz und ihrem Temperament, das sie aber gut unter Kontrolle hatte, war sie der Schrecken der Staatsanwälte. Frank hat ihr in diesem Traum alles verziehen. Sie ist die Großmutter seiner Kinder, manchmal nimmt sie die sogar zu ihren Prozessen mit, wo sie fast jeden Angeklagten raushaut. Währenddessen kocht der alte Richie zu Hause sein berühmtes Coq au Vin für sie alle. Said aber sitzt im Garten und schreibt ein Gedicht.

GRETA

Greta hatte Fieber, sicherheitshalber bin ich zu Hause geblieben. Ich habe die Spülmaschine ausgeräumt, den Müll runtergebracht, hier und da ein bisschen gewischt. Währenddessen hat Greta auf dem Sofa gelegen und zugeschaut. Sie war dünn geworden.

»Ich rufe Merlin an«, sagte ich.

»Das ist nicht nötig«, sagte Greta. »Lass mal. Merlin ist im Examensstress.«

Merlin war erstaunt, als sie meine Stimme hörte. Ich rufe sie nie an, außer an ihrem Geburtstag. An Weihnachten reicht mir Greta den Hörer weiter, dann sage ich zwei, drei Sätze zu Merlin. Seit ein paar Jahren feiert sie Weihnachten mit ihren Freunden, meistens auf einer Skihütte.

»Greta hat wieder Fieber.«

»Hoch?«

»38,8.«

»Das kommt sicher von den Tabletten.«

»Was soll ich denn machen?«

»Wart einfach ab. Entweder die Temperatur sinkt von allein wieder, oder sie steigt. Dann rufst du den Notarzt.«

Merlin sagte, dass sie jetzt zur Uni muss. Ich kann mir nicht merken, was sie studiert, obwohl ich den Namen ihres Fachs bestimmt etliche Male gehört habe. Mit Greta wollte Merlin nicht sprechen. Keine Zeit.

Greta war sowieso eingeschlafen. Sie schlief viel. Ihr Zustand war nicht kritisch. Die Ärzte sagten, dass sie es schaffen könnte, genauere Prognosen seien nicht möglich.

Wir haben uns bei einem Agenturfest kennengelernt. Ich war damals noch in der Werbebranche und habe als Texter gearbeitet. Ich wusste, dass ich mich allmählich umorientieren muss. Als Texter darfst du nicht alt sein. Irgendwann kapierst du nicht mehr, wie die Zielgruppe tickt. Ein paar Stars gibt es natürlich, die in diesem Beruf erfolgreich älter werden, ein Star dieses Kalibers war ich nicht. Ich war gut, das schon, aber keiner von denen, für die man Spielregeln ändert. Du musst versuchen, rechtzeitig in der Firmenhierarchie aufzusteigen, in die Verwaltung wechseln, weg von der Kreativfront. Zu lange darf man mit diesem Schritt nicht warten. Eines Tages bist du kein heißes junges Talent mehr. Sie merken, dass du nicht mehr hungrig bist. Man muss hungrig bleiben.

Mit spätestens Ende dreißig solltest du fest im Sattel sitzen, am besten als Teilhaber. Oder du orientierst dich um. Genau das war meine Absicht. Dies sollte mein letztes Betriebsfest sein, das hatte ich mir geschworen. Ich bin sowieso nie gern zu solchen Festen gegangen, aber es wurde genau registriert, ob man dabei war oder nicht. Sie wollen, dass du dich identifizierst mit der Firma. Oder es zumindest schaffst, so zu tun als ob. An diesem Abend war es eigentlich egal, ob ich dabei war oder nicht. Deshalb war ich entspannter als sonst.

Ich saß mit ein paar Kollegen am Tisch und hörte ihnen zu. Sie erzählten einander von ihren Erfolgen. Normalerweise hätte ich mitgemacht. Heute leistete ich mir den Luxus zu schweigen und ließ meinen Blick schweifen. Mit diesen Leuten hatte ich die letzten neun Jahre verbracht. Ich wollte überprüfen, wie viele ihrer Namen ich mir hatte merken können. War die Zahl zweistellig?

Greta war eine der Sekretärinnen, etwa in meinem Alter. Sie war mir schon oft aufgefallen, wir hatten ein paar Mal Blickkontakt und grüßten uns im Aufzug. Die Firma hatte keine Kantine, mittags ließ man sich etwas liefern oder ging zu einem benachbarten Italiener. Die Sekretärinnen machten fast immer gemeinsam Pause, die Texter und Texterinnen ebenfalls, auch die Chefs, so war es üblich. Bei dieser Gelegenheit hatte sie ein paar Mal von ihrem Tisch zu mir herübergeschaut. Sie war klein und dunkel. Wenn mir eine Frau gut gefällt, besteht immer die Gefahr, dass ich mich eingeschüchtert fühle und deshalb entweder beschränkt oder arrogant wirke. Ich hatte sie nie angesprochen, ich wartete auf den richtigen Moment. Zumindest redete ich mir das ein.

Als ich sie bei dem Agenturfest sah, fiel mir sofort ihr Name ein. Sie stand auf, ging zu dem Tisch, an dem ich saß, stellte sich neben meinen Stuhl und sagte halblaut: »Frank.« Mir war das vor den anderen ein wenig peinlich. Also stand ich auf und ging ein paar Schritte zur Seite.

»Warum sagst du meinen Namen?« Wir duzen uns alle.

»Weil du das auch getan hast. Du hast mich angesehen

und hast meinen Namen gemurmelt. Ich habe es an den Lippen gesehen. Warum hast du das gemacht?«

»Ich memoriere. Ich versuche, mir Namen zu merken.«

»Du hast Probleme damit, dir Namen zu merken? Man muss sich zu dem Namen einfach ein Bild merken oder eine Geschichte ausdenken.«

»Das klingt kompliziert. Eine Geschichte mit Greta? Doch, ja. Ein allein reisender Herr macht Urlaub. Er schreibt im Café Ansichtskarten. Schöne Grüße von der Insel Kreta. Weil er einen Ouzo zu viel getrunken hat, schreibt er Kreta mit G. Die Methode funktioniert, danke für den Tipp. Frank ist einfach, wegen Frankreich. Aber was machst du, wenn einer Klaus heißt?«

»Eine Frau ist klaustrophob. Sie geht zum Psychiater. Sie will sagen, dass sie klaustrophob ist, aber der Psychiater hat eine Nudel auf der Nase. Sie kriegt nur ›Ich bin Klaus‹ heraus, dann stockt sie, weil die Nudel sie irritiert. Der Psychiater sagt, gut, Klaus. Seit wann tragen Sie denn Frauenkleider?«

Wir tanzten einige Male. Greta war geschieden. Ihr Studium, Kunstgeschichte, hatte sie kurz vor dem Examen abgebrochen. Sie war damals schwanger von einem Zirkusartisten, einem Equilibristen, den sie dann auch heiratete. Eine sehr romantische Geschichte offenbar, der Sex-Appeal von Männern, die auf Hochseilen balancieren und dabei jonglieren, war mir bis dahin nicht klar gewesen. Der Artist war trotzdem bald über alle Berge, er versöhnte sich mit seiner kurzfristig verstoßenen Partnerin, rief nie an und zahlte keine Alimente. Aber wenn ein neues Programm Premiere hatte oder wenn er für den Goldenen Clown in Monte Carlo nominiert war, zwei Mal, lud er Merlin ein und gab mit ihr bei der After-Show-Party an. Ich war wahrscheinlich das totale Kontrastprogramm zu einem Zirkusartisten.

In den folgenden Wochen gingen Greta und ich zweimal zusammen essen, einmal ins Kino und einmal in eine Vernissage mit Bildern, die wir beide scheußlich fanden, worauf wir zur Erholung auf den Rummelplatz flüchteten. Ich versuchte, Greta eine Rose zu schießen, schoss aber aus Versehen einem der Plüschbären ein Loch in den Bauch. Ich kaufte den Bären und verband ihn im Auto mit dem Zeug aus meinem Verbandskasten. Ich erzählte Greta, dass ich mir einen neuen Job suchen wollte. Sie fand das richtig. Über ihren Ex kannte sie einen Comedian, dessen Name mir geläufig war, er kam manchmal im Fernsehen. Holger Schön. Er war schon Mitte sechzig und angeblich noch bei Peter Frankenfeld in die Schule des Entertainments gegangen. Das schien mir eher eine Legende zu sein.

»Holger fällt nichts mehr ein«, sagte Greta, »er sucht einen Autor. Das muss geheim bleiben, er ist eitel. Er lässt es sich was kosten.«

Ein paar Tage später besuchte ich Holger Schön in seinem Penthouse. Er hatte lange weiße Haare und Flecke auf seinem Pullover, sah übernächtigt aus und trank innerhalb einer Stunde drei doppelte Whisky ohne Eis, dazu rauchte er zwei Zigarillos. An den Wänden hingen Originale von Schmidt-Rottluff und Kandinsky.

»Dieser Job«, sagte Holger Schön nach dem zweiten Glas, »kotzt mich nur noch an. Eine Knochenmühle. In drei, vier Jahren höre ich auf, dann reicht es fürs Alter. Sie müssen mich über die Ziellinie schleppen. Ich hab gut gelebt und wenig Reserven. Wenn Sie ein Händchen haben für mein Genre, kriegen Sie 20 Prozent, das ist großzügig. Wenn Sie was ausplaudern über unsere Verbindung, hole ich alles zurück, mein Anwalt regelt das, und wenn bei Ihnen kein Geld mehr zu holen ist, lasse ich Ihnen bei lebendigem Leib die Haut abziehen. So wahr mir Gott helfe. Das wäre mein Angebot.«

Ich mochte den Mann. Er war verzweifelt und zeigte es auch. Seine Programme bestanden aus Kalauern und Witzen über Politiker, die gerade unbeliebt waren. Manchmal verpackte er seine dürftigen Gedanken sogar in Knittelverse. In der Agentur hätten sie mir das, was er so zu Papier brachte, um die Ohren gehauen. Er wollte nicht zu einem der etablierten Gagschreiber gehen, und Greta hatte mein Talent in den höchsten Tönen gepriesen. Ich war mir ziemlich sicher, dass ich dieser Karriere in ihrer letzten Kurve noch einmal ein wenig Schwung verleihen konnte. Auf einer Bühne könnte ich nie stehen, er konnte das. Insofern war der Deal fair. Aber den Gedanken, dass Holger Schön wahrscheinlich etwas mit Greta gehabt hatte, wurde ich nicht los.

»Greta ist wirklich ein Schätzchen«, sagte Holger Schön, »ein Goldstück ist die. Da haben Sie das große Los gezogen. Und ein Temperament, lecko mio. Ihr beide müsst mal zum Essen kommen. Greta weiß, dass ich super koche, sofern mein Koch nicht gerade freihat.« Über diesen Witz konnte er sich halb totlachen, und das meine ich wörtlich, er hustete hinterher fast zwei Minuten lang.

Richie und er hätten sich gut verstanden. Auch deshalb mochte ich Holger Schön.

Seitdem bin ich im Geschäft. Die nächste Show von Holger, mit der er durch mittlere Hallen tourte, war überraschender und frischer als die mehrfach aufgebrühten Textbeutel, mit denen er seit Jahren unterwegs war. Das machte sich zwar nicht sofort bei den Besucherzahlen bemerkbar, aber die Fernsehleute merkten es und luden ihn wieder etwas öfter ein. Und Holger hatte auch wieder mehr Spaß an der Sache. Am Anfang wehrte er sich gegen jede Pointe, die er noch nie so ähnlich bei einem Kollegen gehört hatte. Aber dann kapierte er. Nach einer Weile las er die neuen Texte, die ich ihm brachte, bei der Abgabe nur noch quer und sagte: »Du kennst meinen Stil, Frank. Könnte alles von mir sein. Wenn ich endlich mal ein bisschen Zeit habe, schreibe ich wieder selbst. Ich wusste doch, dass ich's noch draufhabe.«

Er änderte fast nie etwas. Wahrscheinlich haute er mich bei den Abrechnungen übers Ohr, aber ein steter Strom von Tausendern floss mir zu, und ich stellte keine Fragen.

Nach ein paar Monaten stellte mir Holger Schön einen Kollegen und Freund vor, Schnucki Schnalle, der sich auf das zotige Genre spezialisiert hatte und im Fernsehen höchstens zu Silvester sendbar war. Aber als Partykönig auf Mallorca feierte er Triumphe. Schnucki war jünger als Holger. Er hieß eigentlich Gernot Rabe von Rabenfels, ein verarmtes Rittergeschlecht, er war ein gebildeter Mann und Hobbyarchäologe, der unter mir völlig nachvollziehbaren Depressionen litt. Mehrfach hatte er versucht, aus diesem Job auszusteigen, aber er konnte nichts anderes.

Im Grunde litt er unter einer milden Variante des Tourette-Syndroms.

»Retten Sie mich«, sagte Schnucki, »sonst muss ich mich erschießen.«

Es war eine interessante und fordernde Aufgabe, sich dieses Zeug einfallen zu lassen, meistens nahm ich dazu einige von Holgers edlen Whiskys zu Hilfe, zu Weihnachten und meinem Geburtstag schickte er immer eine Kiste. Ja, es läuft gut, ich habe seit Jahren im Schnitt ein halbes Dutzend feste Kunden aus ganz verschiedenen Stilrichtungen, Querdenker, Witzbolde, Kabarettliteraten, die sich für die Wiedergeburt von Kurt Tucholsky halten, ich nehme jeden. Ich schlüpfe in ihre Köpfe, werde zu jemand anderem, gebe dem Affen Zucker, das lenkt mich von mir selbst ab.

Vor Greta hatte ich noch nie eine richtige Freundin gehabt. Zum Glück wusste sie das nicht, es hätte sie irritiert. Ein grundsätzliches Interesse an Sexualität war bei mir von Jugend an gegeben, auch von der Gegenseite wurden hin und wieder Signale gesendet. Es war bei mir ja alles vorhanden, passables Äußeres, interessanter Beruf, eine gewisse Artikulationsfähigkeit. Diese verdammte Angst blockiert mich. Sobald sich mir eine Hand nähert, zucke ich zurück, als wollte ein Hund mich beißen. Wenn ein Gesicht sich meinem Gesicht zuneigt, schaue ich demonstrativ auf die Uhr und suche den Ausgang. Ich durchschaue das alles, aber was nützt es? Ich habe mich damit eingerichtet. Es ist keine Tragödie.

Als ich noch zur Schule ging, gab es eine Monika. Sie war dunkel und geheimnisvoll, hörte französische Chansons und hatte alles gelesen, wirklich alles. Monika trug meistens Ponchos und eine schwarze Hornbrille. Ich gestehe, dass ich beim Verfassen von schlüpfrigen Texten für Schnucki Schnalle noch heute manchmal an ihren Körper denke, der meist nur andeutungsweise, aber überwältigend zu erkennen war, wenn sie den Poncho ablegte. Sie war vier Monate älter als ich und hatte eine Einliegerwohnung im Souterrain ihres Elternhauses, mit Bad, Kühlschrank und Teeküche. In ihrem Zimmer brannten Räucherstäbchen. Sie hatte eine rot glühende Lavalampe, die sich auf einer elektrisch betriebenen Scheibe drehte.

Wir gingen in Parallelklassen. Das mit uns hat sich ziemlich langsam entwickelt, erst im zweiten gemeinsamen Schuljahr kamen wir einander allmählich näher. Die meisten anderen Mädchen gingen mit älteren Freunden. Sie hatte offenbar nichts Festes, obwohl an Bewerbern kein Mangel herrschte.

Monika war ganz Geist. Wir redeten stundenlang und fassten uns nicht an. Ihre Eltern zeigten sich nie. Sie waren wie Geister, die sich hin und wieder durch ein entferntes Geräusch bemerkbar machen. Jeder andere Junge von sechzehn wäre ungeduldig geworden, ich war glücklich. Wir rauchten Joints, hörten Jacques Brel und starrten die Decke an, auf der die Schatten ihrer Lavalampe Kreise zogen. Vielleicht wäre ich mit der Zeit mutiger geworden, ich habe keine Ahnung, wie viel Zeit dazu erforderlich gewesen wäre. Vielleicht war dies auch das perfekte Glück.

Es war undenkbar, Monika mit zu mir nach Hause zu nehmen. Einmal habe ich es trotzdem probiert. Ich wählte einen Zeitpunkt, zu dem Maria nicht zu Hause war. Als sie von der Arbeit kam, öffnete sie wie immer die Tür meines Zimmers, sah uns, die wir in meditativer Ruhe auf meinem Bett lagen, möglichst weit voneinander entfernt, und Pink Floyd hörten, leise, wegen der Nachbarn. Sie stand in der Tür, sammelte sich, dann sagte sie: »Ich hol euch jetzt mal aus dem Bad ein paar Präservative.« Das war nett gemeint.

Monika ging sofort, und zwischen uns herrschte eine Woche Funkstille. Dann trafen wir uns wieder unter den Schatten der Lavalampe.

Monika bekam sagenhaft viel Taschengeld und nahm alle Drogen, die auf dem Markt waren. Nur von Heroin ließ sie die Finger. Ihre Eltern waren so zerstritten, dass sie die beiden seit Monaten nicht mehr gemeinsam gesehen hatte. Sie hatten getrennte Zimmer, zwei Autos, frühstückten zu verschiedenen Zeiten und kommunizierten mithilfe von Zetteln, die mit Magneten am Kühlschrank befestigt waren. Nach dem Abi wollte Monika eine Lehre zur Goldschmiedin machen, was ich völlig irre fand. Sie war in ihrer Klasse die Beste und konnte studieren, was sie wollte, sogar Medizin. »Medizin wäre wirklich das Allerletzte«, sagte sie. Ihre Mutter und ihr Vater waren Ärzte.

Anfangs haben wir nur über Bücher und Musik gesprochen. Bei den Büchern waren wir uns fast immer einig, sofern ich mitreden konnte, sie war belesener als ich. Monika brachte mich dazu, es mit Camus und sogar mit Goethe zu probieren, den ich bis dahin für einen Langweiler gehalten hatte. Du musst herrschen und gewinnen, oder dienen und verlieren, leiden oder triumphieren,

Amboss oder Hammer sein. Goethe. »So ist es nun mal«, sagte Monika, »er meint damit nicht, dass Herrschaft gut ist, es ist keine Apologie, er sagt nur, wie es ist.«

Monikas Lieblingsautor war Friedrich Nietzsche.

Ihren dunkelschwarzen Pessimismus fand ich attraktiver als das von Rousseau inspirierte Gezwitscher der Dritte-Welt-Gruppen. Monikas Musikgeschmack aber stand in einem mir rätselhaften Kontrast zu ihren literarischen Präferenzen. Sie hörte Milva, Richard Clayderman, eine Gruppe namens »Clowns und Helden«, sogar Howard Carpendale. Was hätte Friedrich Nietzsche wohl gesagt, wenn man ihm »Deine Spuren im Sand« vorgespielt hätte? Auf Pink Floyd konnten wir uns einigen.

Es dauerte Wochen, bis sie etwas über sich erzählte. Ihren Vater hielt sie für ein komplettes Arschloch, sie redete nicht mehr mit ihm. Er war großspurig und hatte jede Menge Freundinnen. Ihre Mutter aber sei innen hohl und außen eiskalt.

»Dann hat dein Vater doch recht, wenn er sich was anderes sucht«, sagte ich.

»Er fickt bloß rum«, sagte Monika, »er interessiert sich für niemanden, nicht mal für seine Patienten.«

Ich sagte: »Amboss oder Hammer sein. Dein Vater hat's kapiert.« Monika lachte, was bei ihr nicht oft vorkam.

Ihr Vater wollte sie in ein Internat stecken, angeblich, damit sie lernt, ihr Potenzial voll auszuschöpfen, und in die Spur kommt, in Wirklichkeit, damit in ihr Zimmer eine Haushaltshilfe einziehen kann, die er sehr wahrscheinlich jede zweite Nacht besuchen würde. In dem Internat mussten die potenziellen Schüler sich mit ihren

Eltern vorstellen. Sie hatte vor dem Bewerbungsgespräch Meskalin geschluckt und danach noch einen Joint geraucht, normalerweise vermied sie Mischkonsum. Das Meskalin auf dem Parkplatz zu schlucken war einfach, den Joint rauchte sie auf dem Klo des Internatsdirektors, das er ihr freundlich anbot, als sie zu Beginn des Gesprächs sagte, sie sei nervös und müsse mal.

Sie blieb zehn Minuten verschwunden, was schon mal für schlechte Stimmung sorgte. Als sie wieder in das Büro schwankte, hätten ihre Mutter und ihr Vater mithilfe ihrer Blicke am liebsten eine Spätabtreibung vorgenommen.

Der Direktor schien völlig ruhig und fragte, wie sie sich ihre Zukunft als Erwachsene vorstelle, was ihr Ziel sei im Leben. »Wer das erste Knopfloch verfehlt, kommt mit dem Zuknöpfen nicht zu Rande«, sagte Monika in Zeitlupentempo, ein Zitat von Goethe und eine beachtliche geistige Leistung in ihrem Zustand.

Der Direktor war beeindruckt. »Warum glauben Sie denn, das erste Knopfloch verfehlt zu haben?«, fragte er.

Von diesem Moment an sah sie nur noch Farben, aber nicht Farben, die sie kannte, sondern völlig neue, unbekannte Farben, die noch keinen Namen hatten. Der Kopf des Direktors verwandelte sich in einen Reptilienkopf, dann explodierte der Kopf, und grün schimmernde Schmeißfliegen stiegen aus dem Kopfstumpf auf, Hunderte. Fetzen vom Hirn und der Kopfhaut des Direktors klebten an der Brille ihres Vaters. »Sie sehen beschissen aus, Sie brauchen einen Arzt«, das war nach ihrer Erinnerung ihr letzter Satz, dann kippte sie vom Stuhl und wachte in der Notaufnahme wieder auf. Ihre Eltern waren nach Hause gefahren und holten sie erst am nächsten Tag wieder ab. Der Direktor ließ ausrichten, dass er ihr gute Besserung wünsche und dass sie sich, wenn es ihr denn besser gehe, gern ein zweites Mal vorstellen dürfe.

»Das Internat ist wahnsinnig teuer und auf Problemfälle abonniert, die nehmen fast jeden«, sagte Monika, »beim nächsten Mal hätte ich LSD geschluckt und eine Axt mitgenommen.« Aber ein nächstes Mal gab es erst mal nicht. Und Monika war ja auch kein Problemfall, mit ihren guten Noten, sie hatte alles im Griff, in der Schule habe ich sie immer nur vollkommen kontrolliert erlebt. Ihre Wortbeiträge waren präzise, nie übermäßig lang und konnten jeden Widersacher in die Enge treiben, auch wenn er promoviert war und Oberstudienrat.

»Wir sollten mal zusammen Meskalin ausprobieren«, sagte ich, obwohl ich ein bisschen Angst hatte. Monika sagte, dass es harmlos ist, wenn man es nicht mit anderen Sachen kombiniert und nur die Hälfte der Dosis nimmt, die von den Dealern empfohlen wird. Man bleibt klar im Kopf, aber die Sinneseindrücke werden multipliziert, es ist besser als Kino.

Wir lagen auf ihrem Bett, Monika legte Lionel Richie auf, und wir ließen glühende Regenbogen an uns vorüberziehen. Wenn man im richtigen Moment Drogen nimmt, also bei guter Laune, tendiert man dazu, alles großartig zu finden, sich selbst, die anderen, die Welt, sogar die Musik von Lionel Richie, der sonst nicht mein Fall war. Die Farbe Schwarz existiert nicht mehr. An diesem Abend schliefen wir miteinander. Das heißt, wir schliefen angezogen ein, während wir uns an den Händen hielten, und wachten morgens zusammen auf.

Es war fünf oder sechs Uhr und wurde langsam hell. Monika setzte ihre Brille auf, rutschte an mich heran und legte ihre Hand auf meinen Bauch.

»Wie geht's dir denn?«, fragte sie und gähnte.

»Eigentlich gut«, sagte ich. »Eine Dusche wäre nicht schlecht.«

»Nur zu, ich mach uns Tee. Es gibt auch noch Kekse irgendwo.«

Ich stand unter der Dusche, als Monika ins Bad kam. Die Scheiben waren beschlagen. Aber ich sah, dass sie nackt war und etwas in den Händen trug. Sie sagte: »Ich bring uns Handtücher, Frankieboy. Sind frisch gewaschen.« Ich merkte, dass sie nervös war und auf cool machte, ein so bescheuertes Wort wie »Frankieboy« wäre ihr normalerweise nicht über die Lippen gekommen.

»Mach mal ein bisschen Platz.« Sie kam unter die Dusche. »Mit Haarewaschen oder ohne?«

»Wenn schon, denn schon.«

Ich drehte mich um, sie stellte sich hinter mich und fing an, meine Haare zu waschen, das Shampoo roch nach Nadelwald. Ich spürte ihren Körper, mit dem sie mich vorsichtig berührte, es sollte wie zufällig wirken. Ich schloss die Augen. Eine ganze Weile lang wusch sie, und wusch, und wusch. Zu hören war nur das Rauschen der Dusche, deren Strahl uns beide traf, und das sanfte Schmatzen des Shampoos. Meinetwegen konnte das ewig so weitergehen. Ich hatte Angst davor, mich umzudrehen und den Zauber dieses Moments zu zerstören.

Monika nahm die Handbrause aus ihrer Halterung und spülte sorgfältig ab. Ein paar Sekunden standen wir einfach da, und das Wasser lief an uns hinab.

»Willst du mir vielleicht auch die Haare waschen?«

»Ja, klar.«

Als ich mich umdrehte, hatte Monika sich bereits ebenfalls umgedreht. Ich wusch ihre Haare, die fast hüftlang und viel kräftiger waren als meine, massierte vorsichtig ihren Kopf und sagte: »Du brauchst ein Shampoo für trockenes Haar, ich besorg dir mal eines.« Dann spülte ich ab. Irgendwas musste jetzt passieren. Wir standen immer noch hintereinander in der Duschkabine, wie zwei Leute in einer vollen U-Bahn.

Monika sagte: »Ich kenn mich nicht aus mit solchen Sachen. Hast du schon mal jemanden geküsst?«

Ich log. »Ja, hab ich.«

»Wie ist das so?«

»Ganz gut.«

»Küsst du gern?«

»Es überträgt Krankheiten.«

Monika drehte sich um und schaute mich an.

»Was soll ich denn jetzt machen? Wenn ich was falsch mache, musst du's mir sagen.«

»Es ist doch alles in Ordnung.«

Monika stieg aus der Dusche und schlang sich ein Handtuch um die Hüfte.

»Ich mach uns Tee, das hab ich ganz vergessen.«

Wir saßen auf dem Bett, jetzt beide in Handtücher verpackt, tranken Tee und aßen Kekse. Heute denke ich, dass es einfacher gewesen wäre, wenn ich sie nicht so begehrenswert gefunden hätte. Wenn man mit etwas ein Problem hat, sollte man einen niederschwelligen Einstieg suchen. Wer schlecht lesen kann, fängt am besten mit einem einfachen Buch in Großbuchstaben an.

Ich wollte sie anfassen, aber dann hätte sie mich auch angefasst, sie hätte ihr Gesicht ganz nahe an mein Gesicht gebracht, und dann hätte ich vielleicht zugeschlagen.

Wir haben uns noch ein paar Mal verabredet, fürs Kino oder eine Lesung. Die Pausen im Schulhof haben wir fast immer zusammen verbracht, aber nach einigen Wochen fingen wir an, einander zu meiden. Wenn wir uns im Flur sahen, nickten wir uns zu. Einen festen Freund hatte sie offenbar immer noch nicht, aber sie traf sich jetzt mit anderen.

Im zweiten Semester hatte ich, halb betrunken, bei einer Party im Badezimmer Sex mit einer Kommilitonin, die ihrem untreuen Freund auf diese Weise etwas heimzahlen wollte. Als ich mit Interrail unterwegs war, fuhr ich im Schlafwagen mit zwei Engländerinnen von Paris nach Lissabon und stieg nacheinander in beide Schlafkabinen, die andere Engländerin schaute jeweils zu und feuerte ihre Freundin an. Solche Sachen finde ich niederschwellig.

Greta war anders als Monika. Sie sah ihr ein wenig ähnlich, vielleicht sah sie sogar noch besser aus, aber sie wohnte nicht am Rand eines Abgrunds, der sie jederzeit verschlingen konnte. Gretas Eltern waren Handwerker mit einem mittelgroßen Betrieb, sie Kauffrau, er Glaser, die ihre drei Kinder bedingungslos liebten, Gretas Studium der Kunstgeschichte ohne die üblichen Einwände akzeptierten, unerschütterlich stolz auf sie waren und sogar die Liaison mit dem Equilibristen und den daraus resultierenden Studienabbruch klaglos ertrugen. Sie kümmerten sich rührend um Merlin und unterstützten Greta noch immer finanziell, obwohl unsere Sekretärinnen anständig bezahlt wurden. Greta war klug, und sie war sinnlich. Irgendwie sah man ihr das an, fand ich. Es war die Art, wie sie lachte, ein schamloses, glucksendes Lachen, es war die Art, wie sie Männer anschaute. Als ich mich vorsichtig umhörte, erfuhr ich, dass sie in der Agentur schon zwei Affären gehabt hatte, mit Verheirateten. Ungebunden, wie ich, waren nur wenige Männer, und bei denen merkte man schnell, warum.

Als ich das Treffen mit Holger Schön hinter mich gebracht hatte, lud mich Greta in die Sauna ein. Das Betriebsfest lag fünf Wochen zurück. Mir war klar, dass wir auf die Stunde der Entscheidung zusteuerten.

Sie war Stammgast und grüßte fast jeden. Die Saunabetreiber setzen voll auf den asiatischen Stil, mit Buddhafiguren, Gongs und Zelten in Pagodenform. Es gab einen Freibereich mit einem warmen Pool und einem eisigen Tauchbecken. Wir musterten einander interessiert, Scham spielte keine Rolle. Es machte mir nichts aus, das wunderte mich, ich kannte das nicht bei mir, diese Lockerheit. Greta erzählte, dass sie hier schon ein paar Männer kennengelernt hätte, nichts Festes, nur zum Spaß.

»Worauf kommt es dir an? Nach welchen Kriterien entscheidest du?«

»Du fürchtest, dass es vor allem das Äußere ist, oder? Das würde dich kränken, Frankie. Du hast ja mitgekriegt, dass du mir gefällst. Einfach nur Sexobjekt sein, das wollt ihr nicht. Ihr selber habt damit kein Problem. Ich meine, musst du eine Frau etwa charakterlich faszinierend finden, um Lust auf sie zu haben?«

»Auf jeden Fall. Das Äußere ist mir völlig egal.«

Sie lachte ihr schamloses Lachen, das ich immer mehr mochte.

»So einfach bin ich nicht gestrickt. Ich habe mit hässlichen Männern geschlafen, mit wirklich unglaublich hässlichen Typen.«

»So was wie Sartre?«

»Schlimmer als Sartre. Es kommt auf die Aura an.«

»Unter Aura verstehst du Erfolg.«

»Glaubst du, irgendein Bankdirektor kriegt mich, nur weil er Bankdirektor ist? Unter den erfolgreichen Männern gibt es öfter welche mit Aura als bei den anderen, das stimmt schon. Ich hab auch mit Kellnern geschlafen, und den weltberühmten Holger Schön hab ich abblitzen lassen. Lass dich bloß nicht von seinem Gequatsche beeindrucken. Der ist ein Großmaul mit nix dahinter.«

»Aber was genau ist das, Aura?«

»Ich weiß es nicht genau. Vielleicht eine gewisse Verletzlichkeit, ohne dass einer gleich ein totales Wrack ist oder eine hypersensible Nervensäge. Wenn ich das Kind sehe, das einer mal war, dann mag ich das. Du hast Aura, Frankie.«

Wir fuhren zu mir nach Hause, und zum ersten Mal war es richtig gut, noch besser als bei den zwei Engländerinnen. Drei Monate später heirateten wir.

Bei der Hochzeit waren alle Gäste entzückt von Maria,

vor allem, nachdem sie mit Gretas beleibtem Vater einen rasanten Rock'n' Roll getanzt hatte, bei dem sie dem Glasermeister alles abverlangte, was er körperlich zu leisten imstande war.

Nach der Party saßen wir noch zu Hause. Als Greta mit dem Geschenkpapier runter zu den Mülltonnen gegangen war, sagte Maria: »Dass die nur dein Geld will, ist dir hoffentlich klar.«

»So viel Geld habe ich auch wieder nicht.«

»Ich bitte dich. Eine Sekretärin.«

»Assistentin der Geschäftsleitung.«

»Ja, so heißt das heute. Bei der musst du aufpassen.«

Der Gedanke, dass ich einer passionierten Jägerin wie Greta auf die Dauer nicht genügen würde, beruhigte mich eher, als dass er mir Angst machte. Es würde jedenfalls nicht an mir liegen, wenn sie irgendwann Abwechslung suchte. Jeder Mann hätte mit Greta dieses Problem. Ich habe das Thema angesprochen. Greta sagte, dass sie für nichts garantieren könne und dass ich auch für nichts garantieren müsse, aber ich sei bei ihr ganz klar die Nummer eins. Das Gleiche erwarte sie auch umgekehrt. Sie würde diskret sein, das hatte sie versprochen.

Ich arbeitete zu Hause und kümmerte mich um den Haushalt, soweit dies nötig war. Wir leisteten uns eine Putzhilfe. Meine Wohnung war groß genug für uns beide. Gretas kleine Eigentumswohnung, ein Geschenk ihrer Eltern, vermieteten wir. Greta ging noch eine Weile in die Agentur, in der man wegen meiner Kündigung nicht gut auf mich zu sprechen war und sich fragte, wovon ich wohl lebte. Greta sagte, ich hätte geerbt. Bald suchte auch sie sich etwas anderes, in einer anderen Agentur, die noch besser zahlte.

Waren wir glücklich? Ich weiß nicht genau, was unter Glück zu verstehen ist. Es gibt glückliche Momente, in denen man keinerlei Schmerz fühlt, keine Angst, nur ein Behagen, weil etwas gelungen ist, weil etwas Schönes geschieht oder eine Last weicht. Das Leben kann nicht nur aus solchen Momenten bestehen, das ist im Grunde jedem klar. Ich war zufrieden, wir waren zufrieden, aber auch dieser Zustand ist von flüchtiger Natur, sogar die Zufriedenheit dauert in der Regel nicht ewig.

Mein körperliches Interesse an Greta ließ nach. Nur dies änderte sich, alles andere blieb, wie es war. Ihr Anblick erregte mich, ich war stolz, wenn ich die Blicke anderer Männer bemerkte, die ihr folgten. Ich genoss die Zeit, die wir miteinander verbrachten. Wir fuhren nach Bali und nach Jamaika, keiner von uns hätte das alleine getan. Man muss ein Paar sein für so etwas. Ich zwang mich dazu, hin und wieder mit ihr zu schlafen, es wurde immer mühsamer. Ich empfand keinen Widerwillen und keine Gleichgültigkeit, es war etwas anderes, eine Scheu, Angst wäre zu viel gesagt. Sie bemerkte meine Schwierigkeiten und versuchte, mir zu helfen, indem sie aktiver wurde, die Initiative ergriff, Techniken ausprobierte. Ich solle ihr sagen, was ich will. Wenn es ihr irgendwie möglich wäre, sei sie dazu bereit.

Ich wusste nicht, was ich will. Ich habe keine Vorlieben.

»Du kannst nicht loslassen«, sagte Greta. »Du bist mit dem Kopf immer woanders, Frankie.«

Eines Tages schlug sie vor, dass ich zu einem Therapeuten gehe. Mit mir würde etwas nicht stimmen. Ich sei oft tagelang schweigsam und rede kaum mit ihr, sitze lesend in einer Ecke herum, schließe mich stundenlang in mein Arbeitszimmer ein. Ich sei mir selbst genug, das sei für sie schwierig. Ich müsse lernen, mich zu öffnen.

Ich sagte, ja, gut, dann mache ich das.

Es war gelogen. Ich bin kein einziges Mal zu diesem Therapeuten gegangen. Ich glaubte nicht, dass es besser werden konnte. Besser, als es jetzt war, genau jetzt, in diesem Augenblick. Aber es konnte durchaus schlimmer werden. Das, was Therapeuten tun, die Vergangenheit zu erforschen, Ursachen zu suchen, Verdrängtes aufzuspüren, ist so ziemlich das Letzte, was ich möchte. Es gibt bei mir nichts zu verarbeiten. Ich weiß, zumindest einigermaßen, was mit mir los ist. Mein Gehirn hat sich so organisiert, dass ich zurechtkomme, es hat alle schlechten Erinnerungen in einer Kammer eingeschlossen, dort sollen sie gefälligst bleiben.

Der Gedanke, weinend und schluchzend auf einer Couch zu liegen, ist mir zuwider. Ich habe damals nicht vor Maria geweint. Ich werde es auch heute vor einem Therapeuten nicht tun.

Greta glaubte für eine gewisse Weile, dass ich regelmäßig zur Therapie gehe. Aber die Therapie schlug irgendwie nicht an. In der Zeit, die ich angeblich bei einem Arzt verbrachte, habe ich im Café gesessen und die Zeitungen nach möglichen Themen für Holger Schön und Schnucki Schnalle durchforscht. Bei Schnucki, besser gesagt Gernot, musste es sich nach Möglichkeit reimen, er trug seinen Schrott ja gerne in Liedform vor.

Einmal habe ich ihn auf Mallorca erlebt, er hatte Greta und mich eingeladen. Der Klub lag nur ein paar Schritte vom Strand entfernt. Gernot trug einen paillettenbestickten Body, der an den späten Elvis Presley erinnerte, allerdings war Gernot schlanker als der späte Elvis. Die Oberkörper der meisten männlichen Besucher waren nackt, ein paar Frauen trugen nur Bikini, viele waren tätowiert. Gernot sang ganz passabel. Er hüpfte dazu und wackelte routiniert mit den Hüften, dabei schwitzte er erstaunlich wenig, für seine fünfzig Jahre war er gut in Form. Peinlich war seine Performance noch nicht, vorausgesetzt, man mochte diesen Stil. Wer den Mann nicht kannte, hätte gedacht, dass er ganz in seinem Element war. Inmitten der halb nackten Menge zu stehen, die ihre Arme schwenkte und tanzte, auf und nieder, immer wieder, erregte mich wider Willen. In der Masse zu versinken hat schon was. Das Gehirn auszuschalten, mal das Tier rauszulassen, oder meinetwegen die Sau, sicher, das kann eine befristete Lösung sein für alle möglichen Probleme. Ich erhebe mich nicht über diese Leute.

Hinterher saßen wir in einer teuren Bar, ich trank einen Cocktail, Greta ein Lemon Soda, Gernot orderte Sangria, den sie normalerweise nicht auf der Karte hatten. Aber sie kannten seine Wünsche.

»Wie bist du in dieses Business eigentlich reingeraten?«, fragte ich.

»Ich hab mal bei einem Schlagerwettbewerb mitgemacht. Als Kind war ich im Chor, ich dachte, ich kann das. Auf der Bühne hab ich gemerkt, dass ich plötzlich total locker bin, null Lampenfieber. Du bist alleine da vorne, und keiner wird dich unterbrechen, solange du gut bist. Es war einfacher als ein Referat an der Uni, verstehst du. Keiner will dir was. Die Leute wollen nur ihren Spaß.«

»Macht es dir nichts aus, dass du …«, ich suchte nach einer Formulierung, die ihn nicht verletzen würde, »… nicht ernst genommen wirst? Künstlerisch, und so.«

Gernot lachte in sich hinein. »Wir sind Clowns, Frankie. Du doch auch.«

»Du hast mir gesagt, dass es dich ankotzt. Du würdest dich am liebsten erschießen.«

Gernot schwieg ein paar Sekunden. »Und du? Vielleicht sollten wir's gemeinsam machen.«

Dann bestellte er eine zweite Sangria und fing an, von Ausgrabungen im Mittleren Osten zu erzählen, an denen er teilnehmen durfte, natürlich als Herr von Rabenstein. Es ging um ein Fürstengrab aus der Zeit des babylonischen Königs Nabopolassar.

In dieser Nacht schliefen Greta und ich zum letzten Mal miteinander. Ich dachte an die tanzende Menge, an den Schweißgeruch, an die Ekstase um mich herum, es war einfach.

Unser Zusammenleben änderte sich nicht. Ich erledigte die Einkäufe und den Papierkram, wir gingen zusammen essen, auf Partys, ins Theater oder ins Kino. Wahrscheinlich war ich ein bisschen langweilig, denn ich blieb auch ganz gerne zu Hause, öfter, als Greta das lieb war. Wir stritten uns selten. Dieser ruhige Fluss, in den unser Leben sich verwandelt hatte, missfiel ihr aber nicht ganz und gar, das spürte ich. Sie freute sich, wenn ich etwas gekocht hatte, wenn sie von der Arbeit nach Hause kam, sie mochte die Geschenke, die ich ihr von Zeit zu Zeit machte. Sie genoss es, wenn wir am Wochenende Ausflüge machten, die ich vorher minutiös geplant hatte, erst dieses Museum, dann jener See, am Abend ein gutes Restaurant, das auf der Strecke vom See nach Hause lag. Abends blieb sie manchmal weg, mit einer Begründung, über die ich nicht weiter nachdenken wollte. Eines Tages sagte ich zu ihr: »Wenn du mal woanders übernachten willst, musst du dir keinen Grund ausdenken. Gib mir nur Bescheid, damit ich mir keine Sorgen mache.« Greta antwortete nichts.

Sie blieb nicht oft weg und kam immer vor dem Morgengrauen zurück. Es war April, als sie mir von der Diagnose erzählte. Sie hatte manchmal Schmerzen gehabt, nichts Dramatisches, eigentlich eher ein Druckgefühl, aber lästig. Erst mal eine Chemo. Dann sehen wir weiter, so der Plan des Arztes.

»Wie gefährlich ist es denn?«

»Das wissen sie nicht. Kommt drauf an, wie ich auf die Chemo anspreche. Alles ist möglich. Die Ärzte geben nicht gerne Prognosen ab, die wollen sich nicht blamieren.«

Wir saßen am Esstisch. Ich wollte aufstehen und zu ihr gehen, aber das habe ich nicht geschafft. Mein erster Gedanke galt mir, nicht ihr. Was würde aus mir werden, wenn Greta stirbt? Sie war ein unwahrscheinlicher Glücksfall, so viel Glück würde ich kein zweites Mal haben.

»Du darfst auf keinen Fall sterben, Greta. Das kommt nicht infrage.«

»Da ist noch was. Ich werde wegfahren. In Urlaub.

Übermorgen. Mit einem Mann. Für eine Woche. Auf die eine Woche kommt es für die Chemo nicht an.«

»Das ist natürlich in Ordnung. Wo fahrt ihr denn hin? Willst du mir sagen, wer es ist?«

»Nein. Wir fliegen ans Meer.«

»Darf ich dich vom Flughafen abholen?«

Sie verließ die Wohnung, als ob sie zur Arbeit geht, eine Tasche über der Schulter, sie küsste mich und wünschte mir eine schöne Zeit. Auch ich wünschte ihr eine schöne Zeit. Wir hatten noch einmal über die Krankheit geredet, sie hatte mit Merlin telefoniert, mit der Agentur und mit ein paar Freundinnen. Ich sagte mir, dass es sehr wahrscheinlich nicht ihre letzte Reise sein würde, auch im ungünstigsten Fall hatte sie noch Zeit, ein Jahr mindestens. Sie wollte das tun, bevor ihr die Haare ausfallen und sie von der Krankheit gezeichnet ist, sie wollte noch einmal begehrt werden, damit konnte ich nicht dienen. Sie würde sich trotzdem nicht von mir trennen, jetzt nicht mehr, da war ich sicher. Ich suchte nach Telefonnummern von Therapeuten, ich sagte mir, dass ich mir mehr Mühe hätte geben müssen. Ich musste das hinter mich bringen, diese Scheiße von früher. Falls sie überlebte, musste einiges anders werden. Die Ärzte hatten aber alle erst in ein paar Monaten Termine frei, falls überhaupt jemand ans Telefon ging. Ich meldete mich bei jemandem an, beim vierten oder fünften Anruf, zu einem Vorgespräch in acht Wochen. Nach diesem Gespräch würde der Therapeut entscheiden, ob er zur Lösung meines Problems etwas beitragen konnte oder nicht.

Während dieser Woche arbeitete ich viel, ein neues

Programm für Holger Schön war fällig. Er trat jetzt regelmäßig in einem Privatsender auf, dessen Namen ich nie gehört hatte. Jedenfalls musste ich den Output erhöhen. Seltsamerweise war ich in Hochform, die flachen Pointen schienen wie Küchenschaben unter dem Türschlitz des Arbeitszimmers hereinzuwuseln, sie krabbelten meine Beine hoch, in mein Ohr und von dort in den Computer.

Abends sah ich fern. Wenn Kabarett oder Comedy gesendet wurde, hörte ich ziemlich oft meine eigenen Texte. In dieser Branche war ich inzwischen wohl eine Art graue Eminenz. Meine Kunden hatten in der Regel kein Interesse daran, die Existenz eines Ghostwriters an die große Glocke zu hängen, wir vereinbarten immer beiderseitige Diskretion, mit hohen Vertragsstrafen für den Fall der Zuwiderhandlung. Wenn herauskam, für wen ich alles gleichzeitig arbeitete und in welchem Umfang, könnte es eng werden für alle Beteiligten, das war ja schon irgendwie Betrug. Oder? Nur Gernot und Holger wussten über meine Vielseitigkeit annähernd Bescheid, und Greta natürlich, allen dreien vertraute ich.

Zwei Mal kamen kurze Mails von Greta, die erste lautete »Alles wird gut«. In der zweiten standen ihre Flugdaten für die Rückkehr. Der Flug kam aus Barcelona. Den Termin von Gretas Rückkehr wollte ich auf keinen Fall vergessen. Weil mir diese Gefahr bewusst war, hatte ich einen Zettel mit Termin und Ankunftszeit auf die Innenseite der Wohnungstür geklebt, damit ich ständig daran erinnert wurde. Nach ein paar Tagen beschloss ich, endlich wieder einmal aufzuräumen, und fand den Zettel im Flur, auf dem Boden, halb unterm Schuhschrank, er musste heruntergefallen sein. In zwei Stunden landete sie.

Ich würde Greta pflegen und ihr zur Seite stehen, geschehe, was da wolle. In der Wohnung konnte ich aber nur noch das Allernötigste machen.

Am Flughafen kaufte ich Blumen. Greta kam als eine der Ersten durch den Ausgang des Gates in die Halle. Sie sah gut aus, leicht gebräunt, auch die Haare hatte sie tönen lassen, in letzter Zeit waren immer mehr graue Fäden in ihrer Mähne aufgetaucht. Greta strahlte und umarmte mich. »Mensch, Frankie, schön, dich zu sehen, lebst also noch. Hättest ruhig mal anrufen können oder eine Mail schicken. Alles okay so weit?«

»So weit alles okay. Wie geht's dir?«

»War gut, mal aus dem Trott rauszukommen.«

»Wo genau warst du denn?«

»Ach, das ist doch egal. Hat Merlin sich gemeldet? Die geht nie dran, wenn ich anrufe.«

Und so weiter. Wir standen am Gate und machten Small Talk. Aus dem Augenwinkel verfolgte ich die Passagiere, die nach und nach mit ihrem Gepäck herauskamen, die meisten gebräunt wie Greta. Ein paar trugen Sportequipment, meistens Golftaschen. Zum Baden war es noch ein bisschen früh im Jahr. Ich sah einen Mann mit Strohhut, Sonnenbrille und weiten Hosen, die ihm um die Beine schlackerten, er drückte sich schnell zur Seite und beeilte sich zum Ausgang, Kopf gesenkt. Aber ich erkannte ihn, es war Gernot.

Zu Hause leerte ich zum ersten Mal seit Tagen den Briefkasten. Am auffälligsten war ein Kuvert mit schwarzem Rand, ohne Absender. Jemand, den ich kannte, musste gestorben sein. Als wir die Wohnung betraten, stellte sich Greta ins Wohnzimmer und lachte. »Du bist echt eine Pottsau, Frank. Wie das hier aussieht. War denn die Putzfrau nicht da?«

Ich hatte den Termin vergessen, war einkaufen und hatte beim Weggehen das Sicherheitsschloss verriegelt, dafür besaß die Putzfrau keinen Schlüssel. Dann wollte ich sie anrufen, aber das hatte ich auch vergessen.

»Bist du noch zu retten?«

Greta sagte, dass sie müde sei und sich hinlegen müsse. Sie ging in ihr Zimmer. Ich setzte mich an den Esstisch und sah meine Post durch. Sie bestand hauptsächlich aus Behördenbriefen, Strafmandaten und Werbung. Zuletzt öffnete ich das Kuvert mit dem schwarzen Trauerrand. Es enthielt keine Todesnachricht, sondern einen sehr kurzen Brief, bestehend aus drei Sätzen. »Hallo, F, das Leben geht weiter. Ich bin schwanger. Meld dich mal.« Gezeichnet war der Brief mit dem Buchstaben »C«. Um Himmels willen. Nicht das.

RICHIE

Es war Nachmittag, Maria arbeitete noch. Ich packte ein paar Sachen in meinen Rucksack, Klamotten, Limo, Kekse, Käse, Brot und Obst, »Das Schloss« von Kafka und mein altes Lieblingskuscheltier, einen Hasen. Er hatte die große Säuberung tatsächlich überstanden. Maria war der Ansicht, dass es lächerlich ist, wenn bei einem Jungen meines Alters noch Stofftiere herumliegen. Mit fast siebzehn sollte ich jetzt mal langsam ein Mann werden. Jeden dritten Tag hieß es, schmeiß doch endlich den Kinderkram weg. So kriegst du nie eine Freundin. Die Mädchen lachen dich aus. Bodo ist auch dieser Ansicht. Bodo war mein Stiefvater. Dass er irgendwelche Ansichten hatte, war mir bis zu diesem Tag unbekannt gewesen.

Ich hatte wirklich jede Menge Stofftiere, dreißig oder so, weil meine Oma mir ständig welche schenkte, sogar noch, als ich dreizehn war. Ich besaß sogar eine Schildkröte, einen Pelikan und eine Schlange, alles aus Plüsch. Meine Arche Noah. Was andere davon hielten, konnte mir egal sein, weil ich sowieso nie jemanden einlud. Bis auf Monika, das eine Mal, von dem ich erzählt habe. Während ich in der Schule war, hat Maria also alle Tiere in eine Tüte gepackt und in den Kleidercontainer geworfen. Meine Comichefte hat sie dem Sohn der Nachbarn geschenkt, einem Achtjährigen, den ich manchmal im Treppenhaus sah. Sie sagte, dass ich sowieso keine Comics mehr lese. Das stimmte nicht ganz, Micky Maus las ich immer noch ganz gern. Ich hatte mehrere Jahrgänge neben dem kleinen Schreibtisch gestapelt, wo ich immer Hausaufgaben machte. Wenn ich bei einem Aufsatz oder bei einer Matheaufgabe nicht weiterkam, halfen mir Onkel Dagobert und Daniel Düsentrieb wieder auf die Sprünge.

Dass so etwas kommen würde, hatte ich geahnt. Es war nicht einfach, ein Versteck für den Hasen zu finden. Maria durchsuchte regelmäßig alles. Ich quetschte den Hasen in den Holzkasten für das Mikroskop, ein Geschenk meines Vaters. Das Mikroskop musste ich leider in den Hof tragen und in einer Tonne unter dem Müll begraben. Der Hase roch nicht mehr so, wie ich es mochte, weil sie ihn mal in die Waschmaschine gesteckt hatte. Aber er war immer noch mein alter Freund, mit dem ich geredet und der mich getröstet hatte, als ich klein war. Den Hasen konnte ich einfach nicht zurücklassen.

Im Grunde hatte Maria recht. Ich war zu alt für Kuscheltiere. Wahrscheinlich war ich ein Freak. Was für ein Erwachsener dabei am Ende herauskommen würde, wollte ich mir gar nicht vorstellen. Ich habe ja auch ziemlich seltsame Spiele gespielt. Meine Oma hat mir ihren Knopfkasten geschenkt, eine Blechbüchse von dreißig mal dreißig Zentimetern, bis oben hin voller Knöpfe. Das waren bestimmt Hunderte. Die habe ich gerne sortiert, nach

Farbe, nach Größe, nach Anzahl der Löcher, nach Material, es gibt ja Metallknöpfe, Hornknöpfe, Perlmuttknöpfe, Stoffknöpfe, alles Mögliche. Ich konnte stundenlang sortieren, bis der Boden meines Zimmers mit verschiedenen Knopfarmeen bedeckt war. Danach habe ich alle wieder in die Büchse geworfen und mit einem neuen Ordnungsprinzip von vorne angefangen. Manchmal dachte ich, das sind verschiedene Armeen und gleich fallen sie übereinander her. Was ich daran gefunden habe, weiß ich nicht. Das Sortieren beruhigte mich irgendwie.

Als Maria es zum ersten Mal gesehen hat, stand ihr der Mund offen, sie stand in der Tür und sagte erst mal ein paar Sekunden lang nichts. Sie war nämlich beeindruckt. Der ganze Boden war dicht an dicht mit Knöpfen bedeckt, nach Farben und Größen geordnet. Dann sagte sie: »Du bist ein Fall für die Klapsmühle«, und machte die Tür wieder zu. Aber die Knöpfe hat sie nicht weggeworfen, ich glaube, weil sie wusste, dass ich an den Knöpfen nicht wirklich hänge. So verrückt, dass ich mein Herz an einen Perlmuttknopf verschenke, war ich nun wieder nicht.

Ich hatte keine speziellen Pläne, ich wollte einfach weg. Als ich nach der großen Säuberung nach Hause gekommen bin, habe ich so getan, als ob ich gar nichts bemerke. Es war Maria natürlich klar, dass ich diese Gelassenheit nur spiele. Noch am Morgen hatte mein Zimmer wie eine Menagerie ausgesehen. Sogar auf der Vorhangstange haben Tiere mit bunten Glasaugen gehockt, zum Beispiel eine rote Ente und ein Papagei, dessen Federn angeblich echt waren, zumindest einige davon. Maria sagte auch nichts. Sie lauerte. Wenn ich meine Wut gezeigt hätte, wäre sie am Drücker gewesen. Dann hätte sie mich ausgelacht. Das wäre ein triumphaler Sieg gewesen für sie. Schaut mal, der Schwächling, wie er um seine Kuscheltiere heult! Wart mal kurz, ich mach ein Foto und schick es an deine Schulklasse, damit die sehen, was für ein Schwuli du bist. Dann hätte sie mir mit überlegenem Grinsen auseinandergesetzt, wie kindisch und blöd ich mich verhalte, obwohl ich doch zumindest von ihrer Seite eine gewisse Intelligenz geerbt habe und es in meinem Alter langsam besser wissen müsste. Die leeeben doch gar nicht – ganz lang gezogen, der Vokal, mit dreimal e –, deine Tiere, kuckuck, Kleiiiiner, aufwachen! Die stiiinken, und deshalb sind die jetzt auf dem Müüühüüll!

Sie war startbereit, wie eine Tennisspielerin, die geduckt dasteht, sich in den Hüften wiegt und auf den Aufschlag ihrer Gegnerin wartet. Aber da kam nichts. Sie fragte, ob es mir schmeckt, ich sagte Ja, prima. Wie war's in der Schule, irgendwas Besonderes? Nein, die Lateinarbeit haben wir noch nicht zurückbekommen.

Nach dem Essen stand ich auf und sagte, dass ich für Bio lernen muss.

»Willst du nachher noch mit uns fernsehen? Du siehst doch so gern die ›Tagesschau‹.«

»Danke, aber Bio wird dauern, das schaffe ich nicht bis zur ›Tagesschau‹.«

Ich klang völlig normal, keine Spur von Ärger hörbar, kein Kommentar zur großen Säuberung. Die epische Schlacht, auf die sie sich vorbereitet und so gefreut hatte, fiel einfach aus. Ich verhielt mich anders, als sie erwartet hatte, ich ließ sie ihre Stärke nicht ausspielen. Das ist eine der Waffen, die ich gegen sie habe. Sie kann mich nie ausrechnen. Ich habe mich nämlich besser im Griff als sie sich.

Mit dem Bus fuhr ich bis zur Endstation. Aber da war nichts, nur ein paar Mietshäuser, dahinter Felder. Ich setzte mich an die Haltestelle und wartete auf eine Eingebung, die sich leider nicht einstellte. Also fuhr ich wieder zurück in die Stadt, zum Bahnhof. Ich hatte ungefähr 200 Mark dabei, meine Ersparnisse, das meiste stammte von meiner Oma. Am Bahnhof nahm ich einen anderen Bus, der in die Nähe der Autobahn führte.

Ich lief ungefähr zwei Kilometer bis zur Autobahnauffahrt. Dort stellte ich mich an die Stelle, wo immer die Tramper warteten, zu erkennen an weggeworfenen Verpackungen von Schokoriegeln und leeren Colaflaschen. Nach ungefähr einer Stunde hielt jemand an, ein älterer Mann in einem großen Ford.

Ich fragte ihn, wo er hinfährt. Der Mann wunderte sich. »Wohin willst du denn?« Das Reiseziel sei doch wohl die übliche Ansage. Keine Ahnung, sagte ich. Ich fahr nur so ins Blaue.

»Na, dann bringe ich dich nach Köln.«

Ich stieg ein. Der Mann erzählte und stellte Fragen, ich sagte fast nichts und schaute aus dem Fenster. Nach einer Weile sagte der Mann: »Was ist denn los mit dir? Willst du dich nicht unterhalten?« Ich sagte: »Nein, will ich nicht.« Ein paar Kilometer weiter bog der Mann zu einer Raststätte ab. »Ich lasse dich hier raus. Ich nehme Tramper mit, um ein bisschen Unterhaltung zu haben.«

Inzwischen war es schon fast dunkel. Zu der Raststätte

gehörte ein Parkplatz, hinter dem Parkplatz gab es ein bisschen Gestrüpp, wo man sich gut verstecken konnte. In dem Gestrüpp lag jede Menge Müll, einige Leute hatten es sogar als Klo benutzt, es war eklig. Bei Maria ist immer alles sauber gewesen. Ich hatte auch ein bisschen Angst. Ein Maschendrahtzaun begrenzte das Gelände der Raststätte, an den konnte ich mich im Sitzen anlehnen. Ich schaute zum Himmel, man konnte den Mond sehen. Dann aß ich ein bisschen was. Mir war klar, dass ich hier nicht schlafen konnte, vor allem wegen des Gestanks. Ich wollte auf den Morgen warten, morgens habe ich immer die besten Ideen. Nach ein paar Stunden sah ich das Licht einer Taschenlampe, das sich zwischen Blättern und Ästen wie ein Suchscheinwerfer vorantastete. Ein Mann stand vor mir, er war dick und trug eine Schirmkappe. »Was machst du denn hier? Das gibt's hier nicht, einfach pennen. Wie alt bist du überhaupt? Zeig mal deinen Ausweis.«

Ich sprang auf und rannte davon. Der Mann erwischte mich am Hemd, aber ich riss mich los und rannte weiter. Ich war schneller als er. Den Rucksack ließ ich liegen.

Von der Raststätte konnte man auf den Standstreifen der Autobahn kommen, da rannte ich lang, ein paar Autos hupten, dann sprang ich, nach ungefähr einem Kilometer, über die Leitplanke und rannte über ein Feld, dann auf einen Feldweg, der nach einem weiteren Kilometer in eine Straße mündete. Die Straße führte in ein größeres Dorf. Ich hatte keine Uhr dabei, aber am Kirchturm sah ich, dass es ein Uhr war. Ich legte mich auf eine Bank und schlief ein.

Als es hell wurde, wachte ich auf. Niemand war zu sehen. Ich versuchte, ob bei den parkenden Autos die Türen abgeschlossen waren, hin und wieder ließ eine Tür sich öffnen. Dann schaute ich ins Handschuhfach und auf die Ablagen. In einem Auto fand ich ein bisschen Kleingeld, vier oder fünf Mark im Ganzen. Das Dorf hatte einen Bahnhof. Ich kaufte einen Fahrschein bis zur ersten Haltestelle, danach wollte ich mich im Klo verstecken. Aber der Zug hatte gar kein Klo. An der ersten Haltestelle stieg ich aus, weil der Schaffner mich schon aus dem Nachbarwaggon misstrauisch gemustert hatte, und lief in Richtung unserer Stadt, die schon auf den Straßenschildern angezeigt war. 44 Kilometer. Ich hielt den Daumen raus und wurde auch zwei Mal mitgenommen, zuerst von einem Traktor, dann von einem Lieferwagen, der mich zum Stadtrand brachte. Aber einen Teil der Strecke bin ich gelaufen.

Inzwischen war es mindestens Mittag. Eine völlig idiotische Rundreise, das Ganze. In Filmen haben Figuren ein Motiv, etwas passiert, die Figur reagiert. Ich war jemand, der sich sinnlos im Kreis dreht, so einer passte am ehesten in den Zoo oder als Patient in »Einer flog über das Kuckucksnest«. Mein Geld war auch weg. Das war nicht so schlimm. Wenn ich etwas brauchte, konnte ich immer zu meiner Oma gehen. Meine Oma würde mich umarmen, wenn ich jetzt bei ihr klingelte, sie würde mir über den Kopf streichen und eine Dose Pichelsteiner aufmachen. Sie würde mich auf das Sofa packen, meine Kleider in die Waschmaschine schmeißen und dann Fieber messen, das tat sie bei jeder Gelegenheit. Und dann würde sie Maria anrufen. Nicht gleich sofort, aber nach einer Weile. Diesen Ausdruck, »nicht gleich sofort«, hat meine Oma immer verwendet. Darf ich fernsehen? Ja, aber nicht gleich sofort.

Ich lief Richtung Zentrum und sah ein paar Schüler, jünger als ich, die auf dem Nachhauseweg waren. Ich fragte sie, ob sie etwas zu trinken hätten oder sogar etwas zu essen. Sie schienen ein bisschen Angst vor mir zu haben, verdreckt, wie ich war, und viel zu jung für einen echten Asozialen. Aber eines der Mädchen holte aus seiner Umhängetasche ein zerknautschtes Brötchen und eine Tüte Kakao.

Alles in allem fühlte ich mich überraschend gut, vielleicht fühlte sich Freiheit so an. Aber ich hätte einen Plan gebraucht. Ich hätte mich monatelang vorbereiten müssen, wie die Ausbrecher in »Gesprengte Ketten«. Aber auch von denen haben die Nazis die meisten wieder geschnappt, sogar Steve McQueen. Ich lief in Richtung unserer Wohnung, ein paar Meter vor unserer Straße bog ich ab, in Richtung auf das Villenviertel. Monika hatte ihre eigene Klingel und machte sofort auf.

Sie sah müde aus, mit Ringen unter den Augen. Und trug immer noch den Poncho. Inzwischen war er ein bisschen verfilzt. Das Erste, was sie sagte, war: »Mann, du siehst aber beschissen aus.«

»Vielleicht habe ich Fieber.«

»Da bist du bei mir richtig. Soll ich messen? Rektal? Ich kann das so gut, dass ständig Kranke bei mir klingeln.«

Ich musste lachen. »Ein lauwarmer Meskalineinlauf wäre noch besser.«

In Monikas Zimmer lag ein mit zerknüllter Wäsche halb gefüllter Koffer. Monika warf den Poncho in die

Ecke, stellte sich mit dem Rücken zu ihrer Matratze und ließ sich nach hinten kippen wie eine Kunstspringerin, die zum Salto ansetzt. »*Long time no see.*«

»Das lag doch mehr an dir, oder.«

»Hättest dein Glück ja mal probieren können. Wer ewig strebend sich bemüht, den können wir erlösen.«

»Vergeben und Vergessen ist die Rache eines braven Mädchens. Gleicher Autor.«

»Erstens ist das nicht von Goethe, du Homunkulus, sondern von Schiller, zweitens zitierst du falsch, das Mädchen hast du erfunden, drittens ist Vergeben und Vergessen totaler Schwachsinn. Toleranz ist ein Beweis des Misstrauens gegen ein eigenes Ideal, los, von wem?«

»Kann nur Nietzsche sein. Überzeugungen sind gefährlichere Feinde der Wahrheit als Lügen.«

»Auch Nietzsche. Immer gut, der Typ, aber er widerspricht sich ständig. Wie kann man gegen Toleranz und gleichzeitig gegen Überzeugungen sein? Ohne Überzeugungen bist du mühelos umfassend tolerant. Jetzt du.«

»Ich glaube, er ist gar nicht dagegen. Er ist nur dagegen, beides absolut zu setzen. Immer schön misstrauisch bleiben, den eigenen Idealen gegenüber. Unter Präsident Nietzsche gäb's keine Kriege.«

»Wie scharfsinnig der kleine Frank heute ist. Was hat er denn eingeworfen? Verträgt seine neue Droge Mischkonsum mit Tee?«

Und schon waren wir wieder voll auf unserer alten Schiene. Monika war anders geworden in den letzten Monaten, sarkastischer und direkter als früher. Sie redete schnell. Ihre Haut war leichenblass. »Was hat dich damals eigentlich so abgetörnt, unter der Dusche? Ich war« – sie rollte dramatisch mit den Augen – »ein unbescholtenes junges Ding aus gutem Hause und habe dir den Hintern eingeseift, was meinst du, was mich das an Überwindung gekostet hat, halbes Kind, das ich damals noch war.«

»Ich hab irgendwie Angst gekriegt.« Ich versuchte, genauso ironisch mit den Augen zu rollen wie sie. »Man kann in die Hölle kommen deshalb.«

»Ich bin inzwischen glorreich entjungfert. Das Bett hat hinterher ausgesehen wie ein Schützengraben vor Verdun nach einem Bajonettangriff. Der junge Mann war einer Ohnmacht nah. Das dürfte aus Gottes Sicht Strafe genug sein für seinen Frevel.«

»Kann ich ein paar Tage hier wohnen?« Irgendwann musste ich es ja sagen.

Monika zog in zwei Tagen aus. Ihr Konsum war letztlich doch außer Kontrolle geraten. Sie hing inzwischen mit den richtig harten Fällen ab, denen vom Bahnhof. Mir war nicht aufgefallen, dass sie nur noch unregelmäßig zur Schule ging. Geld hatte sie immer noch genug, sie musste also nicht klauen, auf den Strich gehen oder betteln. Diese Typen am Bahnhof seien durchweg Wracks und uninteressant, sagte sie, aber der Bahnhof sei so was wie ein Supermarkt der Träume. Du kriegst alles, was du willst, schnell und unkompliziert.

»Spar dir es, was du jetzt sagen willst, okay? Keinen einzigen frommen Spruch, bitte. Ich kenne sie alle, ich weiß alles. Sobald du nur im Entferntesten so redest wie mein Vater, schmeiß ich dich raus.«

»Hast du was da?«

Monika beugte sich vor und küsste mich auf den Mund, mit Zunge. »Das ist der richtige Sound. Du bist wahnsinnig sensibel, ich wusste es doch. Darfst auch ein bisschen Pink Floyd hören.«

»Es ist stärker als wir, stimmt's?«

»Stärker als ich ist es auf jeden Fall. Bleib bei den Joints. Ich drehe uns zwei. Ein gesundes Naturprodukt aus der Dritten Welt.«

»Bleib bei den Joints? Du redest ja selber wie dein Vater.«

»Mein Vater besitzt die Differenzierungskraft eines Rhesusaffen. Der Unterschied zwischen einem Joint und einer Spritze überfordert seine Intelligenz. Nur mit Fusel kennt er sich aus.«

Monika hatte auch einen zweiten Vorstellungstermin bei dem teuren Internat erfolgreich in den Sand gesetzt, indem sie vorher Rizinusöl trank und dem Direktor auf den Schreibtisch kotzte. Der Durchfall kam erst auf der Heimfahrt in der elterlichen Limousine. Sie hatte immerhin, entgegen ihrer Ankündigung, keine Axt dabei. Ein paar Tage später betrat ihr Vater, zum ersten Mal seit etwa einem Jahr, gegen Abend Monikas Zimmer und durchsuchte jeden Winkel, während sie auf ihrer Matratze lag und ihm demonstrativ gelangweilt zusah. Sie wollte sich nicht die Blöße geben, eine Emotion zu zeigen. Er fand ihre Vorräte und nahm sie mit, um sie zu verbrennen, wie er sagte. Im Müll bräuchte sie also nicht zu suchen.

Eine Stunde später stieg sie die Treppe zum Wohnzimmer hinauf, was sie auch schon lange nicht mehr gemacht hatte. Sie ging zur Hausbar ihres Vaters und warf die Flaschen gegen die Wand, wobei sie versuchte, zuerst die teuersten und ältesten Raritäten zu ihrem Recht kommen zu lassen. Sie kannte sich nicht aus, aber Whiskys mit langen und komplizierten Namen sind meistens teurer als Johnnie Walker. Ihr Vater hörte nach einer Weile das Klirren, eilte zum Tatort und riss ihr die Flasche, die sie gerade werfen wollte, aus der Hand, anschließend scheuerte er ihr eine, der mehrere weitere folgten. Daraufhin nahm sie eine andere Flasche und schlug sie ihm auf den Schädel. Das war seit vielen Jahren der erste körperliche Kontakt, den sie mit ihm hatte. Ihr Vater sank zu Boden, er hatte eine Platzwunde, und ein paar Glassplitter steckten in der Kopfhaut, er wälzte sich, schrie und jammerte. Monikas Mutter war, vom Lärm angelockt, herbeigeeilt und schaute wortlos zu.

»Die ist ein Zombie«, sagte Monika. »Weißt du, wer den Krankenwagen für ihn gerufen hat? Ich musste das machen.«

»Und dann?«

»Die Sanitäter haben die Polizei gerufen.«

»Kommst du in den Knast?«

»Um als nicht vorbestrafte Siebzehnjährige in den Knast zu kommen, musst du dem Bundeskanzler die Eier abbeißen und sie anschließend in der Pfanne braten. Ich komme in eine Art Heim für gefallene Mädchen, weiß der Geier, was mich da erwartet, außer Cold Turkey. Es nützt nichts abzuhauen, sie kriegen dich. Sobald ich achtzehn bin, holt mein Anwalt mich raus.«

»Woher hast du denn einen Anwalt?«

»Jeder hat das Recht auf einen Anwalt, Kleiner. Mein

lieber Daddy muss den zahlen. Du kannst hier wohnen, bis sie dich entdecken. Die Putzfrau kommt montags und donnerstags von acht bis zwölf. Es ist aber nicht auszuschließen, dass Daddy hin und wieder zum Zwecke der Ejakulation hier aufkreuzt, die Putzfrau ist neu und die hat er persönlich ausgesucht.«

Ich erzählte ihr, was bei mir so los war. Ich erzählte sogar von dem Hasen.

»Scheiße, der ist jetzt weg, oder?«

»So sieht's aus.«

»Der Mensch kommt nackt auf die Welt. Deshalb ist seine Seele in der Jugend so empfindlich gegen die Witterung. Willst du meinen Teddy? Einen Hasen hatte ich leider nie.«

»Ey, das kannst du nicht machen. Den Teddy verschenkt man doch nicht. Überschreib mir lieber dein Aktienpaket.«

»Red nicht so gönnerhaft, Frankie. Ich kann den sowieso nicht mitnehmen, die würden ihn aufschlitzen und seine Eingeweide nach meiner eisernen Ration durchsuchen. Rette ihn. Dein Hase wird im Hasenhimmel anerkennend mit den Läufen trommeln, wenn er das erfährt.«

Wir rauchten die Joints, Monika hatte ihre Vorräte sofort wieder aufgefrischt. Sie stellte die Lavalampe an. Wir zogen uns aus und hielten uns fest und knutschten, diesmal hätte ich gerne mit Monika geschlafen, ich meine, so richtig, aber nach dem Joint nahm sie noch ein paar Tabletten und ging ins Bad. »Das, was ich da mache, willst du nicht sehen.« Danach kippte sie weg. Am Morgen schlief sie fest. Ich ließ einen Zettel liegen, schreib mir unbedingt, wie ich dich erreichen kann, ich weiß auch nicht, wie der Teddy heißt, erst mal nenn ich den Nietzsche, aber du musst schreiben, was sein echter Name ist, so ein überkandidelter Name stellt ja eine ziemliche Hypothek dar, dazu die Adresse meiner Oma. Anschließend aß ich einen Joghurt aus ihrem Kühlschrank, suchte eine Plastiktüte für Nietzsche, trank zwei Gläser Wasser und ging.

Ich lief in der Stadt herum, bis es spät genug war. Dann rief ich mit dem letzten Kleingeld meinen Vater an.

Er ging sofort ans Telefon. »Wo steckst du denn? Deine Mutter hat mich zigmal angerufen, wir machen uns Sorgen. Was sollen wir denn der Schule sagen?«

Ich sagte: »Papa, ich will nicht mehr bei Maria wohnen.«

Mein Vater zögerte, ich spürte, dass er nachdachte. »Ich hole dich. Wo bist du?«

Ich hatte meinen Vater eine Weile nicht mehr gesehen, fast zwei Jahre, genau gesagt zwanzig Monate. Die Zeit der gemeinsamen, wortkargen Zoo- und Schwimmbadbesuche war vorbei. Ich glaube, er wusste nicht so recht, was er jetzt noch mit mir anfangen sollte. Außerdem hatte er eine Freundin nach der anderen, das sagte jedenfalls Maria. Er war faltiger geworden, und sein Haar war fast total grau, nicht nur an den Schläfen wie früher. Er ging sogar ein wenig gebückt. So alt, wie er aussah, war er doch noch gar nicht. Seine Haare waren viel länger als früher, und er trug jetzt wild gemusterte Hemden, außerdem rauchte er viel. Am Wochenende ging er, laut Maria, in Discos, in denen er meistens der älteste Besucher war. Er tanzte gut, sexy, auch das weiß ich von Maria, er hatte auch Charme, und deshalb kriegte er, laut Maria, zumindest die dümmste Discobesucherin meistens rum. Und er erzählte immer noch gerne Witze. Seine Wohnung war klein, zweieinhalb Zimmer, Küche, Balkon, morgens ging er in die Fabrik. Ab und zu wurden Leute entlassen. Aber er war schon lange dabei und einer von den Guten. Ihn würden sie bestimmt als einen der Letzten entlassen.

Ich wohnte in dem halben Zimmer, einer Nische, die nur mit einem Vorhang abgetrennt war und zum Balkon führte, dort in der Nische stand eine Couch. Um sieben, wenn ich aufstand, um den Bus zur Schule zu kriegen, war mein Vater schon weg. In der Wohnung herrschte totales Chaos. Der Kühlschrank war meistens leer, nur Bier, Senf und Frankfurter Würstchen gab es immer. Maria machte mir Frühstück, das fiel aus. Wenn mein Vater am frühen Abend zurückkam, legte er sich zuerst mal eine halbe Stunde hin. Ich hörte, wie er schwer atmete und sich stöhnend zur Seite wälzte, um seinen Rücken zu kratzen.

Er war zu Maria gefahren, um meine Schulbücher und meine Kleidung zu holen, für die er das Bücherregal in der Kammer ausräumte. Seine Bücher, nicht allzu viele, stapelte er auf dem Boden. »Wir haben über Verschiedenes geredet«, sagte er, um korrekte Diktion bemüht. »Maria ist sehr verärgert. Du kennst sie ja. Wir müssen eine Lösung finden.«

Ich hatte keine Ahnung, was er dachte und was er vorhatte. Ich störte seine Kreise, das war offensichtlich. Sein Bemühen, dies nicht zu zeigen, rührte mich und ärgerte mich gleichzeitig. Warum konnte er nicht sagen »Du kannst zwei Monate bleiben, das ist okay für mich, danach musst du leider zu ihr zurück«, oder so was wie »Ein Internat wäre die richtige Lösung, finde ich. Was meinst du? Ich schau mal, was finanziell machbar ist«, oder meinetwegen »Ich schaff das nicht alleine, lass uns mit Maria zusammensetzen und was ausklamüsern, vielleicht pendelst du zwischen ihr und mir«?

Am Freitagabend und Samstagabend war er erwartungsgemäß meistens weg. Er kam dann in den frühen Morgenstunden wieder, vorher stellte er für mich ein gebratenes halbes Hähnchen vom Imbiss an der Ecke oder russische Eier in Sülze in den Kühlschrank. Ich sah dann mit Nietzsche fern. Mein Vater hatte ein tragbares Gerät mit Antennen, die wie Insektenfühler aussahen. Meine Bücher hatte Maria nicht rausgerückt. Ein kleiner Köder, den sie auslegte. Aber ich wusste, wie man welche klaut, und füllte die Bestände wieder auf. In dem Stapel meines Vaters fand ich auch einiges, bizarre Titel wie »Geliebt, gejagt und unvergessen«, die Heldin begeht Selbstmord, indem sie sich in einem Fluss den Krokodilen zum Fraß vorwirft. So was tut doch niemand. Monika hätte sich totgelacht. Bei John Knittel machte mich der Name des Autors neugierig, ob das der Typ war, der den Knittel-Vers erfunden hat? »Via Mala« ist aber ziemlich stark, auch »Straße der Ölsardinen« von John Steinbeck fand ich richtig gut. Hatte er das alles echt gelesen? Außerdem besaß er »Angst vorm Fliegen« von Erica Jong, was ich drei Mal mit wachsender Begeisterung las, weil darin Sätze standen wie: »Mein Höschen war feucht genug, um die Straßen von Wien damit aufzuwischen.«

Zwei oder drei Mal in der Woche fuhr ich zu meiner

Oma, die jedes Mal für mich kochte, weil ich bei meinem Vater ja nie was Anständiges bekam. Bei ihr gab's Schweineschnäuzchen, saure Nierchen, zu Monatsbeginn auch dicke Koteletts und neuerdings sogar Nasi Goreng. Davon schwärmten alle ihre Nachbarinnen, seit der Latscha es anbot, so hieß ihr Supermarkt. Die verschiedenen Zutaten waren einzeln in Plastikschälchen verpackt und mussten nur noch in der Pfanne zusammengerührt werden. Meine Oma gab mir Geld, das ich am Bahnhof sofort in Gras verwandelte. Auch sie sagte: »Deine Mutter ist sehr verärgert. Du kennst sie ja.« Ich fragte, ob Post für mich gekommen sei. Aber es kam nie etwas.

Nach zwei, drei Wochen nahm mein Vater sein vertrautes Leben in vollem Umfang wieder auf. Er brachte also hin und wieder eine Frau mit, wenn er aus der Disco oder von der Fabrik nach Hause kam. Letzteres wusste ich immer vorher, weil er am Vorabend saugte und ein bisschen aufräumte. Er sagte dann: »Ich bekomme morgen Besuch von einer alten Kollegin, wir müssen ein paar Interna aus dem Betrieb besprechen.« Manchmal kam er trotzdem alleine nach Hause und versuchte, sich seine Enttäuschung nicht anmerken zu lassen.

Ich blieb immer hinter meinem Vorhang, die alte Kollegin bekam nichts mit von meiner Existenz. Bevor der Besuch kam, ging ich aufs Klo. Wenn ich im Laufe des Abends trotzdem dringend musste, benutzte ich einen der Geranientöpfe auf dem Balkon.

Der Abend begann jedes Mal im Wohnzimmer. Mein Vater kochte etwas in seiner winzigen Küche. Ich hörte Lachen und Gläser, die aneinanderstießen. Nach zwei

Stunden, er hatte da ein zu hundert Prozent verlässliches Timing, verlagerte sich das Geschehen in sein Schlafzimmer, aus dem ein Gepolter zu hören war, als ob sie die Möbel umräumten, und manchmal ein spitzer Schrei.

Ich spähte immer durch den schmalen Vorhangschlitz, der leider nur den Blick ins Wohnzimmer gestattete. Es gab zwei alte Kolleginnen, die Stammgäste waren, und es gab die einmaligen Besucherinnen. Die Frauen sahen alle mindestens mittelgut aus, aber einen festen Typ hatte er nicht. Auch das Alter der alten Kolleginnen variierte stark.

Ich hatte nichts dagegen. Es ist ja letzten Endes auch natürlich. Meine Oma hatte mal darüber mit mir gesprochen. Du bist jetzt in der Pubertät, sagte meine Oma. Ich war fünfzehn. Es war also ungefähr so, als ob sie einem Zehnjährigen dazu gratuliert, dass er endlich laufen kann. In der Pubertät entstehen gewisse Bedürfnisse, da musst du dich nicht schämen, die Natur fordert ihr Recht. Aber bitte nicht auf meinem Sofa, wenn ich kurz mal einkaufen bin. Geh ins Bad. Hier in dieser Kammer gab es aber kein Bad. Die Geräusche aus dem Schlafzimmer haben mich manchmal so erhitzt, dass ich nicht weiterwusste, also holte ich einen der Geranientöpfe vom Balkon und versuchte mit aller Kraft, nicht an die Freundinnen meines Vaters und nicht an Monika zu denken. Ich dachte an Erica Jong in den Straßen von Wien.

Ich nahm immer denselben Topf. Wenn ich an einem der Abende mal dringend aufs Klo musste, nahm ich den anderen Geranientopf, auch immer denselben. Es war erstaunlich, wie unterschiedlich die beiden Pflanzen sich innerhalb weniger Wochen entwickelten. Die eine Geranie schaute von Woche zu Woche gelber und kränklicher aus, während die andere, ihre Kollegin, Blüte um Blüte trieb, Blatt um Blatt, eine Explosion geradezu, das unbegreifliche, göttliche Wunder des Lebens in all seiner Pracht.

Mein Vater stellte die Töpfe um, weil er dachte, dass die verkümmernde Geranie zu wenig Sonne kriegte. Das nützte gar nichts. Dann machte er sich die Mühe, die Patientin umzutopfen, neue Erde, das hilft immer. Nicht in diesem Fall. »Diese andere da«, sagte er zu mir, »sieht aus wie ein Mutant, die wuchert wie im Treibhaus, obwohl sie weniger Sonne kriegt. Ich kapiere das nicht.«

An meinem siebzehnten Geburtstag schenkte er mir eine Lederjacke, die cool und teuer aussah, er hatte außerdem eine Torte gekauft. Maria schickte eine Gedichtsammlung mit Widmung – »viele dieser Gedichte waren sehr wichtig für Deine Mutter« – und einen Brief, den ich ungelesen wegwarf. Meine Oma rief an. Ich saß abends mit meinem Vater im Wohnzimmer, er hatte Coq au Vin gemacht, und ich stellte fest, dass er ein wirklich guter Koch war, wenn er sich mal zum Kochen aufraffte.

»Schmeckt toll.«

»Zwei Mädchen gehen auf eine Party. Es wird sehr spät. Auf dem Heimweg sagt die eine: Meine Mutter wird kochen vor Wut. Darauf die andere: Du hast's aber gut, meine Mutter macht so spät nie was Warmes.«

Er amüsierte sich königlich und lachte, bis er zu husten anfing. Wie, um alles auf der Welt, schaffte er es, auf diese Art Frauen ins Bett zu kriegen?

»Übrigens, wie ist das eigentlich bei dir mit den Mädchen?«, fragte er. »Gefallen dir Mädchen?«

Ich erschrak und dachte, jetzt kommt er gleich mit den Geranien. Er hat es rausgefunden.

»Mädchen sind klasse. Wie die allein schon aussehen. Der Wahnsinn.«

Mein Vater nickte zufrieden. »Ja, das kann man so sagen. Wenn du dich nicht für Mädchen interessierst, ist das auch in Ordnung. Wir leben nicht mehr im Mittelalter. Aber für wen und was du dich auch immer interessierst, du musst was dafür tun. Die kommen nicht von alleine. Du sitzt immer zu Hause, du solltest auch mal ausgehen, Freunde finden, Kontakte knüpfen. Dann geht immer was, glaub mir. Du bist ein gut aussehender junger Mann, die Jugend ist schnell vorbei, ich weiß, wovon ich rede. Bitte entschuldige, ich will dich nicht in Verlegenheit bringen.«

Er versuchte tatsächlich, ein Gespräch mit mir zu führen. Er hatte sich Gedanken gemacht. Und er wartete ab, er wollte hören, was ich zu sagen hatte. Das war mehr, als Monika von ihrem Daddy jemals bekommen hatte.

»Mach dir keine Sorgen, Papa.«

Mir fiel nichts Besseres ein. Ich betrachtete seine schweren Hände, die Fabrikhände, ich sah, dass seine Augen wässrig und trüb waren, und hörte seinen schweren, leicht rasselnden Atem. Er steckte sich eine Zigarette in den Mund und bot mir auch eine an. »Willst du einen Rotwein dazu?«

So saßen wir eine Weile da, rauchend, schweigend und trinkend. »Du bist doch mein Junge«, sagte er nach einer gefühlten Ewigkeit. »Dir soll's doch gut gehen.« Näher sind wir uns niemals gekommen.

Ein paar Wochen später zog ich in eine möblierte Einzimmerwohnung. Er zahlte die Miete, 150 Mark, und überwies mir 300 Mark im Monat. Weil mir meine Oma von Zeit zu Zeit 50 Mark schenkte, mindestens drei Mal im Monat, hatte ich, was ich brauchte. Es gab ein Schlafsofa mit einem Couchtisch, einen Kleiderschrank, ein Regal und ein Bild mit den betenden Händen von Dürer. Die Wohnung hatte Maria gefunden. Es war eine Dachmansarde, die an einem langen Flur mit acht Türen lag. In den anderen Mansarden wohnten Studenten und ausländische Arbeiter, die ich fast nie zu Gesicht bekam. Sie trafen sich abends in ihren Lokalen. Am Wochenende fuhren die Studenten zu ihren Eltern. Eine der Türen führte zum Klo, das wir uns teilten. Im Klo stand auch ein großer Kühlschrank, den jemand mit schwarzem Klebeband in sieben Sektoren aufgeteilt hatte. Nach der Schule ging ich immer zuerst zu meiner Oma. Ich aß mit ihr und meinem Opa zu Mittag, dessen Fabrik nicht weit weg war, deshalb konnte er zu Hause Mittag machen. Dann duschte ich, um vier oder fünf Uhr ging ich in die Mansarde und machte an dem Couchtisch Hausaufgaben, danach warf ich mich mit Nietzsche aufs Sofa, rauchte ein oder zwei Joints, las und hörte mit den Kopfhörern Musik, neuerdings meistens Jimi Hendrix und die Doors. Mein Vater hatte zum Einzug die Anlage aus meinem alten Zimmer mitgebracht, sogar die teuren Boxen, die ich wegen meiner hart arbeitenden Nachbarn nur am Wochenende benutzen durfte.

Es war das Paradies. Ich musste mir absolut keine Sorgen darüber machen, dass jemand plötzlich die Tür aufreißen würde, um mich anzubrüllen oder meine Sachen zu durchsuchen. Ich lag auf dem Rücken und zählte die Bücher, von Zeit zu Zeit sortierte ich sie, nach Farbe, nach Größe, nach Autorennamen, nach Sachgebieten, meine alte Leidenschaft aus der Knopfzeit. In der Klasse dachten sie Gott weiß was. Ich war der Erste, der eine eigene Wohnung hatte. Aber ich lud nie jemanden ein. Ich brauchte das nicht. Wenn ich Kontakt mit anderen Leuten suchte, dann klaute ich halt ein Buch. Leute, die Bücher schrieben, waren garantiert interessanter als die Leute aus meiner Klasse. Um die Ecke lag eine Kneipe, das Weinstein. Wenn mir die Decke auf den Kopf fiel, ging ich dorthin. Das heißt, ziemlich oft.

Im Weinstein waren viele Schüler, nach dem Alter wurde nicht gefragt. Ich stellte mich an den Tresen und bestellte mal Wein, mal Bier, mal einen Asbach, ich probierte die ganze Palette. Dieser Rausch war anders als das, was ein Joint auslöst. Ein Joint pusht relativ schnell den Geist, der flattert dann umher wie ein Schmetterling, lässt sich mal hier nieder und mal dort. Es ist wie ein Wachtraum, in dem du über der Welt schwebst. Der Alkohol ist wie eine Welle, die langsam heranrollt. Er packt hart zu, und er macht die Emotionen größer. Du liebst total, du hasst total, du fühlst dich total schlecht oder total gut, je nach Ausgangslage. Wenn man wütend ist, darf man nicht trinken.

Nachdem er meine Sachen in der Dachwohnung abgeliefert hatte, ließ mein Vater sich nicht mehr blicken. Er war nur mein Back-up für absolute Notlagen, diese Botschaft war klar. Ich fragte mich, wann Maria wohl wieder auf der Bühne erscheinen würde. Das würde passieren, ganz bestimmt. Es dauerte drei Wochen.

An einem Donnerstagnachmittag klingelte es, und bevor ich die Tür aufmachte, wusste ich, dass sie es ist. Wer sonst sollte mich denn besuchen? Mir war nicht einmal bewusst, dass die Mansarde eine Klingel hatte, mit Namen sogar. Der Vermieter hatte das organisiert. Sie sagte: »Hallo. Du hast mich sehr verletzt, aber du bist immer noch mein Sohn.«

Sie schaute sich in der Mansarde um, ich spürte ihren inneren Kampf. Zu gerne hätte sie die Schubladen aufgezogen und die Schränke inspiziert.

Sie fragte, was ich eigentlich mit meiner Wäsche mache. Sie sehe hier keine Waschmaschine und kein Bügeleisen. Ich hatte mir über dieses Problem noch keine Gedanken gemacht, ich zog die Sachen seit Wochen immer wieder an, manchmal streifte ich ein Hemd über einen Kleiderbügel und hängte es für ein paar Stunden zum Lüften vors Fenster. Wahrscheinlich würde ich irgendwann bei meiner Oma waschen müssen oder in einem Waschsalon.

»Ich nehme die Schmutzwäsche mit. Am Sonntag kannst du kommen und die abholen. Ich koche was für uns. Was magst du denn?«

Wir hatten zuletzt nur noch selten gemeinsam gegessen, höchstens am Wochenende. Sie konnte zwei Gerichte richtig gut, Szegediner Gulasch und Spaghetti Carbonara, zwischen den beiden wechselte sie ab, Experimente vermied sie. Ich sagte: »Nasi Goreng mag ich.«

»Gut, dann mache ich Nasi Goreng.«

Am Sonntag stand ich nach Monaten wieder vor dem Haus, einem immer noch hellblauen, fünfstöckigen Neubau mit Balkonen in einem Viertel von immer noch altrosa und hellblauen Neubauten mit Balkonen. Ich fühlte mich wie ein Kriegsheimkehrer, vermutlich. Eigentlich habe ich nämlich keine Ahnung, wie die sich fühlen, aber es wird wohl auf eine Mischung aus Beklommenheit und Neugier hinauslaufen und die bange Frage, wie man willkommen geheißen wird. Mein Zimmer war unverändert, bis auf die Sachen, die mein Vater mitgenommen hatte. Diese logistische Operation war sicher nicht einfach für die beiden gewesen, sie hatten seit Jahren keinen Kontakt gehabt. Mein Vater klingelte immer nur unten, wenn er mich zum Schwimmbad oder zum Zoobesuch abholte. Mein Stiefvater sagte: »Hallo, junger Mann, alles bestens, hoffe ich.« Er sah besser aus als mein Vater, aber er war auch blöder.

Maria hatte sich Mühe gegeben. Ihr Nasi Goreng war nicht so gut wie das meiner Oma, aber die Richtung stimmte. Wir hatten alle keine Ahnung, was wir reden sollten. Wie läuft es in der Schule? Gut, na ja, in Mathe nicht so gut. Aber wird schon. Die Wohnung ist ganz schön, oder? Für den Preis. Ja, gefällt mir gut. Wie sind die Nachbarn? Von denen kriege ich kaum was mit. Und ihr? Hat der Hausmeister endlich das Kellerlicht repariert? Ja, aber das war ein Kampf, da könnte ich Sachen erzählen.

Zum Essen gab es Wein. Ich hatte vor meinem Auszug zum Essen nie welchen bekommen, aber jetzt gehörte ich offenbar zu denen, die dieses Privileg verdienten. Ich trank schnell aus und bekam ein zweites Glas, das ich ebenfalls schnell austrank. Mein Stiefvater sagte: »Nu mach mal langsam. Es ist genug da, musst dich nicht beeilen.«

Die Wäsche war in zwei große Plastiktüten verpackt, die im Flur standen, garantiert war sie ordentlich zusammengelegt, in Stapeln geordnet und gebügelt. Über meine Flucht oder mein Abhauen verloren beide kein Wort. Sie fragten auch nicht, was ich gemacht hatte, in den zwei Tagen, an denen ich untergetaucht war. Ich war ganz einfach ausgezogen, wie jeder brave Junge eines Tages auszieht, alles bestens.

Maria sagte: »Nasi Goreng war eine gute Idee von mir, oder? Ich dachte mir nämlich, das könntest du mögen. Es ist gar nicht so schwer zu machen.«

Dann ging es wieder um die Schule. Wie liefen die Vorbereitungen zum Abitur? Der große Tag! Weder Maria noch mein Vater hatten das Abitur gebaut, seltsamerweise nannten sie es so, bauen. Meine Noten waren schon immer in der sicheren Zone, aber seit dem Umzug waren sie sogar sehr gut. Unter dem Mansardendach erblühten unscheinbare Dreier und Zwei minusse zu prachtvollen Einsern und Zwei plussen. Zum Abi musste ich bei dieser Ausgangslage wohl nur noch hingehen und darauf achten, halbwegs nüchtern zu sein.

»Ich wollte, ich hätte es so einfach gehabt wie du«, sagte Maria, »geordnete Verhältnisse, Menschen, die sich um mich kümmern. Dir hat es an nichts gefehlt. Eines Tages wirst du mir dankbar sein für den Mann, den ich aus dir gemacht habe.«

Das hielt ich für unwahrscheinlich. Solche Selbstbeweihräucherungen hatte ich schon oft gehört und es immer geschafft, dabei mein Pokerface zu wahren. Ich stimmte ihrem Selbstlob weder zu noch widersprach ich, stattdessen schaute ich sie einfach nur an, regungslos, kalt, wie ein Roboter. Das irritierte sie immer ein bisschen, aber ich bot auf diese Weise keine Angriffsfläche. Die Mansarde musste mich aber irgendwie verändert haben, dazu kam der Wein, ich fühlte mich stark. Ich bin ihr gewachsen, dachte ich. Und ich kann jederzeit weggehen, wenn es zu hart wird.

»Speziell für den Gürtel werde ich ewig dankbar sein«, sagte ich.

»Was denn für ein Gürtel?« Sie war wirklich verblüfft. Sie hatte keine Ahnung, was ich meinte.

»Na der, mit dem du mir so gern die Fresse poliert hast, wenn du schlechte Laune hattest.«

In dem Moment, in dem ich es sagte, merkte ich, dass ich log. Sie hat fürs Gesicht nie den Gürtel genommen, nur die Hände, und das ist wirklich ein Unterschied. Ich wollte den größtmöglichen dramatischen Effekt erzielen, ich wollte wehtun. Ich verstand sie in diesem Moment vielleicht zum ersten Mal. Du hast eine Wut in dir, einen Schmerz, und das macht dich rasend, du kannst in diesem Moment nicht mehr denken, wie ein Soldat, dem eine Granate den Bauch aufgerissen hat und für den es bestimmt nichts anderes mehr gibt als dieses eine, unerträgliche Gefühl, sodass er brüllt wie ein Tier, sodass er ohne Zögern jeden erwürgen würde, um den Schmerz auch nur ein kleines bisschen erträglicher zu machen.

Man denkt, dass man den eigenen Schmerz vielleicht wie einen Staffelstab an jemand anderen weitergeben kann, eine bescheuerte Idee, aber etwas Besseres fällt dir in diesem Moment nicht ein.

Sie sagte: »Du bist ja noch verrückter, als ich geglaubt habe.« Sie blieb völlig cool.

Ich schrie, dass sie mich nie mehr anfassen soll, nie mehr, sonst würde ich sie umbringen. Ich schrie, dass ich nichts vergessen habe, da solle sie sich keine Hoffnungen machen, nicht das Handtuch, nicht den Kleiderbügel, nicht das Anspucken, gar nichts, dass ich sie hasse und dass ich ihr einen Scheißdreck verdanke, dass ich wegen ihr ein Freak bin, ihr Geschöpf, der verrückte Freak, den sie geschaffen hat und der sie jetzt verflucht. So ungefähr.

Alles musste raus. Schlussverkauf.

Während ich tobte, zum ersten Mal in meinem Leben, blieb sie ruhig und lächelte überlegen. Wir hatten die Rollen getauscht. Sie ließ nichts an sich heran. Sie wirkte sogar, als ob sie den Moment genoss. So muss ich früher immer auf sie gewirkt haben, dachte ich, eine glatte Wand, an der alles abperlt, und jetzt habe ich meinen letzten Trumpf verloren. Sie hat mich jetzt da, wo sie mich haben wollte, unten, winselnd, auch wenn das Winseln sich als Brüllen getarnt hatte.

»Du hast eine rege Fantasie.« Sie stand auf. Äußerlich ruhig. Aber ich merkte, dass sie im Grenzbereich war. Sie war doch nicht so cool, wie sie es in diesem Moment gern wäre.

»Wie kannst du deiner Mutter das antun? Die alles für dich geopfert hat?«

Sie ging um den Tisch herum, zu mir. Sie hob die Hand. Ich kannte die Bewegungsabläufe.

Im nächsten Moment sprang ich auf, stieß den Stuhl zurück und schlug mit aller Kraft zu. Ich traf sie ins Gesicht. Sie taumelte nach hinten. Mein Stiefvater hatte die ganze Zeit gar nichts gesagt, außer »Jetzt beruhigt euch doch mal«, von Zeit zu Zeit hatte er sich eine Gabel Nasi Goreng in den Mund geschoben. Nun erhob er sich und zögerte kurz, ob er besser Maria Erste Hilfe leisten oder mich packen sollte. Er schaute zu ihr und wartete auf eine Anweisung.

Ich lief zum Fenster, riss es auf und sprang auf die Fensterbank. Ich schrie: »Wenn einer mich anfasst, springe ich runter!« Maria rappelte sich hoch, ihre Lippe blutete. Sie war wieder ganz ruhig. Sie sagte: »Dann spring doch, wenn du Mumm hast.«

Ich hatte keine Wahl. Ich sprang.

Es war der dritte Stock, und in den Neubauten sind die Stockwerke niedriger als in Altbauten. Außerdem gab es unten einen Vorgarten mit Sträuchern, kein Beton. Trotzdem waren wohl zwei, drei physische Schäden zu beklagen, ich lag halb auf dem Boden, halb in einem Strauch, ein bisschen verdreht, und versuchte, mir den Schmerz nicht anmerken zu lassen. An Aufstehen und Wegrennen war nicht zu denken. Hinter den Fensterscheiben erschienen, schemenhaft, Gesichter von Nachbarn. Ein paar von ihnen öffneten ein Fenster. Nach ein paar Minuten hörte ich Sirenen, aus unterschiedlichen Richtungen erschienen ein Krankenwagen und ein Polizeiauto. Die Sanitäter schauten mich kurz an, dann gingen sie hoch, um Maria zu verarzten. Die beiden Polizisten, eine Frau und ein Mann, gingen in die Hocke. »Du hast also deine Mutter zusammengeschlagen, ja?«

»Das ist absurd übertrieben. Wir haben uns gestritten.« Ich konnte wegen der Schmerzen kaum denken. »Was passiert denn jetzt?«

Der Mann stand auf. »Ich gehe jetzt mal hoch und rede mit deiner Mutter. Meine Kollegin bleibt hier.«

Ich rief ihm hinterher: »Ich bin erst siebzehn. Jeder hat das Recht auf einen Anwalt.«

Der Polizist drehte sich um. »Hast wohl Erfahrung, oder?«

Die beiden Sanitäter kamen nach unten. Mein Bein war gebrochen und ein paar Rippen auch. Außerdem Verdacht auf Gehirnerschütterung, alles in allem undramatisch. »Willst du eigentlich nicht wissen, wie es deiner Mutter geht? Du hast Glück gehabt. Nur eine Platzwunde.« Der andere Sanitäter sah mich an, als sei ich ein Tropfen Eiter, den er gerade aus einem Pickel herausgedrückt hat. »Du bist mir ein Früchtchen.«

Ich rechnete damit, dass ich in ein Heim kommen würde, Besserungsanstalt, oder wie immer das hieß. Und wenn ich Glück hatte, sogar in dasselbe Heim wie Monika. Die würde staunen. Sie würde sagen: »Frankie, du überraschst mich. In dir steckt ja doch ein Rebell. Du hast den Weg vom Wurme zum Menschen gemacht – von wem?«

Konnte nur Nietzsche sein. »Grausamkeit ist das Heilmittel des verletzten Stolzes«, genau das würde ich antworten. Dann wurde ich festgeschnallt und weggefahren.

HEMINGWAY

Vor dem Schlafengehen hat Richie sich immer in die Küche gesetzt und ein letztes Glas Rotwein getrunken oder auch einen Whisky. Dabei sah er fern, am liebsten Fußball oder Talkshows. Manchmal schlief er ein, fiel vom Stuhl und lag auf dem Boden, bis Liane vom Fernseher geweckt wurde, aufstand und ihn wach schüttelte, zum Beispiel, weil die Stimme von Markus Lanz bis runter auf die Straße zu hören war. Richie konnte den Talkshows nur noch folgen, wenn der Ton ungefähr so laut war wie ein Presslufthammer. Er wollte sich seit Monaten Kopfhörer kaufen, das war nun nicht mehr nötig.

Auf dem Küchentisch stand jetzt eine Urne mit seiner Asche. Sie war mit kleinen Engelchen bedruckt, die auf Schäfchenwolken saßen.

Liane wollte Richie unbedingt in ihrer Wohnung behalten, obwohl die schon mit Deckchen, Vasen, goldfarbenen Engelsköpfen aus Ton, geschnitzten Kerzenständern und lustigen Mäusen vollgestopft war. Sie sammelte lustige Mäuse. Für Richie war, wie ich es einschätzte, höchstens noch ein Platz auf dem Schuhschrank frei, im Flur, aber immerhin ohne eine Maus als Nachbar. Richie war zu Liane gezogen, weil seine Rente nicht reichte und weil er sich seiner Ansicht nach in einer Lebensphase befand, in der ein Typ wie er keine sturmfreie Bude mehr braucht. Wenn ihn jemand fragte, was er so macht, antwortete er: »Ich bin von Beruf Exponat.«

Die Beziehung zu Liane war davon überschattet, dass sie ständig Unmögliches von ihm verlangte, etwa, seine Schuhe nach dem Ausziehen ordentlich in besagtem Schuhschrank zu verstauen oder leere Milchtüten sauber zusammenzufalten, um sie dann platzsparend zu entsorgen. In der Ehe mit Maria war er ordentlich gewesen, Maria hätte ihn sonst bei lebendigem Leib in den Müllschlucker gesteckt. Aber das lange Leben allein hatte ihn verwildern lassen. Um umzulernen, war er zu alt. Er tat, was er konnte, er kochte und spülte und muckte nicht auf, er hörte sich auch jede Kritik geduldig an, aber er änderte sich nicht. Was Vorwürfe betraf, war er dank Maria abgehärtet. Er nannte Liane, zu deren Ärger, immer nur »Mausi«, das war eigentlich die größte Kühnheit, die er sich gestattete. Nun konnte er bei einem Streit nicht mehr in Kneipen abhauen, sondern musste sich Mausis Vorträge, auf dem Schuhschrank doch wohl, bis zum Ende anhören.

Eigentlich ist es verboten, Urnen zu Hause aufzubewahren. Aber es gibt Tricks. Der deutsche Bestatter muss die Urne irgendwie an einen Schweizer Kollegen übergeben. Liane hatte im Internet einen anonymen Beisetzungsplatz auf einer Schweizer Bergwiese gekauft, als offizielle Ruhestätte des Verblichenen. Dann fuhr sie mit ihrem Opel in die Schweiz und holte Richie wieder ab, der im Büro des Bestatters auf sie wartete. In der Schweiz ist das legal. An der Grenze gab es selten Kontrollen, aber zur Sicherheit hatte Liane die Asche in einen leeren Plastikbeutel gekippt, auf dem »Hortensiendünger – Erfolg garantiert« stand.

Als Liane mal kurz nicht im Zimmer war, hob ich den Deckel der Urne ab. Richie bestand jetzt aus grauem Sand, durchmischt mit Krümeln, die größten waren ungefähr so groß wie der Zündkopf eines Streichholzes. Vielleicht gab es weiter unten auch größere Krümel, aber wühlen wollte ich nicht. Die gesamte Masse hätte, schätze ich, in zwei Milchkartons gepasst, ohne dass man presst oder stopft, andernfalls vielleicht in einen Karton. Ich schob meinen rechten Zeigefinger in den Mund und steckte den feuchten Finger in die Asche, dann leckte ich den Finger ab. Es schmeckte nach nichts, nach absolut nichts.

In den letzten Jahren hatte ich Richie nur noch selten gesehen, also, noch seltener als früher. Manchmal ein ganzes Jahr nicht. Liane war bei den Treffen immer dabei, das störte mich. Sie redete ununterbrochen, manchmal nickte Richie. Er erzählte keine Witze mehr. Nach ein, zwei Stunden sagte Liane immer: »Richie, du hast keinen Durst mehr, geh schlafen.« Dann stand er auf und verabschiedete sich, indem er mich kurz umarmte.

Es gab ungefähr zwanzig Gäste, die nach und nach eintrudelten. Es waren frühere Kollegen, gemeinsame Freunde von Liane und Richie und ein paar Nachbarn. Liane hatte keine seiner Exliebhaberinnen eingeladen und auch nur zwei Kolleginnen, aber keine von denen, die ihn regelmäßig besucht hatten, als ich bei ihm wohnte. Ich war fast der Einzige im Raum, der ihn schon gekannt hatte, als er noch ziemlich jung gewesen war. Ein dicker, weißbärtiger Typ in kariertem Hemd, der unpassenderweise auch noch Bermudashorts trug, hatte angeblich jahrelang Skat und Canasta mit Richie gespielt. Er sagte, dass er sich an mich erinnere, »da warst du so«, er hob seine Hand auf Kniehöhe. Dabei merkte ich, dass ihm ein Finger fehlte. Er fragte, wie es Maria gehe, »eine tolle Frau«, ich antwortete: »Ganz gut so weit.« Die anderen aus der Kartenrunde seien tot, meistens waren sie zu viert. Der Mann sagte: »Dein Vater war der Beste, der hatte es drauf. Der hat geblufft, dass sich die Balken biegen.«

Um die Urne herum hatte Liane Blumen gestreut, die ein Herzmuster ergaben. Auf der Anrichte standen Schnittchen unter Zellophanpapier und diverse Getränke. Als Highlight hatte Liane eine bolivianische Band engagiert, die ich schon mal in der Fußgängerzone gesehen hatte. Die Musiker trugen Ponchos und spielten, in dezenter Lautstärke und mit Bambusflöten, »El condor pasa« und »Que sera«, der dritte Song war »I did it my way« von Frank Sinatra. Auf der Panflöte hörte sich das ziemlich schräg an, aber die Melodie war zu erkennen. Liane hatte mich gefragt, ob ich etwas sagen könnte, irgendwer muss bei so einer Gelegenheit etwas sagen. Also klopfte ich an mein Glas, und das Gemurmel der Gäste wurde leiser.

»Richie«, sagte ich, »du bist jetzt nicht mehr da, und ich frage mich, ob du mitkriegst, was hier passiert. Das wäre schön, denn dann würdest du merken, dass es Leute gibt, die an dich denken und dich vermissen. Manche davon sind hier. Ich weiß nicht, ob das dort, wo du bist, eine Rolle spielt. Auch das wäre schön. Ich will dir zum Abschied eine Geschichte erzählen, die du mir erzählt hast, als ich klein war. Die hast du vielleicht vergessen. Ich habe auch ein schlechtes Gedächtnis, aber ein paar Sachen kann ich mir merken. Die besonders schlimmen Sachen und die besonders guten Sachen vergisst man nie so ganz, oder? Also, ein wichtiges Fußballspiel. Pokalfinale. Das Stadion ist ausverkauft, nur ein Sitzplatz ist frei. Der Besitzer der Karte winkt einen Zuschauer her, der nur einen Stehplatz hat. Er sagt: Die Karte habe ich für meine Frau gekauft. Aber die ist leider letzte Woche gestorben. Ich habe sie sehr geliebt. Der andere Mann sagt: Danke, mein Beileid, aber warum haben Sie die Karte denn nicht an einen Freund oder einen Verwandten verschenkt? Der Kartenbesitzer sagt: Das ging nicht, die sind alle auf der Beerdigung. Danke, Papa, für die guten Sachen. Der Rest ist scheißegal. Man sieht sich.«

»So isses, genau so«, rief der weißbärtige Mann, »das war Richie, das war sein Stil.« Jetzt fiel mir auf, dass er ein bisschen wie der alte Ernest Hemingway aussah. Er hob sein Glas und prostete der Urne zu. Als ich wieder von Senden auf Empfangen umgeschaltet hatte, sah ich, dass Liane das Zimmer verlassen hatte, wütend wahrscheinlich. Und dann sah ich Maria. Sie war nicht eingeladen, das wusste ich von Liane. Wahrscheinlich hatte Hemingway sie informiert.

Bei den übrigen Gästen war die Rede, falls man das überhaupt »Rede« nennen kann, nicht besonders gut angekommen. Sie konnten damit nichts anfangen. Aber

Richie, denke ich, hätte damit schon etwas anfangen können, das ist ja die Hauptsache. Schade, dachte ich, dass wir nur ein einziges Mal so richtig miteinander geredet haben, damals, an meinem siebzehnten Geburtstag. Mehr war halt nicht drin.

Liane wollte, dass wir im Garten Luftballons steigen lassen, die mit Helium gefüllt waren. An jedem Ballon hing eine Karte, auf diese Karte sollten wir eine Botschaft an Richie schreiben. Richie hätte das bescheuert gefunden, außerdem hatte ich meine wichtigste Botschaft an ihn schon in der Rede gesendet. Also habe ich geschrieben: »Mausi musste wirklich nicht sein«, dann gingen wir in den Garten. Auf Lianes Kommando ließen alle die Ballons los. Die meisten Ballons verfingen sich mit ihrer Schnur in einer Hochstromleitung, die ein paar Meter entfernt war. Dort zappelten sie und sahen in ihrem vergeblichen Bemühen ein bisschen so aus wie eine Hommage an Richies zeitlebens reichlich vergossene Spermatozoen.

Maria stand neben mir. »Das war eine gute Rede«, sagte sie. »Scheißegal, was Liane davon hält.«

»Wie hat Liane denn reagiert, als du einfach so aufgekreuzt bist?«

»Gar nicht. Rausschmeißen kann sie mich ja schlecht vor all diesen Leuten.«

»Und, was hast du auf dein Kärtchen geschrieben?«

»Vergib mir.«

»Für was? Für Said?«

»Nein. Da gibt's nichts zu vergeben. Dafür, dass man jemanden liebt, muss man nicht um Verzeihung bitten.«

»Wofür dann?«

»Wollen wir woanders hingehen? Das ist nicht Richies Party. Das ist Lianes Party. Allein schon die Musik. Benny Goodman, Art Blakey, Max Greger, das war Richies Musik.«

»Stimmt. Nur Sinatra hätte er durchgehen lassen.«

»Auf der Panflöte?«

Der Weg in die Innenstadt war nicht weit. Maria ging schwerfällig, manchmal fasste sie meinen Arm. Sie wollte zu einem bestimmten Café, in der Altstadt. Sie bestellte Cappuccino, zwei Tassen.

»Weißt du, wann ich das letzte Mal hier gewesen bin? Das ist Jahrzehnte her. Hierher hat Richie mich eingeladen, als wir uns zum ersten Mal getroffen haben. Ich hab ihn angesprochen, nach der Schule. Er wollte seine Freundin abholen, aber ich war schneller. Die Besitzer haben bestimmt ein paar Mal gewechselt, aber so viel anders als damals sieht es nicht aus.«

»Hier bin ich entstanden. Quasi.«

»Hier hat deine Geschichte begonnen, ja.«

»Wofür hast du Richie auf dieser blöden Karte um Vergebung gebeten?«

»In dem Moment, in dem ich es geschrieben habe, fand ich es gar nicht blöd. Wenn man an etwas glaubt, wird es zu einer Art Realität, oder? Für einen selber zumindest. Ich habe Richie …« Sie überlegte einige Sekunden.

»Ich war nicht das, was er brauchte. Und er war nicht das, was ich brauchte. Ich hätte das rechtzeitig erkennen müssen, ich war die Klügere.« Wieder dachte sie kurz nach. »Die Forderung, geliebt zu werden, ist die größte aller Anmaßungen.«

»Nietzsche.«

»Natürlich.«

»Als Kind stellst du diese Forderung trotzdem.«

»Ich habe sie gestellt. Du hast sie gestellt. Wir sind beide gescheitert.«

»Es ist schwer, sich damit abzufinden.«

»Ja.«

Wieder machte sie eine lange Pause. Ich hatte noch nie erlebt, dass sie so lange schwieg. Sie war immer so schnell, mit allem, den Worten und den Händen.

»Ich fühle nichts. Zu viel Gepäck. Nur Narben.«

»Das ist doch ein Songtext von Elton John. Glaube ich.«

»Wirklich? Vielleicht habe ich das Lied mal im Radio gehört.«

»Er singt davon, dass er nicht lieben kann, wegen des schweren Gepäcks, das er in sich trägt.«

»Ich hab's mit dem Lieben probiert. Bei Said habe ich es geschafft.«

»Verstehe. Gott Amor hatte nur einen Pfeil im Köcher.«

Ich winkte dem Kellner.

Sie sagte: »Vergibst du mir?«

»Ich bin kein Beichtvater. Ich möchte dir vergeben. Das sage ich nicht einfach so, ich meine es wirklich. Ich habe aber in mir eine Wut, die geht erst weg, wenn ich sterbe. Du hast die gleiche Wut in dir. Das ist mein Erbe. Bedanken werde ich mich nicht dafür.«

Sie sagte: »Wird das jemals enden? Ich wünsch mir so sehr, dass es aufhört.«

Wir standen auf, ich half Maria in ihre Jacke. Sie fasste meinen Arm und ging mit unsicheren Schritten nach draußen. Ich telefonierte mit dem Handy nach einem Taxi.

Maria sagte: »Ich habe mal etwas gelesen, das ging ungefähr so. Wenn dir jemand etwas tut, den du liebst, dann kannst du ihm vergeben. Egal, was es war. Fast egal. Dieses Gepäck kannst du loswerden. Nur das, was dieser Mensch sich selbst zugefügt hat, indem er den verletzt, der ihn liebt, das kann nicht vergeben werden. Das könnte nämlich nur er selber sich vergeben, aber dazu ist er nicht befugt. Darüber habe ich lange nachgedacht. Dieses Gepäck könnte nur ein Gott wegnehmen.« Sie lachte plötzlich. »Ich rede wie meine Lehrerin auf der Nonnenschule.«

»Ich werde vielleicht bald ein Kind haben.«

»Ist Greta nicht zu krank?«

»Von einer anderen. Ich weiß noch nicht, was Greta dazu sagen wird.«

Maria umarmte mich. »Ich werde Oma. Ich werd's wiedergutmachen, Frank, das schwöre ich. Verstehst du? Ich schwöre es. Ich bin anders geworden, ganz anders, du kennst mich ja gar nicht, wie ich wirklich bin. Es wird enden, es wird aufhören. Mit denen, die nach uns kommen. Das vermasseln wir nicht.«

»Nein, das vermasseln wir nicht. Nicht noch mal.«

»Es gibt ein Happy End.«

»Sonst wäre es keine gute Geschichte.«

Das Taxi kam. Zum Abschied küsste ich sie zum ersten Mal, ohne Angst vor ihr zu haben.

Ich beschloss, noch mal bei Richie vorbeizuschauen. Es war erst früh am Abend. Hemingway, dachte ich, ist garantiert noch da, ein Hemingway geht auf keinen Fall, solange noch was zu trinken im Kühlschrank steht. Vielleicht finden wir sogar noch jemanden und spielen ein paar Runden Skat an Richies Urne, das hätte was.

Liane öffnete die Tür. »Wo bist du denn so lange gewesen? Hättest wenigstens Auf Wiedersehen sagen können.«

»Ich habe Maria zum Taxi gebracht.«

Es waren tatsächlich noch einige Gäste da, natürlich auch Hemingway. Sie saßen in der Küche und tranken Prosecco. Die Band war gegangen, aber ihre Instrumente standen noch herum, weil ihr Auto nicht angesprungen war. Liane fragte, ob ich ein paar von Richies Sachen mitnehmen möchte, wir haben die gleiche Größe. Ich suchte ein Paar Schuhe mit Kreppsohlen aus, eine bunt karierte Jacke, einige Hawaiihemden und den blauen Bademantel, den er immer beim Fernsehen getragen hat. Er war schon abgewetzt und roch nach ihm. Außerdem fand ich einen flachen Hut, einen Pork Pie, wie ihn die Showtypen in alten Filmen tragen, der war bestimmt mal der letzte Schrei und hilfreich bei amourösen Angelegenheiten. Den Bademantel zog ich gleich an.

»In dem Ding siehst du aus wie dein Alter«, sagte Hemingway. »Richtig unheimlich.«

»Lust auf eine Runde Skat? Ich bin aber nicht gut.«

»Klaro. Wie brauchen aber den dritten Mann.«

»Richie ist unser dritter Mann.«

»Ohne Arme?«

»Ich könnte für ihn spielen, aber dann wird Richie meistens verlieren.«

»Nee, das kannste ihm nicht antun.« Hemingway rief

laut: »Wer spielt mit? Großer Gedächtnisskat, im Gedenken an einen der größten Bluffer, die es in dieser Straße je gegeben hat. Der Gewinner kriegt …« Er wandte sich an mich. »Was ist der Preis für den Sieger?«

Ich fragte Liane, ob noch was von Richies Whisky da war, Johnnie Walker Red Label.

»Eine halbe Flasche, die hat er am letzten Abend nicht mehr zu Ende geschafft.« Begeistert war sie nicht.

»Ich mache mit.« Es war eine der Kolleginnen, Elvira, sie hatte in Richies letzter Firma die Lohnbuchhaltung gemacht. Er hätte sicher bei Erwähnung ihres Namens gesagt: »Mit der Lohnbuchhaltung musst du dich immer gut stellen«, augenscheinlich war es ihm gelungen. »Ich bin der dritte Mann.«

Hemingway sagte: »Aber den Richie machen Sie nicht. Den mach ich. Haben Sie denn schon mal gespielt? Nichts für ungut, ich krieg's eh raus. Wer gibt?«

Elvira sagte: »Immer der, der fragt. Und nicht vergessen, wer hat, muss bedienen.« Sie spielte jedenfalls besser als ich, das zeigte sich schnell. Hemingway nahm neben der Urne Platz, ich setzte Richie seinen Hut auf und stellte seine coolen Schuhe links und rechts neben die Urne. »Sehr gut«, sagte Hemingway, »dein Vater hat immer auf sein Äußeres geachtet, wenn Damen in der Nähe waren. Aber einen schönen Mann kann sowieso nichts entstellen, nicht mal eine Blechbüchse mit Federvieh drauf.«

Einer der übrig gebliebenen Gäste, es waren nur noch vier, sagte: »Ich könnte Musik machen, wo schon die ganzen Instrumente hier rumstehen. Gitarre kann ich.«

»Das ist aber eine Mandoline«, sagte Elvira.

»Macht nichts«, sagte der Gitarrist.

»Fisch ist Fisch«, sagte ich, »und Saite ist Saite.«

»Genau«, sagte der Gitarrist. Ein zweiter Gast wollte sich an die Panflöte wagen. Vorher wischte er sie sorgfältig ab, weil man nie wissen kann, wie der Körper auf ihm unbekannte bolivianische Viren reagiert. Die anderen boten an zu singen. »Was könnt ihr denn alle?«, fragte der Gitarrist. »Es darf aber unserm Richie nicht total gegen den Strich gehen.«

Wir spielten, und der Soundtrack dazu, auf Panflöte und Mandoline, bestand aus »What a wonderful world« von Louis Armstrong, aus »Bella Ciao«, zu Richies Ehren umgewandelt in »Bello Ciao«, aus »Es gibt kein Bier auf Hawaii«, aus »Ohne Krimi geht die Mimi nie ins Bett« von Bill Ramsay, »Help« von den Beatles und, als feierlichem Höhepunkt, aus »Oh Tannenbaum«, dann wieder alles von vorne. Weil, wie Hemingway forderte, auch unbedingt was Jazziges vorkommen sollte, fügte der Gitarrist nach der dritten Wiederholung des Gesamtprogramms »In the Mood« von Glenn Miller hinzu, in der Instrumentalversion, weil keiner den Text kannte. Wir Skatspieler versuchten, die Karten in den rhythmisch passenden Momenten auf den Tisch zu knallen, was meistens klappte. In den kurzen Pausen zwischen den Songs rief immer jemand von uns »Wer hat, muss bedienen«, »Dem Freunde kurz, dem Feinde lang«, »Pikus der Waldspecht« und was es noch so an Skatsprüchen gibt. Liane schmollte, aber nach einer Weile taute sogar sie auf, was daran zu erkennen war, dass sie ihre Brille absetzte und leise mitsang.

Natürlich gewann Richie. »War ja klar«, sagte Hemingway, sein Double. »Der Alte hat echt mitgespielt, das spür ich im Urin.« Als wir endlich aufbrachen, weil Liane schon im Sitzen schlief, drückte mir Hemingway die halbe Flasche Whisky in die Hand. »Mit dem kann Richie nichts mehr anfangen, den Johnnie Walker erbst du.«

Ich fragte: »Wie heißt du eigentlich? Als Kind wusste ich das sicher.«

»Nenn mich bloß nicht Heinrich, so heiß ich leider. Richie hat immer Hemingway zu mir gesagt. Damals schon, als du klein warst. Wenn du mal was brauchst, meld dich. Bist ja jetzt Waise. Wenn du denkst, Scheiße, jetzt müsste der alte Richie noch leben, dann rufste einfach mich an. Ich mach's noch eine Weile, schätzungsweise. Hier haste meine Karte. Die Kneipe, die da draufsteht, Pork Pie, gibt's nicht mehr, aber die Nummer stimmt noch.«

»Pork Pie?«

»War Richies Idee.«

Ich lief nach Hause, obwohl es weit war. Am Horizont dämmerte es schon. Ich wollte nicht, dass dieser Abend endete. Immer noch hatte ich Richies blauen Bademantel an. In der einen Hand trug ich den Beutel mit seinen Sachen, in der anderen die Whiskyflasche, aus der ich manchmal einen kleinen Schluck trank. Ich dachte, dass dies wahrscheinlich einer der schönsten Tage meines Lebens war. Bisher. Immer, wenn ich Richie ganz dringend brauchte, war er auf Posten. Nur dann, aber dann schon, und das würde sich niemals ändern.

CORAZON

Der junge Polizist konnte nicht viel älter sein als ich, er sah aus wie Anfang zwanzig. Warum er zu den beiden Sanitätern und mir in den Krankenwagen stieg, verstand ich nicht. Hielten die mich für so gefährlich, dass ich mit einem gebrochenen Bein auf zwei erwachsene Männer losgehe und einen Autounfall riskiere? Offenbar war es so. Sie redeten über mich, als ob ich überhaupt nicht da wäre.

»Hoffentlich erstattet die Mutter Anzeige«, sagte der Sanitäter, der am Steuer saß. »Meine Kollegen werden sie dahingehend beraten«, sagte der junge Polizist. Wahrscheinlich hatte er diese förmliche Sprache auf der Polizeischule gelernt. »Der Kerl braucht einen Schuss vor den Bug«, sagte der Sanitäter. »Wenn einer die Mutter angreift, lässt dies auf eine sehr niedrige Gewalthemmung schließen«, antwortete der junge Polizist.

Maria hat nicht Anzeige erstattet. Sie ließ mir ausrichten, dass ich mich bitte bei ihr melden solle, so bald wie möglich.

Diese Botschaft überbrachte eine Sozialarbeiterin, die mich im Krankenhaus besuchte, um sich von mir ein Bild zu machen, und zwar innerhalb von zwanzig Minuten, mehr Zeit hatte sie nicht. Ich redete so wenig wie möglich. Abgesehen von diesem etwas stressigen Besuch passierte nicht viel. Außer, dass ich nicht am Abitur teilnehmen konnte, krankheitshalber, was ja nicht mal gelogen war.

Als ich nach ein paar Tagen entlassen wurde, holte mein Vater mich ab. So hatte diese ganze Sache doch ihr Gutes, ich sah ihn mal wieder. Er hatte die beiden Plastiktüten mit meiner frischen Wäsche dabei, sie standen auf dem Rücksitz seines Autos und dufteten nach Weichspüler. Ich ging an Krücken, das würde noch eine Weile so bleiben.

Maria und er hatten bei einem elterlichen Gipfeltreffen beschlossen, dass ich vorübergehend wieder bei ihm wohnen würde, vor allem, weil es bei ihm einen Aufzug gab. Die steilen Treppen zur Mansarde konnte ich mit dem gebrochenen Bein unmöglich schaffen.

»Im nächsten Jahr nimmst du einen neuen Anlauf zum Abitur«, sagte mein Vater im Auto. »Maria hat mit der Schule gesprochen. Von denen aus gibt es keine Probleme.«

»Ich weiß nicht, ob ich überhaupt noch das Abi machen will. Du hast doch auch keins. Um meine Bücher zu lesen, brauch ich kein Abi.«

Ich konnte meinem Vater dabei zusehen, wie er seine Gedanken sammelte und sie schließlich zu einem einzigen Satz im wuchtigen Stil von Upton Sinclair kondensierte.

»In der Fabrik gehst du kaputt, Junge.«

»Du bist nicht kaputt, Papa.« Er schwieg.

»Und ich muss doch ohne Abitur nicht unbedingt in

die Fabrik. Ich könnte Goldschmied werden. Oder Koch. Oder Löwenbändiger im Zirkus.«

Mein Vater sagte: »Der Löwe ruft alle Tiere zusammen und verlangt von ihnen, dass sie ihm Fleisch bringen. Wer das nicht macht, dem schlägt er mit seinem Penis auf den Kopf, bis er Sterne sieht. Am nächsten Tag kommt der Hase mit Möhrchen. Ich bin ein Hase, ich kann doch nicht jagen. Haut der Löwe also dem Hasen mit Schmackes seinen Penis auf den Kopf. Der Hase lacht. Der Löwe fragt, was ist daran denn lustig. Der Hase sagt, da hinten kommt schon der Nächste, der Igel bringt Pilze.«

Er lachte hustend.

Ich hatte viel Zeit, um nachzudenken, während ich wieder auf dem staubigen Schlafsofa lag, dem abendlichen Gerumpel aus dem Schlafzimmer lauschte und mich von Zeit zu Zeit, vorsichtig tastend und einbeinig, in Richtung meiner beiden Geranien bewegte, deren Äußeres sich in den letzten Monaten wieder etwas angeglichen hatte. Bei dem kranken Exemplar hatte Richie ein weiteres Mal die Erde gewechselt.

Immer hatte ich gedacht, dass ich völlig anders bin als Maria. Das stimmte nicht. Als ich sie zum ersten Mal angriff, am Anfang nur mit Worten, verhielt sie sich genauso, wie ich es getan habe, wenn sie die Angreiferin war. Sie ließ die Rollläden runter. Sie versuchte, mich auflaufen zu lassen. Und als sie dann auf mich zuging und die Hand hob, hatte ich zugeschlagen, instinktiv. Ich konnte das also auch. Und es war ein gutes Gefühl. Ehrlich gesagt war es das beste Gefühl, das ich jemals gespürt hatte, sogar besser als der Kuss von Monika. Aber womöglich wollte sie mich gar nicht schlagen. Wenn ich die Szene in meinem Gedächtnis abspulte, war ich mir da nicht mehr ganz sicher.

Die entscheidende Frage ist, ob ich mich in dieser Szene wirklich nur gewehrt habe. Mein Anwalt, auf den ich ein Recht habe, würde diesen Punkt hervorheben. Ich war der Angegriffene und hatte überreagiert, mein Anwalt würde das einräumen, um dann so schnell wie möglich auf die mildernden Umstände zu sprechen zu kommen. Aber der Staatsanwalt würde dagegenhalten, dass ich Maria erstens provoziert hatte, wissend, wie sie auf Provokationen reagiert, und dass ich zweitens nur eine Handbewegung gesehen habe, die alles Mögliche bedeuten kann. Ich habe also meine früheren Erfahrungen unzulässig verallgemeinert. Wenn sie die Hand hebt, wird sie schlagen, sie ist halt so.

Im Grunde hatte ich meine Wut ausgelebt. Ich wollte Revanche. Dazu war mir jede Gelegenheit recht. Ich habe nicht die konkrete Situation gesehen, die in diesem Moment vieldeutig war und keineswegs eindeutig.

Wut ist mächtig. Wut sucht sich ihren Weg, wie Wasser. Bestimmte Reize lösen sie aus. Wenn die Wut erst mal da ist, bist du ihr ausgeliefert. Auch ich war ihr ausgeliefert. Sie hatte mir das weitergegeben, ich würde es vermutlich auch weitergeben. Weiter, und weiter, und immer weiter, ein Rad, das sich ewig dreht.

Nein, dachte ich, das darf nicht sein. Dies war mein erster Gedanke, als ich den Brief las, der meine Vaterschaft ankündigte. In Gedanken ließ ich die nicht sehr zahlreichen sexuellen Beziehungen meines bisherigen Lebens Revue passieren. Die betrunkene Kommilitonin auf der Party, Name vergessen. Die beiden Engländerinnen im Zug, eine hieß Beth. Eine Urlaubsbekanntschaft auf Mallorca, sie war Lehrerin in Offenburg – hieß sie Gerti? Nein, Gundi. Monika, irgendwie schon, ja, doch. Greta natürlich. Und Corazon Castaneda, die härteste von allen.

Wir saßen zufällig nebeneinander an einem runden Tisch auf Barhockern, in Arenal, Schinkenstraße, eher im hinteren Bereich. Wir warteten darauf, dass Holger Schön auf der Bühne die Lieblingswitze meines Vaters erzählte und Pointen der gehobenen Mittelklasse abfeuerte, die ich für ihn geschrieben hatte, hin und wieder unterbrochen von einem Song mit dem Mitmachfaktor. Das Engagement hatte ihm sein Freund Gernot alias Schnucki besorgt. Holger wollte auf Mallorca geschäftliches Neuland erobern. Eine voll besetzte Stadthalle in Deutschland brachte pro Abend natürlich mehr ein, aber dies hier war eine angenehmere Umgebung. Wenn es gut lief, buchten sie ihn im nächsten Jahr für zwei Wochen oder noch länger, dann wurde es lukrativ. Für mich fiel auch etwas ab.

Nach der Probe war ich sicher, dass er sich tapfer schlagen würde, obwohl das hier nicht sein Genre war. Drei Shows in vier Tagen. Sein Redakteur hatte Holger abgeraten, im Sender mochten sie die Niederungen der Volkskunst nicht. Schlecht fürs Image. Aber was konnten diese Fernsehfuzzis ihm schon? Er war wieder beliebt wie in seinen besten Zeiten, nahm alles mit und dachte nicht mehr an Ruhestand. Er hatte mich eingeladen. Mach mal mit nach Malle. »Mensch, Frank, wo ich das sage, fällt mir ein, wäre das nicht ein klasse Songtitel?« Gernot blieb in Deutschland. Vielleicht war er jetzt gerade bei Greta.

Die Frau, die neben mir saß, hatte den leicht verhangenen Blick der Kurzsichtigen, die nicht gern Brille tragen, lange, krallenartige Fingernägel und war von oben bis unten mit Ketten behängt, Hals, Handgelenk, Knöchel, Taille, überall. Wenn sie sich bewegte, glitzerten ihre Ketten in der Sonne und klirrten leise, wie eines dieser Windspiele, die manche in den Garten hängen. Ihre Nase war von drei Ringen durchbohrt, die Lippe von einer. Die Haare waren schwarz und raspelkurz, nur am Hinterkopf hatte sie eine rot gefärbte Strähne wachsen lassen, fast bis zur Taille. Auf dem Oberarm trug sie einen tätowierten Totenkopf, darunter den Text »The only Solution«.

Der Laden hatte sich schon gut gefüllt, als sie auftauchte, die Auswahl an freien Plätzen war klein. Sie redete sofort los, ohne Punkt und Komma. Corazon Castaneda arbeitete in einer Bar in Düsseldorf, Good Vibrations hieß die. Aber sie wollte Sängerin, Malerin oder Tänzerin werden. Zwischen diesen Alternativen hatte sie sich noch nicht entschieden. Sie machte Urlaub, um sich von ihrem Freund zu erholen, dem Düsseldorfer Barbesitzer, den sie immer nur »das Arschloch« nannte.

Nach zehn Minuten hatte ich das Gefühl, alles über sie zu wissen. Ihren echten Namen, Cornelia Hackenbusch, erfuhr ich aber erst, als wir uns besser kannten. Ihren Künstlernamen wollte sie in den Pass eintragen lassen, die Erfüllung dieses Wunsches scheiterte daran, dass sie in den Augen der Behörden gar keine Künstlerin war. Der neue Name war Teil, wenn nicht Voraussetzung ihres wichtigsten Projektes, sich schrittweise in eine Kunstfigur zu verwandeln. Für so etwas Subtiles hatte das Amt natürlich keine Antennen. Sie dürfe unter dem Namen gern auftreten und was für eine Kunst auch immer ausüben, wenn sie dies ein paar Jahre erfolgreich getan habe, könne sie gern mit ihrem Pass wiederkommen.

Ich vermutete zuerst, dass sie ihr Inkognito nur wegen des hübschen Klangs und des Wiedererkennungswerts gewählt hatte, wie Stevie Wonder oder Marilyn Monroe, aber nein, sie kannte diesen Typ, Carlos Castaneda. Auch ich hatte ein bisschen was von ihm gelesen, mit fünfzehn. Bei den Kiffern und den New-Age-Spinnern war er ziemlich populär. Falls Monika ihn gelesen hatte, würde sie ihn garantiert einen Schwachkopf nennen. Die Wirkung von Dope konnte Castaneda gut beschreiben, aber er nahm Dope nicht als das, was es war, ein angenehmes Schmerzmittel. Er baute eine Philosophie darum herum. »Da finde ich es überzeugender, die Gesetze des Universums aus dem Suff heraus zu erklären. Warum ist die Welt, wie sie ist? Gott trinkt einfach zu viel Bourbon.« Etwas in dieser Art hätte Monika gesagt.

Castanedas Philosophie lief darauf hinaus, den »Weg des Kriegers« zu finden, der zu Stärke und Freiheit führt. Der Mensch leidet unter vier Geißeln, sie heißen Angst, Klarheit, Macht und Alter. Das »Gefühl der eigenen Wichtigkeit« lehnt Castaneda ab, man kann es überwinden, indem man den Montagepunkt verschiebt. Der Montagepunkt besitzt etwa die Größe eines Tennisballs und schwebt unsichtbar hinter den Schulterblättern jedes Menschen.

»Das Gefühl der eigenen Wichtigkeit zu überwinden wäre für eine Künstlerin gar nicht gut«, sagte ich zu Corazon. »Als Künstlerin musst du an dich glauben. Schau dir Holger Schön an. Der glaubt an sich. Der Glaube an sich selbst hilft kolossal. Vor allem in der Kunst.«

Corazon war beeindruckt. »Wow, du kennst dich aus. In puncto Wichtigkeit bin ich eher auf der Seite von Andy Warhol. Jeder kann ein Star sein. Dabei hilft allerdings der Weg des Kriegers.«

Sie hatte tatsächlich einiges gelesen, andere Sachen als ich, und sie war schnell im Kopf. Aber je mehr sie redete, desto wirrer kam mir alles vor, kein Vergleich mit der kristallinen Intelligenz von Monika oder Gretas Pragmatismus. Hin und wieder wischte Corazon sich mit der Hand eine Locke aus der Stirn. Aber da gab es gar keine Locke. Als ich diese Bewegung sah, eindeutig eine unbewusste Abwehrbewegung, wusste ich, dass wir zum selben Klub gehörten.

»Wie ist jemand wie du denn in der Schinkenstraße gelandet? Und bei Holger Schön? Dein Fall müsste doch eher Mike Oldfield sein.«

Corazon lächelte. »Holger Schön ist das, was Andy Warhol Camp genannt hat. Es gibt eine unendliche Zahl an Wirklichkeiten, und ich will möglichst viele kennenlernen.« Engstirnig war sie nicht. Dann begann Holgers Auftritt.

Er tänzelte in einem weißen Anzug auf die Bühne, dekoriert mit etwa einem Dutzend roter Herzen, die er im Hotel auf den Anzug hatte aufbügeln lassen. Auf dem Kopf trug er eine Skimütze. Dann rief er »Hallo Malle, geht's euch geil« und legte los. Der musikalische Teil war eine Mischung aus Schnuckis schlüpfrigen Partyhits. Im Textteil wollte er, gegen meinen Rat, auch zwei, drei Nummern über Politiker bringen, die gerade zum Abschuss freigegeben waren. Alles Politische hielt er irrtümlicherweise für niveauvoll. Diese Sachen würden beim Publikum nicht so gut ankommen. Aber zwei, drei Durchhänger verträgt jedes Programm.

Auch Holger war ein Clown. Er würde dafür sorgen, dass die Leute gute Laune hatten und der Sangria reichlicher floss. Das war ihm zur zweiten Natur geworden. Manchmal allerdings hatte er, wenn wir redeten, Flashbacks und ließ den Mann durchscheinen, der er einmal gewesen war und der davon geträumt hatte, wichtig zu sein, Wesentliches zu schaffen, dann war er traurig.

»Mensch, Frankie, ich würd gern noch mal Philosophie studieren, echt, weißt du. Kannste mir nicht mal was so richtig Philosophisches schreiben? Scheiße, nein. Das senden die nie.«

Auch wegen dieser Flashbacks empfand ich Freundschaft für ihn. Wir hielten uns gegenseitig über Wasser, und wir machten uns beide keine Illusionen. Angst, Klarheit, Macht und Alter konnten uns nicht mehr viel anhaben. Holger, Gernot und ich hatten den Weg des Kriegers bereits gefunden. Würde ich das Corazon erklären können?

Sie rutschte auf dem Barhocker unruhig hin und her und schaute auf ihre Uhr. Offenbar wartete sie auf etwas. Nach etwa einer halben Stunde stand sie auf, winkte mir kurz zu und ging nach vorne. Ihre Umhängetasche nahm sie mit. Vorne zog sie umständlich etwas Schweres aus der Umhängetasche heraus. Dann schoss sie. Mir fiel fast das Glas aus der Hand. Sie hatte tatsächlich auf Holger geschossen.

Der Knall war so laut, dass er die Musik übertönte, die Band hörte auf zu spielen. Manche Leute schrien nur, andere rannten zum Ausgang und stolperten übereinander, wieder andere blieben neugierig stehen und warteten ab. Holger stand nur da, verwirrt. Er war offensichtlich nicht getroffen worden.

Ein paar Leute stürzten sich auf Corazon und hielten sie fest, Details konnte ich nicht erkennen. Die Gitarristin schnappte sich das Mikrofon und rief: »Nichts passiert, beruhigt euch, alles unter Kontrolle. *Hay ningún problema.*« Schon nach ein paar Sekunden erschienen drei Polizisten. Wenig später rückte die Guardia Civil an. Holger war aus seiner Trance erwacht, nahm das Mikro und sagte: »Absolut kein Grund zur Panik, Freunde. Wir müssen das Konzert jetzt leider abbrechen, aber das wird wiederholt, macht euch keine Sorgen. *Viva la vida!*«

Ich schaffte es, mich zum Backstagebereich durchzuschlagen. Das dauerte eine Weile. Holger saß auf einer Couch und trank einen doppelten Whisky. Er war auf dem Weg der Besserung. »Mann, ich bin so was von Futschikato. Warum wollte diese Tussi mich umbringen? Ich tu doch keinem was. Frauen schon gar nicht. Meine Exen hab ich immer anständig behandelt.«

Zwei Polizisten in Zivil erschienen. Die Waffe war offenbar nur eine Schreckschusspistole. Sie stellten Fragen, auf die Holger keine Antwort wusste, zum Beispiel: »Kennen Sie diese Frau?« Holger sagte, es sei nicht auszuschließen, dass er sie kenne. Er kenne eine ganze Menge Frauen. Konkret erinnere er sich nicht. »Haben Sie Feinde?« Holger sagte wieder, dass dies nicht auszuschließen sei, ein paar Feinde hat wohl jeder, aber konkret erinnere er sich nicht. Am nächsten Morgen wollten sie ihn im Hotel noch mal gründlicher befragen. Die Frage, ob er einen Arzt brauche, verneinte er nach kurzem Zögern.

»Ich hab neben ihr gesessen, Holger. Sie will unbedingt berühmt werden. Sie ist durchgeknallt. Mach kein großes Ding draus. Eine verirrte Seele.«

»Den Zeitungen werd ich schon ein paar Interviews geben. Das ist doch ein Riesending. Attentat auf Holger Schön. Der deutsche John Lennon.«

»Völlig richtig. Das gibt dir noch mal einen Extrakick. Sei aber großzügig, sag, die Frau tut dir leid. Du willst ihr helfen und so weiter. Das kommt gut an. Stell ihr einen Anwalt. Verzichte auf eine Anzeige, falls das geht. Geh's philosophisch an.«

»Da wär ich auch selber drauf gekommen, Frankie. Klar mach ich das. Großzügig kommt immer gut an.« An seiner Fügsamkeit merkte ich, wie sehr diese Sache ihn geschockt hatte.

Der Anwalt schaffte es, dass Corazon in ein Flugzeug nach Deutschland gesetzt wurde. Die deutsche Justiz sollte sich der Sache annehmen. Bei dem Gedränge zum Ausgang hatte es zum Glück nur zwei Leichtverletzte gegeben. Der Anwalt tippte auf eine Bewährungsstrafe, falls Corazon nicht verrückt war oder unter irgendeinem weiteren, noch unbekannten Namen eine Menge Vorstrafen hatte. Für beides sprach ja doch einiges.

Dies war also das dritte Mal, dass eine Frau mir nicht aus dem Kopf ging, nach Monika und nach Greta. Ich weiß nicht, wie ich das nennen soll. Von Verliebtheit halte ich generell nicht viel. Zu schnell streckt der Einsame dem die Hand entgegen, der ihm begegnet, sagt Nietzsche.

Zwei Wochen nach meiner Rückkehr betrat ich das Good Vibrations. Dieser Besuch war eine spontane Idee, dazu neige ich eigentlich nicht. Ich hatte morgens festgestellt, dass mein Terminkalender leer war, mittags saß ich im Flugzeug. Die Bar lag in der Altstadt, sie hatte eine Music Box, eine lange Theke und war mit Reproduktionen von Salvador Dalí und Andy Warhol dekoriert. Der Laden war fast leer, es war noch früh. Ich hatte keine Ahnung, ob Corazon hier noch tätig war. Die Berichterstattung in den Boulevardzeitungen ist schnell zurückgefahren worden. Holgers Gelassenheit wurde allgemein gerühmt.

Die Barkeeperin war eine breithüftige Person von Mitte sechzig mit lila Lidschatten und viel Kajal. Ich bestellte einen Tequila. Als sie einschenkte, fragte ich nach Corazon. Die Frau drehte sich zur Seite und rief: »Da is'n Typ für die Conny.« Ein Mann stand von einem Barhocker auf, kam näher und fragte misstrauisch: »Die hat frei. Was willst du denn von der?«

Das musste das Arschloch sein. Er sah mittelgut aus, ungefähr meine Liga, und trug Anzug. Die Barkeeperin war eindeutig die Mutter des Arschlochs. Die Ähnlichkeit machte Fragen überflüssig.

»Ich bin der Agent von Holger Schön. Ich muss noch ein paar Sachen klären.«

»Der Anwalt von dem hat doch Connys Nummer. Du

bist von der Presse. Ein Interview gibt's nicht umsonst, ich sag's gleich.«

»Soll ich wieder gehen? Sollen unsere Anwälte das regeln? Schade. Herr Schön ist ja an sich sehr großzügig. Er möchte Corazon unter die Arme greifen. Er sorgt sich um ihre Zukunft.«

Ich ging mit einer Telefonnummer, die ich sofort ausprobierte. Eine Stunde später saß ich Corazon Conny Castaneda-Hackenbusch gegenüber, im Foyer meines Hotels. Sie trug diesmal Brille und sagte: »Arbeitest du wirklich für den Schön?«

Die Verhandlung würde noch eine Weile auf sich warten lassen, aber auch der deutsche Anwalt tippte auf Bewährung, wenn überhaupt. Sie sollte sagen, dass sie schwerst betrunken gewesen war. Die spanische Polizei hatte vergessen, das zu checken. Ein Glücksfall. Dass sie ohne Brille nicht gut sah und keine Kontaktlinsen trug, sprach gegen eine vorsätzliche Tat.

»Und wieso die Pistole?«

»Ich soll sagen, dass ich einfach nur Krach machen wollte. Die Stimmung anheizen, als Fan. Ich wusste nicht, wie laut das Ding ist. Ich hatte die von meinem Freund geliehen, *just for fun*.«

In Wirklichkeit hat sie die Pistole für echt gehalten. Das Arschloch hatte gesagt, dass sie echt ist, Arschlöcher müssen immer angeben. Sie hat ihm das Ding geklaut, erst mal ohne speziellen Plan. Das erzählte sie mir einfach so, leichtsinnig von ihr.

»Zum Berühmtwerden reicht dieses Ereignis aber nicht.«

Sie lachte zum ersten Mal. »Mit irgendwas muss man anfangen, oder?«

Als sie sich wieder über das Gesicht wischte, sagte ich: »Ich kenn das. Ein Abwehrreflex. Hatte ich früher auch, im Lauf der Zeit geht es meistens weg. Wer war es? Das Arschloch?«

»Ich bin eine Kriegerin, Francisco. Über Niederlagen spreche ich nicht. Das solltest du auch nicht tun. Wir sind hart. Vor uns müssen sie Angst haben. Nicht wir vor ihnen.«

Über das, was sich später im Hotelzimmer zwischen uns abgespielt hat, kann ich nur unvollständig berichten, zum Teil aus Scham, zum Teil, weil ich mich nur unvollständig erinnere. Corazon brachte mir bei, wie man den Schmerz mit Schmerz besiegt. Wir kämpften, wir schlugen uns, wir leckten unser Blut. Je mehr wir uns wehtaten, desto freier fühlten wir uns. Wir waren Gleiche, das war der entscheidende Unterschied zu dem, was uns widerfahren war. Wir konnten jederzeit aufhören, ein Wort hätte genügt, aber das wollten wir nicht. Wir wollten wissen, was hinter dem Schmerz liegt, wir wollten in die Zone, in der man keine Angst mehr hat, weil man einander bedingungslos vertraut und weil man die Angst abgestreift hat wie ein Reptil seine alte Haut.

Als wir schwer atmend nebeneinanderlagen, versuchte ich, ihre Hand zu fassen. Sie zog sie zurück und sagte: »Für das alles, inklusive der letzten Stunden, muss Holger fünftausend extra bezahlen. Oder du.«

»Meinst du das ernst?«

»Ich bin eine Kriegerin. Ich verschenke nichts an niemanden.«

»Und das Arschloch?«

»An niemanden. Ich nenne ihn so, weil er das mag. Er bezahlt. Lass dich von seiner Großkotzigkeit nicht beeindrucken. Er ist einer von uns. Nur ohne die Kraft.«

»Du bist seine Freundin und lässt dich bezahlen?«

»Ich habe keine Freunde. Du auch nicht. Das weißt du doch.«

»Und wenn ich nicht bezahlen will?«

»Dann töte ich dich.«

»Das ist doch theatralischer Scheiß. Im Knast gehst du kaputt.«

»Ich gehe nirgendwo kaputt. Ich werde einen großen Abgang haben, irgendwo und irgendwie. Man wird sich an mich erinnern.«

»Ich bin viel zu unwichtig für einen großen Abgang. Schon Holgers Berühmtheit ist grenzwertig. Wer Holger erschießt, um groß rauszukommen, lässt Zweifel an seinem Urteilsvermögen zu, das ist ganz schlecht für eine Kriegerin. *Think big.* Um einen großen Abgang hinzulegen, achte drauf, wer bei der *Bunten* auf der Titelseite steht. Das wäre mein Rat. Er ist kostenlos.«

»Also gut, dreitausend reichen.«

»Tausend. Wieso überhaupt Holger?«

»Eine spontane Eingebung. Wirklich. Ich bin wohl manchmal ein bisschen irrational. Zweitausend.«

»Okay.«

»Kann ich mich auf dich verlassen?«

»Das haben wir doch gerade ausprobiert.«

»Dann gehe ich jetzt. Zahlst du bar? Das wär mir am liebsten.«

»So viel habe ich nicht bei mir. Können wir uns wiedersehen?«

»Ich geb dir meine Karte. Auf der Rückseite steht eine Kontonummer.«

»Können wir uns wiedersehen?«

»Mengenrabatt gebe ich nicht.«

»Nicht mal dem Arschloch?«

»Bist du neidisch? Das Arschloch ist unwichtig. Du bist unwichtig. Ich bin unwichtig. Aber bei mir wird sich das ändern.«

Sie fing an, ihre Kleidungsstücke aufzusammeln.

»Darf ich wenigstens noch eine Frage stellen?«

»Verdirb nicht alles mit diesem Gebettel. Wir sind nicht devot. Wir sind stark. Es war gut, dass du um den Preis gehandelt hast.«

»Wer war es?«

»Falls ich wirklich mal jemandem mein Herz ausschütten möchte, rufe ich dich vielleicht an.«

An all dies also erinnerte ich mich, als ich den Brief öffnete, in dem stand: »Ich bin schwanger. Meld dich mal.«

Die folgenden Tage durchlebte ich wie unter Betäubung. Greta würde anfangs verletzt sein, wegen dieser Neuigkeit. Letztlich aber, nach einigem Hin und Her, würde sie es hinnehmen und nicht auf einer Trennung bestehen. Das war zumindest wahrscheinlich. Ich hatte ihr Carte blanche gegeben, sie hatte angenommen. Nun nahm ich dieses Recht ebenso für mich in Anspruch. Über ein Kind als Folge unseres Lebensstils hatten wir allerdings nie geredet, das war eine neue Lage. Greta hatte mit dem Kapitel Fortpflanzung schon vor der Krankheit abgeschlossen, für sie stellte sich die Frage nicht. Aber Greta ist in diesem Moment eindeutig das kleinere von zwei Problemen gewesen.

Wie sollte ich der Vater eines Kindes sein, dessen Mutter eine so spezielle Person wie Corazon Castaneda war? Eine gemeinsame Elternschaft mit einer Anakonda wäre vermutlich unkomplizierter.

Bei allen Bedenken, meine Person betreffend, sie betreffend, stand doch wohl im Hintergrund die große Frage, die Hauptfrage: War ich froh, am Leben zu sein? Empfand ich in dieser Hinsicht eine gewisse Dankbarkeit, trotz allem, für das Produktionsteam, das mich erschaffen hatte? Würde ich gern ewig als bewusstloser Funke im All glühen, statt mit Greta ins Kino zu gehen und mit Holger an der Hotelbar Mojitos zu trinken?

Nach einer Woche rief ich sie an. Wir sprachen nur das Nötigste und verabredeten ein Treffen in Düsseldorf. Ich nahm das gleiche Hotel wie beim letzten Mal und verlangte das gleiche Zimmer. Es war groß, die beiden Fenster, schallisoliert, lagen zu einer Hauptverkehrsstraße, auf der Autoscheinwerfer dahinglitten. Es war Januar, aber recht mild, es regnete. Ich schaltete den Fernseher ein und blieb bei einer Tiersendung hängen, Schildkröten, die sich, nach einem Weg über Tausende Kilometer, schwerfällig über einen Strand schleppten, um dort ihre Eier abzulegen, wo sie einst geschlüpft waren. Die Leute aus dem nahe gelegenen Dorf sammelten die Eier ein und bereiteten daraus Omeletts zu. Einige Gelege mussten sie verschonen, es gab Naturschützer, die darüber wachten. Ich schaltete ab, in diesem Moment klopfte es an der Tür.

Corazon sah müde aus und älter, als ich sie in Erinnerung hatte. »Mir geht's scheiße, das ist normal.«

»Willst du es?«

»Alleine krieg ich's nicht hin, Francisco.«

»Würdest du es gern hinkriegen?«

»Ich weiß es nicht. Ich wollte das nicht. Ich kenn dich doch gar nicht.«

Sie nahm ihre lange Strähne in die Hand und steckte sie sich in den Mund. »Ich bin keine gute Mutter. Merkt man das nicht irgendwie?«

»Meine Mutter hat oft abgetrieben, ich bin der einzige Überlebende. Ich denke manchmal an die anderen, die es nicht geschafft haben.«

»Wir beide haben's jedenfalls geschafft. Und du? Willst du es?«

»Ich will aber nicht bloß Alimente zahlen.«

»Ich werde dich nicht heiraten, falls du darauf aus bist.«

»Verheiratet bin ich eh schon.«

»Das erleichtert die Sache ja sehr.«

»Als Vater bin ich bestimmt auch keine Ideallösung. Aber ich würde mir Mühe geben.«

»Du wärst also eine Null plus.«

»Wir wären wichtig, für einen Menschen. Andy Warhol hätte vielleicht Freude an uns.«

»Kommen wir miteinander klar?«

»Die gleiche Frage wollte ich stellen. Finanziell wäre Holger die bessere Wahl.«

»Alles, was jetzt passiert, geht aufs Haus.«

An diesem Abend schliefen Corazon und ich zum

zweiten Mal miteinander. Wir spürten den Schmerz, den zu spüren wir verlernt hatten.

Als sie gegangen war, suchte ich im Zimmer nach Kleiderbügeln und reihte sie auf dem Boden aneinander, ich formte geometrische Figuren, Quadrate, Hexagone, wieder und immer wieder. Letztlich war der Schildkrötenfilm der entscheidende Faktor für meine Entscheidung. Ich musste dauernd an diese kleinen Schildkröten denken, wie sie am Strand um ihr Leben wuseln, Richtung rettendes Wasser, während hungrige Möwen über ihnen kreisen.

In den folgenden Wochen rief ich alle paar Tage in Düsseldorf an, bis Corazon sagte, dass ich ihr nicht auf die Nerven gehen und endlich Geld überweisen solle. Sie wollte nicht mehr in der Bar arbeiten, und ihr Drive für Sex war auch weg. Zum Glück, wie sie meinte. So, wie der Sex bei ihr abliefe, könne man das einem im gleichen Haushalt lebenden Kind sowieso nicht zumuten. Namen hatte sie schon, für einen Jungen Kaspar, nach Kaspar Hauser. Für ein Mädchen Hel nach dem Computer in dem Film »2001«.

»Um Gottes willen. Das ist ein böses Omen, kennst du überhaupt die Geschichte von Kaspar Hauser? Hel geht beim Standesamt sowieso nicht durch. Luzifer, Kalaschnikow oder Drosophila kannst du auch vergessen.«

»Wenn du noch einmal, ein einziges Mal, andeutest, dass du mich für blöd oder ungebildet hältst, gebe ich als Kindsvater das Arschloch an.«

»Wie hat der denn reagiert?«

»Er hat sich bei Adiposa ausgeheult.«

»Bei wem?«

»So nenne ich seine Mutter. Danach hat er mir angeboten, zu heiraten und das Kind großzuziehen. Daraufhin habe ich mich von ihm getrennt, Schwächlinge mag ich nicht. Deshalb brauche ich jetzt Geld.«

Ich fragte mich, wieso das Arschloch in ihren Augen ein Arschloch war, mir kam sein Verhalten anständig vor. Dann fiel mir wieder ein, dass er sich selbst diesen Namen gegeben hatte. Der Mann war mir unsympathisch gewesen, bei unserer einzigen Begegnung. Wenn seine Mutter nicht dabei war, zeigte er womöglich ein anderes Gesicht. Aber was wusste ich schon?

»Wenn ich dir Geld gebe, bloß weil du mit dem Finger schnippst, bin ich doch auch ein Schwächling.«

»Exakt.«

»Also überweise ich nichts.«

»Dann bist du raus und Wotan wird Vater. Das Arschloch. Du bist in einer Zwickmühle, oder?«

Allein schon von diesen Namen, Hel, Wotan, Kaspar, wurde ich high, ohne was geraucht zu haben. Je besser ich Corazon kennenlernte, ein Name, dessen sarkastische Konnotation mir inzwischen klar war, denn Corazon heißt Herz, und wo das Herz sitzt, befand sich bei Corazon ein gepanzertes Flakgeschütz, das ununterbrochen in alle Richtungen feuerte, je mehr ich also Corazon kennenlernte, desto mehr wurde mir klar, dass ich auf geradem Weg in ein Kriegsgebiet marschierte, aus dem kein Mann und vermutlich auch keine Frau ohne schwerste Schäden jemals zurückkehren würde. Wie sie als Mutter war, wagte ich mir nicht vorzustellen. Ein Zurück gab es nicht mehr.

Greta hatte ich immer noch nichts erzählt. Gretas

Krankheit stand still, verschwunden war sie nicht. Sie war oft müde, und sie war dünn geworden, was eher an der Therapie lag als an der Krankheit. Hin und wieder gingen wir zusammen aus, ich musste sie dazu überreden, aber wenn sie sich überwunden hatte, gefiel es ihr. Den Haushalt schmiss ich mittlerweile alleine, mithilfe der Putzfrau, die jetzt öfter kam. Ich musste aktuell nicht viel arbeiten, weil ich meine Programme für Holger, Schnucki und die anderen Kunden abgeliefert hatte, das lief jetzt eine Weile von alleine, sie tourten oder traten im Fernsehen auf, die Bücher, CDs und DVDs verkauften sich und ich bekam meine Prozente wie ein Großgrundbesitzer, der sich am Fleiß seiner Pächter erfreut.

Mitten in dieser ruhigen Phase meldete sich Schnucki alias Gernot. Er wollte, dass ich seine Biografie schreibe. Uninteressant war sie nicht. Sein Weg begann mit einer Kindheit im Herrenhaus eines fränkischen Rittergeschlechts, umgeben von zahlreichen Geschwistern, erzogen von osteuropäischen Kindermädchen, bis das Geld seines Vaters infolge einer missglückten Spekulation von einem Tag auf den anderen weitgehend verschwunden war. Sie zogen in eine Mietwohnung, und sein Vater verkaufte Gebrauchtwagen, bis er eines Tages dem Weg seines Geldes folgte, das heißt, er verschwand spurlos. Niemand wusste, ob er noch lebte. Gernot jobbte und studierte gleichzeitig dies und das, er spielte in einem Studententheater, zur Krönung seiner akademischen Karriere promovierte er, dank eines Stipendiums, über den »Wandel der Glücksvorstellungen im 20. Jahrhundert«. Das kostete ihn zwei Jahre. Danach wurde er von einer tiefen Traurigkeit befallen, vor der er sich auf die Bühne und in die Archäologie rettete.

Anfangs war er ein ganz normaler Kabarettist. Dann wechselte er vom künstlerischen Mittel- ins Superleichtgewicht, weil er die Selbstentblößung genoss und es mochte, möglichst weit neben sich zu stehen. Als bekennender Exhibitionist liebte er es, detailreiche Schilderungen seiner zum Teil mit prominenten Namen versehenen Affären abzuliefern, die immer damit endeten, dass die Frauen die Flucht ergriffen. Er war angenehm selbstironisch und unterstützte, in Maßen, seine Familie. Nicht alle Geschwister hatten Glück gehabt. Sein Anekdotenschatz war es wert, gehoben zu werden. Um ihn selbst aufzuschreiben, war er zu faul.

Als wir uns trafen, sagte er: »Greta und ich treffen uns nicht mehr. Es stand nie zur Debatte, dass sie dich verlässt. Steht diese Geschichte zwischen uns, oder können wir zusammenarbeiten? Wenn du ablehnst, verstehe ich das natürlich, dein Job als Programmtexter wird davon nicht berührt.« Ich sah keine Probleme.

Gernot tauchte alle paar Tage bei uns auf, brachte Kuchen mit, sagte Greta kurz Guten Tag und erkundigte sich nach ihrem Befinden, dann gingen wir in mein Arbeitszimmer. Gernots riesige Wohnung kam nicht infrage, sie war von oben bis unten mit archäologischen Fundstücken zugestellt, an denen Plastiktüten und alte Socken hingen, in allen Ecken lag Schmutzwäsche oder Altpapier. Greta und er mussten sich in Hotels getroffen haben.

Irgendwem wollte ich von meiner Situation erzählen, und Gernot war nun mal da. Außerdem war er weder ein

Dummkopf noch ein Moralapostel. Als Freund von Holger wusste er natürlich, wer Corazon war.

»Sie wird das Kind als Waffe benutzen.«

»Ich weiß.«

»Sie wird dich erpressen, sie wird dich demütigen, deine nächtlichen Albträume werden dir wie ein Erholungsurlaub vorkommen.«

»Höchstwahrscheinlich.«

»Lass sie entmündigen. Das ist für alle das Beste. Die ist doch eindeutig ballaballa und gar nicht in der Lage, ein Kind großzuziehen. Allein schon die Sache mit Holger. Oh Gott, Frank. Wo bist du nur reingeraten. Amors Pfeil hat dich am Arsch erwischt. War sie mal in Behandlung?«

»Keine Ahnung. Wenn ich das mit der Entmündigung versuche, falls es überhaupt möglich ist, wird sie mich töten. Sie ist eine Kriegerin. Sie hat Castaneda irgendwie falsch verstanden.«

»Na, umso besser. Falls sie wirklich versucht, dich zu töten, dann bist du beim Sorgerecht fein raus. Du solltest halt nach Möglichkeit überleben. Welche Waffe würde sie nehmen? Rattengift, tippe ich mal. Nein, eine Täterin wie sie benutzt wohl eher eine Schuss-, Schlag- oder Stichwaffe. Eine Axt? Sicher keine Kettensäge, das wäre zu viel Aufwand bei der Beschaffung. Sie plant nicht groß. Sie ist ein Tatmensch. Ist sie körperlich stark?«

»Ziemlich.«

»Also besser keine Axt, das überlebst du nicht. Du musst ihr die Waffe servieren, bring ihr die Waffe mit. Eine Schusswaffe. Das mag sie und sie kann damit umgehen. Und du trägst eine kugelsichere Weste.«

»Und wie erkläre ich diese Weste der Polizei?«

»Also eher ein Messer. Du schenkst ihr ein schönes, scharfes Messer. Als Kriegerin wird sie das gut finden. Anschließend provozierst du sie. Das ist der einfache Teil. Sie sticht zu. Sie darf kein lebenswichtiges Organ treffen, da müssen wir wohl vorher ein paar medizinische Studien betreiben. Es wird ein bisschen wehtun. Nimm vorher Schmerztabletten.«

»Gernot, dieser Plan klingt nicht gut für mich.«

»Willst du siegen oder untergehen? Ich werde da sein. Ich begleite dich ins Krankenhaus und warte auf dem Flur. Ich habe Blumen dabei und will euch junge Eltern erst mal allein lassen. Sobald du schreist, stürze ich herein und halte ihr die Hände fest. Das Überraschungsmoment ist auf meiner Seite. Und du hast einen Zeugen. Ganz wichtig.«

»Wieso schenkt jemand der Mutter zur Geburt des gemeinsamen Kindes ein Messer?«

»Nimm Blumen und Obst mit. Ein Obstmesser sollte es sein. Aber ein scharfes, das tut dir auch weniger weh.«

»Gut. Nehmen wir an, es klappt. Sie darf das Kind nicht behalten, ich kriege es, sie kommt in eine Klinik …«

»Da liegt Fremdgefährdung vor. Glasklar. Sie kommt für eine ganze Weile in die Klapsmühle, verlass dich drauf. Wird sie dich als Vater angeben?«

»Ja. Aber irgendwann kommt sie doch wieder in die freie Wildbahn.«

»Wer weiß das schon? Modell eins: Sie wird kuriert und ist hinterher halbwegs bei Verstand. Wir alle hoffen das. Modell zwei …«

»Vergiss Modell eins. Sie wird sich rächen.«

»Ich habe eine Finca auf Ibiza, Frank. Einsam gelegen. Die will ich loswerden. Du kriegst einen Sonderpreis, zur Not verrechnen wir das mit deinen Honoraren. Ihr lebt dort unter meinem Geburtsnamen, angeblich bist du einer meiner Brüder. Die Leute im Dorf interessieren sich nicht für die Ausländer, solange die ihre Rechnungen bezahlen. Du kannst weiterarbeiten. Aber wir müssen Greta mit ins Boot nehmen. Wird sie bereit sein, dein Kind mit dir aufzuziehen? Das solltest du hinkriegen, mein Bester. Ibiza bietet jede Menge Lebensqualität.«

Greta war nicht eifersüchtig. Sie hatte Mitleid. Den Plan hielt sie für Irrsinn.

»Das weißt du doch selber. Was ist, wenn sie mit dem Messer das Herz trifft? Du kannst das dieser Frau außerdem nicht antun, egal, wie sie ist. Es wäre Verrat.«

»Es wäre Notwehr. Sie ist gewalttätig. Sie hat sich nicht unter Kontrolle. Man darf ihr kein Kind überlassen. Stell dir vor, du kannst etwas Schlimmes verhindern, von dem du genau weißt, dass es passieren wird. Weil es noch nicht passiert ist, kannst du nicht zur Polizei. So ein Fall liegt hier vor.«

»Was hat dich an ihr angezogen?«

»Das will ich dir nicht sagen.«

»Der Sex also? Das kannst du mir ruhig sagen, Frankie. Wir wissen beide, dass es bei uns nicht das Gelbe vom Ei war.«

»Das, was mich zuerst angezogen hat, war etwas anderes. Ich will mich nicht drücken, bitte verzeih mir. Nenn es Seelenverwandtschaft.«

»Und dann denkst du so schlecht von dieser Frau? Ist sie vielleicht so, wie du gern wärst? Ich kann nicht die Mutter deines Kindes sein. Ich habe nicht genug Kraft. Ob ich in zwei Jahren noch lebe, weiß ich nicht. Lass uns noch ein paar schöne Monate verbringen, dann darfst du abhaun.«

Glücklicherweise entschied sich Corazon für einen Kaiserschnitt, der Geburtstermin stand also fest. Meine Angebote, ihr während der Schwangerschaft durch gelegentliche oder häufige Anwesenheit behilflich zu sein, lehnte sie zuerst ab. Eines Abends rief sie an und fragte: »Passt es dir übermorgen?«

Sie lebte in einer Dreizimmerwohnung, die ihr gehörte. Da hatte sicher Wotan die Hände im Spiel. Die Wohnung war fast ganz in Schwarz und Rot gehalten, sogar das Besteck und das Klopapier waren schwarz. Die Klobürste war rot. Eine Fototapete zeigte die glatte, graue Oberfläche eines großen Sees, darüber schwarze Wolken. Gegenüber hingen mexikanische Masken, albtraumhafte Fratzen, die ihre Zunge herausstreckten und dabei grinsten.

»Warum sollte ich nicht schon früher kommen? Du hast doch gesagt, du schaffst es nicht allein.«

»Ja, hab ich gesagt. Ich brauche konkret eine Haushaltshilfe und eine Pflegekraft für die ersten Tage nach der Geburt, außerdem ein Kindermädchen. Ich hab schon jemanden gefunden.«

»Und ich habe gesagt, dass ich nicht bloß zahlen will. Sind wir Feinde? Sind wir doch nicht.«

»Nein, du bist kein Feind. Du wirst nicht da sein, weil du deine Frau am Hals hast, und ich sorge vor. Es ist gut, dass du gekommen bist. Morgen haben wir einen Termin beim Notar, da musst du unterzeichnen, dass du der Vater bist und ein paar finanzielle Pflichten übernimmst. Dreitausend im Monat sind für dich zu schaffen. Du kriegst ein wasserdichtes Besuchsrecht alle 14 Tage, aber falls wir uns gut verstehen, kann es gern öfter sein.«

Sie sprach nicht aggressiv, sondern ruhig und sachlich. Sie wirkte müde, fast wie Greta, und wischte sich oft mit der Hand übers Gesicht. Sie sagte: »Die Masken werd ich rechtzeitig abhängen. Da mach dir mal keine Sorgen.«

Ich kaufte ein schwarzes Messer mit einer schwarzen Klinge. In den Griff ließ ich ihren Namen und das Geburtsdatum gravieren. In Rot.

Am vereinbarten Tag des Kaiserschnitts holte ich sie ab und fuhr sie ins Krankenhaus.

Zuerst wurden ein paar Untersuchungen gemacht, alles war in Ordnung. Dann schob eine Schwester ihr Bett in ein Einzelzimmer, in dem wir warten sollten. Es war warm draußen. Ich ging auf und ab und überlegte, was ich tun würde, Schritt für Schritt. Corazon lag da und atmete schwer, alle ihre Ketten und Ringe hatte man ihr abgenommen. Sie sah nackt aus. Ihre Tasche war rot. Das Geschlecht des Kindes kannten wir nicht. Wenn es ein Mädchen wäre, sollte sie Lucy heißen. Lucy in the Sky with Diamonds.

In dem Entbindungszimmer wurde ihr Unterkörper mit einer Decke vor meinen Blicken versteckt. Eine Schwester sagte: »Manche Väter sind uns schon umgekippt oder spielen verrückt.« Eine Kanüle wurde gelegt, durch die ein Betäubungsmittel strömte. Sie sah mich mit großen

Augen fragend an und wurde müde. Ihr Kopf sank zur Seite. Ich sah zum ersten Mal, wie sie schlief. Die Ärzte redeten leise, ich konnte nichts verstehen. Plötzlich begann das Kind auf der anderen Seite der Decke zu schreien, ein leises Wimmern zuerst, dann ein heiseres Krächzen, wie von einem Raben. Eine Schwester legte mir das Kind in den Arm, einen Jungen. Er hatte lockige Haare.

Sie untersuchten ihn flüchtig. Es gab keine Auffälligkeiten. Corazon wurde in ein Krankenzimmer geschoben, ich ging mit. Nach einigen Minuten wachte sie auf, zuerst war sie verwirrt und wusste nicht, was geschehen war und wo sie sich befand. Sie flüsterte einen Namen, den ich nicht kannte, sie seufzte, und ihre Hände schienen auf der Bettdecke nach etwas zu suchen. Dann kam eine Krankenschwester und brachte das Kind. Sie hatten ein paar weitere Tests gemacht, alles war in Ordnung. Sie nahm ihn in den Arm und streichelte seinen Kopf. Dann legte sie ihn an ihre Schulter. Er schrie nicht mehr, sondern atmete ruhig. Seine Brust hob und senkte sich. Seine Augenlider flatterten leicht, wieder musste ich an einen kleinen Vogel denken.

Ich ging nach draußen und rief Gernot an. Ich wollte sagen, dass ich es nicht tun kann. Aber ich sagte: »Es ist so weit.«

LUCKY

Ich habe hier alles, was ich brauche. Ein Zimmer für mich allein, Bücher, einen Fernseher, irgendjemand bezahlt dafür. Im Aufenthaltsraum steht sogar ein Computer, eine Firma hat ihn ausrangiert und ausgerechnet uns gespendet. Die meisten kommen nicht gut mit dem Gerät zurecht, auch ich nicht. Dauernd drücke ich die falschen Tasten.

Zum Essen gehen wir in einen Speisesaal, der hell und freundlich wirkt. Ich vermisse dort allerdings Bilder. Vielleicht würde dieser optische Reiz Patienten überfordern, die Realität und Fantasie nicht unterscheiden können. Seit ich den Computer nicht mehr zu benutzen versuche, gehe ich fast nur noch in den Aufenthaltsraum, der offiziell »unser Wohnzimmer« heißt, um mir an der Maschine Kaffee zu holen. Er ist dünn, aber besser als nichts. Außerdem schaue ich dort hin und wieder im Aquarium den Guppys zu. Die Guppys sind hauptsächlich damit beschäftigt, Nachwuchs zu produzieren und ihn anschließend aufzufressen.

Manchmal dürfen wir Sport treiben, sofern wir dazu

in der Lage sind. Im Gymnastikraum gibt es die verschiedensten Fitness-Geräte, das Training entspannt mich. Weil immer zu unserer Sicherheit eine Aufsicht dabei sein muss, wird der Gymnastikraum leider nur selten geöffnet. Wer mag, kann sogar in eine Art Kirche gehen, sie heißt »Raum der Stille«. Ein kleiner Garten ist auch vorhanden. Um seine Pflege kümmern sich Patienten, denen das angeblich guttut.

Sie tun für uns, was sie können. Ich hatte eine solche Umgebung nicht erwartet, mich erinnert sie eher an ein Hotel, natürlich nur eines der Mittelklasse. Der zivilisatorische Fortschritt, der sich im Umgang mit uns zeigt, ist beeindruckend. Irgendwo habe ich gelesen, dass man Menschen unseres Zuschnitts früher – wann und wo genau, ist mir entfallen – einfach in den Wald gejagt hat. Wenn die Verstoßenen es gewagt haben, sich in der Nähe ihres Dorfes blicken zu lassen, wurden sie totgeschlagen. Das ist auch eine Möglichkeit. Ein paar der hiesigen Patienten würden sich, wenn sie die Wahl hätten, wahrscheinlich für ein Leben im Wald entscheiden. Wer von der Natur genug hat, geht ins Dorf und bittet darum, das Ende schnell zu gestalten.

Es wäre natürlich gut, wenn ich mein Zimmer abschließen könnte. Aber alles kann man nicht haben. Gelegentlich höre ich Lärm von draußen, einige meiner Mitbewohner regen sich schnell auf und schreien herum. Ich bleibe unauffällig. Im Großen und Ganzen habe ich mit den anderen wenig Kontakt.

Ich gelte als harmlos, solange ich brav meine Tabletten nehme. Hin und wieder spricht jemand mit mir, ein Arzt, zwei oder drei Mal kam mein Anwalt. Ich verstehe nicht alles, was sie zu mir sagen. Liegt es an den Medikamenten? Jedenfalls nehme ich bei diesen Treffen alle Kraft zusammen und versuche herauszufinden, was sie hören möchten. Das liefere ich dann ab oder tue zumindest mein Bestes. Die ersten Vernehmungen, falls man das so nennt, habe ich im Kopf noch recht gut gespeichert.

»Verstehen Sie, was passiert ist?«

»Ich weiß, was passiert ist. Begreifen kann ich es nicht. Da hoffe ich auf Ihre Hilfe.«

»Wie würden Sie Ihre gegenwärtige Gemütslage beschreiben?«

»Ist das nicht eine Frage aus einem berühmten Fragebogen? Aus dem, in dem auch gefragt wird, welche Erfindung ich am meisten bewundere und wie meine Lieblingsheldin in der Wirklichkeit heißt? Womit gemeint ist, dass es sich nicht um eine fiktive Figur handeln soll. Ich tendiere zu Maria Magdalena, die als Gefährtin von Jesus beschrieben wird und, ihre Beschreibung legt es für mich nahe, sehr wahrscheinlich seine Geliebte war. Dazu gehörte der Mut, sich bei den eifersüchtigen Jüngern und den prüden Sittenwächtern unbeliebt zu machen, außerdem der Mut zu einer aussichtslosen Liebe, in der man wenig zurückbekommt. Sie merken, an meinem Reflexionsvermögen ist nicht viel auszusetzen. Ich nehme an, das ist von Bedeutung für Ihren Bericht. Bei dieser Gelegenheit – warum darf ich mir eigentlich keine private Kaffeemaschine besorgen? Ich bin nicht aggressiv und plane keinen Suizid, ich ordne lediglich meine Gedanken und brauche dazu dringend hin und wieder einen Espresso.«

Sie unterbrechen mich nie. Das ist gefährlich, man gerät dann schnell ins Schwadronieren und verliert über kurz oder lang den Faden. Vielleicht ist das beabsichtigt. Ich merke selbst, dass da oft sonderbares Zeug kommt.

Das Gefühl, in mir eingeschlossen zu sein und nicht wirklich nach außen durchzudringen, belastet mich, aber ich möchte nicht den Eindruck erwecken zu klagen. Dazu, mich zu beschweren, habe ich kein Recht. Den Espresso vermisse ich nicht so sehr, wie es vielleicht geklungen hat. Wahrscheinlich bin ich eine Art Puppe, eingesponnen in die Fäden ihres Schicksals. Aus dieser Puppe wird kein Schmetterling schlüpfen, das ist mir klar.

Aber was heißt schon Schicksal? Die Leute reden sich gern auf so etwas heraus, Schicksal, die Gesellschaft, Umstände, ungünstige Bedingungen. Der Anteil dessen, was man selbst bestimmen kann, ist aber immer größer als null. Selbst in dem konstruierten Fall, dass ein Mensch bewegungsunfähig und in Gefangenschaft geboren und einer manipulativen Erziehung unterzogen wird, hat er immer noch ein paar Optionen. Er kann die Nahrung verweigern und sterben. Er kann sich in sein Los fügen. Oder er kann in der Welt seiner Gedanken um den Weg zum Licht kämpfen. Keiner von uns ist wie der andere. Deshalb gibt es Schuld. Wenn wir alle gleich wären, hinge alles lediglich von den Umständen ab, individuelle Schuld wäre unmöglich. Jede Person, die in Situation A geriete, würde die Reaktion B zeigen. Was sollte man ihr da vorwerfen?

Die Fähigkeit zur Schuld ist ein Preis, den wir für unser Menschsein und für unsere Intelligenz zahlen. Darauf scheint ja auch die Idee von der Erbsünde und dem Baum der Erkenntnis hinauszulaufen, von dem man nicht essen darf. Das Angebot des biblischen Gottes bestand darin, dumm zu bleiben oder wie ein Kind, wenn man es positiv formulieren will. Die Menschen wollten aber erwachsen werden.

Die Wut, die ich seit Kindertagen in mir trage, ist nicht meine Schuld. Wohl aber das, was ich getan habe. Ich habe mich von einer Kraft besiegen lassen, die nicht unbesiegbar ist.

Im Krankenhaus habe ich Corazon gefragt, wie es ihr gehe. Sie hat geantwortet, alles sei in Ordnung. Das Kind sei wunderschön. »Ja«, sagte ich, »es ist schön.«

»Wollen wir es vielleicht Lucky nennen?«

»Der Glückliche«, sagte ich. »Das gefällt mir.«

»Meine ersten Namensideen waren bescheuert. Kaspar klingt viel zu düster. Ich hab das nicht ernst gemeint. Für mich überleg ich mir auch einen neuen Namen.«

Dann gab ich ihr das Messer. »Ein Geschenk«, sagte ich. »Für eine Kriegerin.«

Sie legte es beiseite, auf die Decke, ohne es anzusehen. »Der Krieg soll aufhören. Schluss damit.«

»Aber morgen wird wieder Krieg sein. Ich habe alle Daueraufträge gekündigt. Ich werde weggehen.«

»Wohin denn?«

»Ich werde Lucky mitnehmen. Du wirst ihn nie wiedersehen.«

Sie atmete schneller. »Warum denn. Nein. Du bist verrückt. Wie ich.«

Sie richtete sich mühsam auf, mit einem Arm hielt sie Lucky fest. Er schlief.

»Lass uns aufhören. Wirklich. Hör auf damit. Wir versuchen es anders. Wir verschieben den Montagepunkt.«

Dann zog sie mich mit einer Hand an sich. Unsere Gesichter waren ganz nah beieinander. Ich roch ihren Schweiß, sie stöhnte leise vor Schmerz. Sie murmelte »nein, nein, nein« und klammerte sich an mich. »Das wird jetzt eine ganz andere Geschichte, eine bessere.«

Ich bin hundert Mal gefragt worden, warum ich zugestochen habe. Und jetzt fällt mir doch noch ein zweites dieser Gespräche ein, das letzte, bevor die Polizei es mit mir aufgegeben hat.

»Sie hatten einen Plan. Sie wollten das Kind.«

»Der Plan war idiotisch, und er lief außerdem darauf hinaus, dass sie zusticht. Sie sollte sich schuldig machen, nicht ich. Dass der Plan idiotisch ist, habe ich geahnt und in dem Moment vollends begriffen, als Corazon zu reden anfing. Sie war verändert. Es gab eine Chance, dass wir es doch gemeinsam hinkriegen. Sie hätte Lucky nichts getan. Oder am Ende vielleicht doch, aber das stand nicht von vornherein fest. Es gab kein Motiv mehr für diesen Plan, kein Motiv zu gar nichts. Sie hat ihn Lucky genannt, nicht Kaspar. Das war ihre Art, ihm und mir eine Botschaft zu senden.«

»Trotzdem haben Sie ihr gedroht. Sie haben sich genau so verhalten, wie es geplant war.«

»Ich wollte das nicht an mich herankommen lassen.«

»Was denn genau?«

»Ihr Gesicht war zu nahe an meinem. Ich hab das nicht ausgehalten. Die Wut ist gekommen und hat mich besiegt. Ich wusste nicht, dass sie so stark sein kann.«

»Sie sind schon einmal gewalttätig gewesen.«

»Ja. Bei Maria. Das ist lange her. Und es war anders, ich meine, von einer anderen Größenordnung.«

»Es ist immer wieder erstaunlich, zu was Menschen in der Lage sind, oder?«

Der Mann und die Frau, die mir gegenübersaßen, sprachen abwechselnd, sodass sie beinahe wie eine einzige Person wirkten. Sie redeten ruhig, sie waren nicht feindselig.

»Ich habe nur einmal zugestochen. Danach bin ich nach draußen gerannt und habe nach einem Arzt gerufen.«

»Beinahe hätte Ihre Freundin überlebt. Wenn der Stich einen halben Zentimeter weiter links gesessen hätte.«

»Ich weiß.«

»Wollten Sie, dass sie stirbt?«

»Nein.«

»Was wollten Sie also?«

»In mir steckt etwas, das für ein paar Sekunden die Herrschaft über mich hatte. Wie soll ich es nennen? Ich habe es immer die Wut genannt. Oder war es das Böse? War es das Gepäck?«

»Welches Gepäck?«

»Na, wie bei Elton John.«

»Sie glauben also, dass Elton John auch jemanden getötet hat?«

»Vielleicht. Es ist ein Song.«

Die Frau sagte: »Sie haben jemanden getötet, aber wegen Mordes werden Sie voraussichtlich nicht angeklagt. Das haben allerdings nicht wir zu entscheiden.«

»Es soll nicht wieder vorkommen.«

Der Mann sagte: »Machen Sie sich darüber keine Sorgen. Wir werden schon aufpassen.«

Maria hätte das, was ich getan habe, niemals getan. Das weiß ich. Ihre Wut ist bestimmt noch größer als meine, aber sie selbst ist auch stärker. Sie schreibt mir regelmäßig in diese Anstalt. In ihren Briefen steht, dass sie gern kommen würde, aber sie sei krank. Die Schrift ist zittrig. Ich soll den Kopf nicht hängen lassen und mir nicht zu viele Vorwürfe machen. Du wolltest das nicht. Das war ein einziger Moment. Ein Unglück. Mein lieber Junge. Bald sind wir alle zusammen. Solche Dinge. Ich versuche zurückzuschreiben, finde aber nicht die Worte. Die Worte, die ich schreiben will, kommen nicht aus mir heraus.

So also drehten meine Gedanken sich monatelang im Kreis, bis der Kreis sich in eine Gerade verwandelte.

Als ich im Speisesaal hinter mir eine vertraute Stimme hörte, habe ich ein paar Sekunden lang an eine Täuschung geglaubt. Die Stimme klang immer noch wie früher, jung, nach so vielen Jahren.

»Die Hoffnung ist der Regenbogen über dem herabstürzenden Bach des Lebens.«

Konnte das sein? Ich wollte ihr Bild mit einer Hand oder dem Ärmel wegwischen, wie man einen beschlagenen Spiegel putzt.

»Oh weh, Frank«, sagte sie, »was hast du ausgefressen? Und wie geht's Nietzsche?«

Monika war dünn geworden. Ihre Haare standen in alle Richtungen ab wie beim Pumuckl, nur in Grau. Sie hatte auch ein paar Tattoos, Drachen und Blumen, obwohl sie Tattoos früher für etwas Ähnliches gehalten hatte wie

Kuckucksuhren und Kühlschrankmagneten mit lustigen Sprüchen.

»Eine Folge des sozialen Drucks in einem fragwürdigen Freundeskreis«, sagte sie, weil sie meinen irritierten Blick bemerkte. »Du siehst übrigens auch scheiße aus. Geh in Zukunft besser zu einem anderen Herrenausstatter.«

»Dein Friseur ist aber auch nicht ganz auf der Höhe.«

Ich konnte plötzlich wieder so reden wie früher.

»Der schönste Leib – ein Schleier nur, in den sich schamhaft Schönres hüllt. Wenn ich draußen bin, lass ich ein paar kosmetische Operationen machen. Dich schickt der Himmel. Außer uns beiden sind hier nur Vollidioten. Ich habe immer was zu rauchen, damit du's nur weißt, und bin geneigt, dich mit ins Boot zu nehmen.«

»Die machen doch Drogentests.«

»Da gibt es Tricks. Du musst viel lernen. Ich bin eine Veteranin. Ich krieg alles geregelt. Wollen wir zusammen ausbrechen?«

»Ich weiß nicht. Es ist zu früh für mich.«

»Dann leiste ich dir Gesellschaft, bis du so weit bist.«

Sie umarmte mich, ich spürte ihre Knochen. »Ich könnte heulen, es ist so unglaublich toll, dass wir uns noch mal treffen. Wir brechen aus. Ich kenn die richtigen Leute. Wir fliegen nach Bali.«

Sie würde einen Ausbruch schaffen, da war ich mir sicher. Und dann? Ich sagte: »Sie werden uns wieder einfangen.«

»Ist doch egal. Ich bin schon mal ausgebrochen, die haben fünf Monate gebraucht, bis sie mich hatten. Volle fünf Monate. Und inzwischen bin ich besser, ich weiß jetzt mehr über ihre Methoden. Beim ersten Mal bin ich zu oft unter Leute gegangen, auch wenn es nicht unbedingt nötig war. Ich bin offenbar geselliger, als ich dachte. Wenn wir erst mal in Asien sind, haben wir gewonnen. Sobald ihr handeln wollt, müsst ihr die Tür zum Zweifel verschließen – von wem?«

Nietzsche natürlich. Monikas Weg hatte in einer Art Blutrausch geendet, über Details redete sie nicht, Fragen beantwortete sie mit Zitaten wie »Damit der Mensch vor sich Achtung haben kann, muss er fähig sein, auch böse zu sein«.

Es war früher Abend, wir lagen in meinem Zimmer. Auf Monikas Bauch lag Nietzsche, er stank, aber ich hatte ihn tatsächlich immer noch. Ich tat ihn nie in die Wäsche, weil ich Angst hatte, ihn nicht zurückzubekommen, in der Wäscherei verschwand manches spurlos. Nietzsches Anblick rührte sie so sehr, dass sie sagte: »Nicht die Stärke, sondern die Dauer der Empfindung macht den hohen Menschen.« Ich erzählte, was ich getan hatte.

»Tut es dir leid?«

»Ja. Und dir?«

»Das zu sagen ist mir zu billig. Es wäre jedenfalls besser nicht passiert.«

»Was waren das für Leute, bei dem Blutrausch?«

»Leute, die nicht mehr unter uns weilen. Sie sind an einem besseren Ort oder im Nirgendwo.«

»Bei mir gibt es Wiederholungsgefahr.«

»Spiel nicht das Raubtier, Frankie. Bei mir ist Wiederholung garantiert. Ich bin so paranoid und brutal, dass nicht mal Hannibal Lecter im Duell eine Chance hätte. Liest du denn keine Zeitung?«

»In letzter Zeit selten. Wieso trägst du keine Ketten, wenn du so eine Furie bist wie Hannibal Lecter? Hier ist es doch relativ locker.«

»Die machen sich Illusionen über mich. Keine Angst, du bist sicher. Relativ sicher, dass wir uns da richtig verstehen. Du darfst mich nicht zu sehr ärgern, verstanden? Dich hat doch dieser Entertainer in die Sache mit dem Messer reingequatscht. Normalerweise hätte das nicht passieren müssen. Dein Anwalt hat sein Examen in Liberia gekauft.«

»Irgendwann wäre irgendwas passiert.«

»Schuld ist nie hypothetisch, sondern immer konkret. Was ist mit deinem Verstand passiert?«

So ging es hin und her, das alte Spiel, bis zum Einschluss. Am nächsten Tag traf ich sie im Speisesaal wieder, wir nickten uns verschwörerisch zu.

Einige Wochen später begegnete ich Lucky.

Das Gericht hatte entschieden, dass ich ihn unter strenger Aufsicht sehen durfte. Das Gutachten war positiv ausgefallen. Er wusste nicht, was genau passiert war. Erst, wenn er alt genug war, würde er es erfahren. Lucky lebte bei Pflegeeltern, die mich zunächst allein besucht hatten, um sich ein Bild von mir zu machen. Die Pflegeeltern waren freundlich und sagten, dass ihnen Luckys Wohl das Wichtigste sei. Ich könne nach Ansicht der Ärzte geheilt werden, eine Heilung sei nicht unmöglich, werde aber dauern. Ob Lucky mir eines Tages verzeihe oder nicht, sei allein seine Sache. Wenn er mich kenne, falle es ihm leichter, eines Tages die richtige Entscheidung zu fällen.

Es gab augenscheinlich ein paar Paare unter den Patienten, die Ärzte unternahmen nichts dagegen. Monika und ich trafen uns oft, wir umarmten uns, wir küssten uns, weiter gingen wir nicht. »Wir warten bis Bali«, sagte sie. »Bali ist ein Booster für den Hormonpegel. Du wirst staunen, was ich alles draufhabe.«

Sie hatte Angst davor, wie ich. Das durfte nicht schiefgehen. Den Film mit Hannibal Lecter hatte ich leider gesehen. Wenn Monika ausrastete, warum auch immer, würden meine Überlebenschancen deutlich geringer sein als bei Corazon, von Maria ganz zu schweigen.

Der Ausbruch sollte in einer Woche stattfinden. Sie hatte einen Pfleger bestochen, aus irgendeiner Quelle floss ihr Geld zu. Um ein Uhr, nach seiner letzten Kontrollrunde, durften wir ihm den Schlüssel stehlen. Er würde, sich schlafend stellend, im verriegelten Pflegerzimmer liegen, in das wir zum Schein einbrechen würden. Das Werkzeug hatte sie sich schon beschafft. Die Tür nach draußen, zu den leichteren Fällen, würde sich mit dem Schlüssel problemlos öffnen lassen. Hinter dieser ersten Tür lag eine Zone, die hauptsächlich mit Kameras überwacht wurde. Die ließen sich aber im Pflegerzimmer ausschalten. Wenn wir die Tür ins Freie öffneten, wurde allerdings ein Alarmsignal ausgelöst, das sich nicht so einfach abstellen ließ. Aber der Weg zur Straße war nur etwa fünfzig Meter lang. Dort wartete ein Auto, das Monikas langjährigem Dealer gehörte, einem echten Freund.

Das klang machbar.

Falls wir es tatsächlich schafften, hätte ich Lucky vermutlich zum einzigen, zum ersten und letzten Mal gesehen. Das durfte nicht sein. Ich wollte nicht abhauen.

Aber ich wollte auch Monika nicht alleinlassen. Ich wollte beides nicht.

»Lass uns noch etwas abwarten«, sagte ich. »Wir müssen beide stabiler werden, damit wir draußen nicht sofort auffallen. Und du musst ein paar Kilo zunehmen, damit du wie ein braves gesundes Mädchen aussiehst. Probier's mit Schokoriegeln, jeden Tag fünf Stück.«

»Das ist total ungesund, der viele Zucker. Aber gut, warten wir ab. Der Pfleger wird ein bisschen mehr wollen, wegen der Verschiebung, das kriege ich hin.«

»Wo hast du denn das viele Geld her?«

»Geerbt.«

»Von deinem Vater?«

»Der hatte mich enterbt. Aber das hab ich erfolgreich angefochten. Die Hürden für eine Enterbung sind hoch. Und ich war damals noch relativ unbescholten, verglichen mit heute, hab ihn extra im Krankenhaus besucht und mich vor Zeugen von ihm abschlecken lassen, labial und verbal. Ich verzeih dir, Papi, verzeihst du mir auch? Aber ja, mein Mädchen, aber ja. Das sah nun wirklich stark danach aus, als ob er mir auf seinen letzten Metern meinen groben Undank vergeben hat. Das Geld ist sicher gebunkert. Offiziell ist es für Drogen und Stricher draufgegangen.«

Wir hörten oft im Radio Musik und bestellten uns auf ihre Kosten Bücher. Abends schlich sie immer zurück in ihr Zimmer, die Pfleger hätten vielleicht ein Auge zugedrückt, aber übertreiben wollten wir's nicht. Irgendwann haben wir beschlossen, dass wir nicht unbedingt warten müssen, bis wir in Bali sind. Monika sagte: »Wenn das jetzt wieder so läuft wie damals unter der Dusche, werde ich dich in deiner Kloschüssel ertränken. Verstehe dies als Ansporn.«

Als Lucky kam, begleitet von seinen Pflegeeltern, saß ich an einem Tisch im Besuchszimmer. Zwei kräftige Männer waren zur Aufsicht da, ein junger und ein alter. Der eine tat so, als ob er lese, der andere schaute geradeaus. Neben ihnen befand sich der Alarmknopf. Eine Kamera nahm alles auf.

Ich erhob mich und lächelte, ging aber nicht auf ihn zu, um niemandem Angst zu machen, vor allem nicht Lucky. Er schaute mich an. Er hatte die Haare seiner Mutter und mein Gesicht. Ich sagte: »Hallo.«

Er sagte: »Du bist wirklich mein Papa?«

»Ja, ganz bestimmt.«

»Du bist krank?«

»Ja. Ich wäre viel lieber gesund. Ich bin froh, dass du Eltern hast, die dich liebhaben und sich um dich kümmern.«

»Wirst du wieder gesund?«

»Das weiß ich nicht. Wenn du mir die Daumen drückst, hilft das bestimmt. Machst du das?«

»Ja. Wie drückt man die?«

Wir spielten Schere, Stein, Papier, Lucky gewann immer, das freute ihn.

Ich sagte: »Wenn ich wieder gesund bin, gewinne ich auch manchmal.«

»Du musst Vitamine essen.«

»Und Butter. Butter ist auch gut.«

»Oder Nutella.«

»Nutella hilft gegen alles.«

»Außer Fieber.«

»Stimmt, bei Fieber sind Vitamine besser.«

»Was genau ist eigentlich der Himmel? Meine Mama ist im Himmel.«

»Im Himmel ist alles so, wie du es gernhast. Du willst etwas, und du kriegst es. Du bist immer froh.«

»Da möchte ich auch sein.«

»Um in den Himmel zu kommen, musst du erst einmal leben, und das Leben ist auch schön. Der Himmel ist der Nachtisch. Ohne Hauptgericht kein Nachtisch.«

»Warum lebst du noch und Mama nicht mehr?«

»Das weiß ich nicht. Deine Eltern haben dir das bestimmt besser erklärt, als ich es kann.«

»Sie hat einen schlimmen Unfall gehabt.«

»Ja. Sie vermisst dich bestimmt. Ich vermisse dich auch. Freust du dich eigentlich auf die Schule? Ich war gern auf der Schule.«

Als Lucky gegangen war, saß ich noch eine Weile im Raum der Stille. Die Pflegeeltern hatten sich freundlich verabschiedet, von einem zweiten Besuch war allerdings nicht die Rede. Auch ich hatte Angst, dieses Thema anzusprechen. Das Treffen war nach meinem Eindruck gut verlaufen, der Junge war überraschend unbefangen, wir hatten einen Draht zueinander gefunden. Das Problem war, dass meine Existenz es für die Pflegeeltern nicht einfacher machte, sie würden von Lucky jetzt öfter Fragen hören. Ich war für ihn von einer abstrakten Idee zu einer konkreten Person geworden, zu einem Bild im Kopf, das hatten sie vorher nicht gründlich genug bedacht. Wenn sie jetzt einen Schlussstrich zogen, würde alles für sie wieder einfacher werden. Kinder vergessen schnell.

Darüber redeten sie jetzt im Auto, das war wahrscheinlich. Sie waren einfache Menschen, die mich ein wenig an Gretas Eltern erinnerten, sie wollten das Beste für alle, aber das Beste für alle gibt es meistens nicht, nur das Beste für die einen oder das Beste für die anderen. Und ich war derjenige, dessen Wohl in dieser Sache am wenigsten zählte, das war nach Lage der Dinge auch vernünftig. Die Pflegeeltern hatten eine Tochter, die demnächst bei der Stadtverwaltung eine Ausbildung anfing, und ein großes Haus. Das zweite Kind hatte einfach nicht kommen wollen, daher die Idee, ein Pflegekind aufzunehmen.

Normalerweise hätten sie ihm eines Tages, wenn er ein junger Erwachsener war, vorsichtig die Geschichte seiner Herkunft erzählt. Lucky, für den sie seine Eltern sind, wäre erschrocken, aber nur ein wenig, denn er war inzwischen eine gefestigte Persönlichkeit und seiner Eltern sicher. So hatte man es ihnen vermutlich geraten, bei der Behörde. Als Erwachsener hätte Lucky wahrscheinlich Nachforschungen angestellt. Eines Tages hätte er beklommen einem verwirrten alten Mann gegenübergesessen und nicht gewusst, warum er sich das jetzt eigentlich antat.

Aber sie wollten es anders machen, sie wollten nur das Beste. Damit hatten sie meinen Schmerz ins Unermessliche gesteigert und Lucky womöglich in ein Meer der Verwirrung gestürzt, wo seine Füße vergeblich nach Grund suchten.

»Ich bin jetzt bereit für den Ausbruch«, sagte ich zu Monika. Sie ahnte sofort, was ich plante.

»Du kannst deinen Sohn nicht zurückkriegen. Er ist bei diesen Leuten gut aufgehoben. Es gibt nichts, was du für ihn tun kannst.«

»Weiß ich.«

»Willst du alles schlimmer machen? Mensch, Frankie, jetzt bin ich mal die Stimme der Vernunft. Es geht bergauf mit uns. Asien ist perfekt. Bali war keine gute Idee, zu überlaufen. Zu viele Europäer. Aber ich hab eine andere Insel gefunden, total unberührt. Die Philippinen haben kein Auslieferungsabkommen mit Deutschland. Gefälschte Papiere, Geld einpacken, nichts wie weg.«

Der Einbruch in den Aufenthaltsraum des Pflegers hätte mich überfordert, aber Monika konnte mit dem Werkzeug gut und vor allem leise umgehen. Sie hatte das schon bei ein paar Apotheken gemacht. Der Pfleger gab uns schweigend den Schlüssel und ließ sich fesseln, danach stopfte ihm Monika einen Knebel in den Mund. Anschließend schlug sie, wie abgesprochen, einmal kurz mit dem Brecheisen zu. Nur eine leichte Fleischwunde, so lautete der Deal. Der Pfleger stöhnte und zerrte wütend an seiner Fessel.

»Als mittelguter Profiboxer musst du mehr einstecken und kriegst weniger Geld«, flüsterte Monika.

Wir schalteten die Kameras aus, nahmen den Schlüssel und öffneten die Tür zu den Harmlosen.

In leichtem Trab liefen wir durch lange Flure, hin und wieder hörten wir Schreie, einige Patienten schrien offenbar auch hier im Schlaf. An den Türen befanden sich Namensschilder und Fotos der Bewohner, als Orientierungshilfe für diejenigen, die nicht mehr lesen konnten. Hin und wieder gab es Erker mit Sitzecken, in denen Aquarien standen, Zimmerpflanzen oder Meerschweinchenställe. Bei uns gab es keine Meerschweinchen. Auf einem großen Schild im Flur war eine Sonne zu sehen, darunter stand: »Es ist Sommer. Der Monat heißt Juni.«

Ich flüsterte: »Gibt es hier keine Pfleger?«

In diesem Moment ging eine Tür auf, und eine junge Frau kam auf uns zu. Sie trug eine weiße Hose und ein blaues Jackett, auf dem der Name der Klinik stand.

»Was suchen Sie denn um diese Zeit? Haben Sie sich verirrt?« Dann, misstrauisch: »Ich kenne Sie gar nicht.«

Was würde ein Patient antworten? Ich sagte: »Wir sind neu hier. Ich bin Rhett Butler, angenehm. Meine Kollegin Scarlett und ich drehen hier einen Film.«

Die Frau lächelte. »Wo ist denn das Drehteam? Keine Kamera, kein Film.«

»Die wollten Pause machen. Diese Nachtdrehs sind halt anstrengend.«

»Warten Sie doch hier, setzen Sie sich, da, neben das Aquarium. Ich telefoniere mal mit dem Regisseur. ›Vom Winde verweht‹, Momentchen, Regie Victor Fleming, oder?« Sie zog ein Handy aus der Jackentasche.

»Na hören Sie mal, Victor Fleming ist doch längst tot, wir machen das Remake, Regie Lars von Trier. Brauchen Sie seine Nummer?«

»Die hab ich.« Sie tippte auf ihrem Handy eine Nummer.

»Wir müssen abhauen«, zischte Monika.

Die Frau hielt ihr Handy ans Ohr, aber sie redete gar nicht in das Handy hinein, sondern sprach weiter mit uns.

»Ich mag Filme. Vor allem Animationsfilme. ›Ice Age‹, habt ihr den gesehen? Kommt doch mit in mein Zimmer, hier draußen kriegt ihr nur Ärger.«

Wir liefen los.

Als wir die Hauptpforte öffneten, heulte der Alarm los, aber bis zur Straße waren es wirklich nur ein paar Meter.

Monika küsste den Fahrer kurz auf den Mund und sagte: »Danke. Zu unserem Chateau, wenn's recht ist. Hast du die Pässe?«

Der Fahrer gab ihr schweigend einen Umschlag und fuhr los, nach ein paar Hundert Metern schaltete er die Scheinwerfer ein und fragte: »Wie soll's denn jetzt weitergehen?«

»Wir ruhen uns aus, bis die Aufregung sich gelegt hat. Das Haus liegt einsam?«

»Das schon. Aber ich konnte nicht wählerisch sein. Es ist eine Bruchbude. Der Makler war glücklich. Sechs Monate sind im Voraus bezahlt, die Quittung ist im Kuvert. Ich habe gesagt, dass ich international viel unterwegs bin. Das Haus brauche ich als deutsches Standbein. Wenn ich nicht da bin, nutzen meine Schwester und ihr Mann das Haus, die haben nur eine Zweizimmerwohnung und renovieren in meinem Auftrag. Der Kühlschrank ist voll. Im Schuppen stehen Fahrräder.«

»Wir dürfen nicht erkannt werden, hast du daran gedacht?«

»Ihr werdet Haarfärbemittel und Perücken und Frisierzeug finden, außerdem ein paar Klamotten, Brillen mit Fensterglas und Tönungscreme, macht euch hübsch zurecht. Schaut euch die Passfotos an, das sind Spanier, älter als ihr, der Typ hat einen grauen Bart.«

»Deine Schwester ist Spanierin, echt? Mit deutschem Pass?«

»Ich musste nehmen, was ich kriegen konnte. Der Makler hat sein Geld und kommt eh nicht vorbei.«

»Noch etwas?«

»Bleib friedlich, Toni. Bau keinen Scheiß. Und gib mir noch mal 20 000. Wenn du's nicht wärst, würd ich das Doppelte nehmen.«

Ich fragte: »Woher kennt ihr euch?«

Monika sagte: »Wir waren Geschäftspartner in der Pharmabranche. Dabei sind wir uns menschlich nähergekommen.«

Der Typ sagte zu mir: »Sei nett zu Toni. Die hat's nicht leicht gehabt.«

Monika lachte. »Wir hatten's doch alle nicht leicht, Karl.«

Dann bogen wir auf einen asphaltierten Waldweg.

TONI

Das Haus sah hübsch aus, große Fenster, ein Erker. Von dem einst blauen Anstrich war nur ein leichter Schimmer übrig, die dekorative Ahnung von Blau. Ein paar Dachziegel fehlten, eine der Fensterscheiben war durch eine Sperrholzplatte ersetzt worden. Die Einrichtung war augenscheinlich jahrzehntealt. Alles abgewetzt und dem Geschmack vergangener Jahrzehnte entsprechend, Blümchentapeten, schwere Polstermöbel, umringt von blätterlosen Pflanzenleichen, eine Plastikdecke auf dem Küchentisch, sogar eine Kuckucksuhr. Hier hatte wohl ein alter Mensch gelebt, nein, ein Paar, von dem am Ende eine Person übrig geblieben war, nachts am Küchentisch sitzend, vertieft in die Zwiesprache mit den Geistern der Vergangenheit. Dann, nach deren Tod, hatte hier längere Zeit niemand mehr gewohnt. Als überraschendes Highlight konnte diese Immobilie einen kleinen Pool vorweisen, vielleicht fünf auf fünf Meter und flach. Er war leer.

»Eine charmante Ruheoase mit viel Potenzial«, sagte Karl, ohne eine Miene zu verziehen, »ideal für begabte

Handwerker. Nur zwei Kilometer bis zu Einkaufsmöglichkeiten und dem Anschluss an den öffentlichen Nahverkehr. Drei Zimmer, Duschbad, Ölheizung. Keine direkten Nachbarn.« Dann stieg er wieder ins Auto.

»Die Kuckucksuhr muss weg«, sagte Monika.

Wir schauten uns im Garten um, der groß und verwildert war, ein Dschungel, durch den Trampelpfade führten. In einer Ecke des Gartens, kurz hinterm Zaun, hatten Leute Sperrmüll abgeladen, zum Beispiel alte Autoreifen und eine durchgerostete Spüle. Rund um die kleine Terrasse aus orangenen Fliesen hatte kürzlich jemand gemäht, der Makler vielleicht.

Monika sagte nachdenklich: »Wir sind so gerne in der freien Natur, weil diese keine Meinung über uns hat.«

Die Vorräte im Kühlschrank reichten bestimmt für einige Tage. Karl hatte sogar an Bettbezüge gedacht. Über dem Bett hing ein Ölbild, auf dem eine glutäugige dunkelhaarige Schönheit zu sehen war, die mit einer Hand ihr Haar zurückstrich. Vor ihr stand ein Glas mit Rotwein, der in der Sonne funkelte.

»In diese Richtung müssen wir uns optisch entwickeln«, sagte Monika, als sie vor dem Bild stand. »Sag von jetzt an Toni zu mir, das kommt von Antonia, *claro*?«

Ihre Hornbrille sah immerhin ähnlich aus wie das Exemplar auf dem Passbild. Die andere Frau besaß einen Leberfleck im Gesicht. Nachdem Toni den aufgemalt, ihre Haare schwarz gefärbt und roten Lippenstift aufgetragen hatte, war eine zumindest oberflächliche Ähnlichkeit zwischen Original und Kopie hergestellt. Um aus der leichten Ähnlichkeit eine mittlere zu machen, brauchte sie wirklich dringend ein paar Kilo mehr. »Ab heute gibt es drei Mal täglich Nudeln«, sagte Toni.

Bei mir war es schwieriger, mir mussten ein Vollbart und längeres Haar wachsen, es zu färben brachte erst mal nichts. Das Gesicht auf dem Foto wirkte streng und asketisch. »Du isst Nudeln, ich esse Fisch und Salat«, sagte ich. »Aber leider spreche ich kein Wort Spanisch.« Toni konnte zumindest ein paar Sätze.

»In Deutschland merkt das keiner. Du musst das R rollen und vor ›sp‹ immer ein ›e‹ einfügen.«

»Esparrkasse? Esporrtverrein?«

»*Muy bien.* Morgen kannst du als Torero anfangen.«

Im Haus gab es einen alten Fernseher und sogar einen Videorekorder, beide funktionierten zu unserer Überraschung. Im Wohnzimmerschrank stapelten sich verstaubte Videokassetten. Abends schalteten wir die Nachrichten ein. Über uns kam nichts.

»Sie möchten die Bevölkerung nicht beunruhigen«, sagte Toni verächtlich. »Das finde ich verantwortungslos. Die Regionalzeitungen bringen morgen natürlich Fahndungsfotos. Die *Bild*-Zeitung wird auch auf uns abfahren.«

In den nächsten zwei Tagen schliefen wir viel, sonst konnte man kaum etwas machen. Weder im Fernsehen noch im Radio wurde unsere Flucht erwähnt. Toni wirkte entspannt und schaufelte Nudeln in sich hinein. Am dritten Tag wurden die Nudeln knapp. Fisch und Salat hatten wir sowieso nicht.

»Ich geh dann mal einkaufen«, sagte Toni am vierten Morgen.

»Zu gefährlich«, sagte ich. »Außerdem ist noch genug

da. Probier den Dosenspeck, der hat auch massig Kalorien.«

»Igitt.«

Toni setzte sich nur ihre Perücke auf, die Schminkerei ödete sie an. »Ich hab ein bisschen was geraucht. Ein Geschenk von Karl, als kleiner Mutmacher, das schreibt er nicht auf die Rechnung. Tut mir leid, dass ich nicht geteilt habe.«

Dann setzte sie sich auf eines der Fahrräder. »Komm mit. Du brauchst Bewegung. Willst doch abnehmen.«

Sie wartete die Antwort nicht ab und fuhr schwankend los.

»Kannst du überhaupt fahren?«

»Wird man sehen.«

Ich hatte keine Zeit mehr. Es musste heute passieren. Ich musste es tun, bevor die Dinge durch Toni außer Kontrolle gerieten.

Sie kam erst am Abend zurück. Schon von Weitem hörte ich die Fahrradklingel. Offenbar versuchte sie, damit irgendein Lied zu spielen, die Melodie war aber nicht zu erkennen. Auf ihrem Rücken trug sie einen Rucksack und in der linken Hand einen Einkaufsbeutel, mit der rechten Hand steuerte sie das Rad, deutlich sicherer als am Morgen.

»Gute Neuigkeiten, Frankie. Ich hab uns Champagner mitgebracht. Und Fische für den Mann meiner Träume. Und Nudeln natürlich. Und allerlei mehr.«

Sie stieg ab. »Die sind total nett in dem Dorf. Ich hab auch ein paar Zeitungen dabei. Wir müssen es noch mal genau checken, aber anscheinend steht keine Zeile über uns drin. Bestimmt haben sie's vor drei Tagen gebracht. Inzwischen sind wir durch. So schnell, ich fass es nicht. Wie lange können Leute sich ein Fahndungsfoto merken? Ich tippe mal, zwölf Stunden.«

Sie kramte im Rucksack und fand eine Dose Cola mit Whisky. »Wenn ›XY...ungelöst‹ uns bringt, sind wir am Arsch. Das ist klar. So eine Sendung will aber gut vorbereitet sein, das dauert. Ich bin gespannt, wer uns spielt. Das sind ja leider immer unbekannte Darsteller. Woody Harrelson und Juliette Lewis wären die angemessene Besetzung.«

Sie ging auf mich zu und nahm meine Hand. »Bleib cool. Es gibt eine alte Telefonzelle im Dorf. Ich hab Karl angerufen. Der bringt uns noch mehr Zeug vorbei, auch was zur Hebung der Laune. Lieb von ihm. Vorher muss ich zu meinem Geldversteck. Karl würde mich sicher fahren, aber ich möchte ihn nicht in Versuchung führen, in keiner Hinsicht. Ich bin eine treue Seele, weißt du. Sag halt mal was.«

»Ich war auch ein paar Stunden weg.«

»Ach ja, ohne Verkleidung? Ich mag schneidige Burschen, aber das war wohl eher eine Torheit, *mi amor*.«

»Komm, ich muss dir jemanden vorstellen.«

Wir gingen ins Haus. Im Wohnzimmer saß mein Gast. Er aß Salzstangen und sah sich die »Sendung mit der Maus« an.

»Das ist Toni. Das ist Lucky.«

»Kann ich noch Nutella?«

»Kein Problem.«

Als Lucky versorgt war, zog Toni mich in die Küche. »Wie hast du das hingekriegt?«

»Ist doch egal.«

»Du erzählst mir das jetzt.«

»Nimm einfach an, dass ich weiß, wo seine Pflegeeltern wohnen, gar nicht weit von hier, und dass es dort nur einen Kindergarten gibt. Stell dir vor, dass ich eine halbe Stunde vor der Schließung dort war. Lucky hat ›Papa‹ gerufen, damit war alles klar. Die wussten, dass er ein Pflegekind ist, die Hintergründe kannten sie nicht. Es ist ein großer Kindergarten, alle Betreuer sind gestresst und froh, wenn sie Feierabend haben.«

»*Bullshit.* Diese Story glaubt dir nicht mal dein Therapeut.«

»Die Kurzversion geht so: Es ist eine Glückssträhne.«

»Aber ein Einkaufsbummel war zu gefährlich. Damit sind wir erledigt. Die wissen doch jetzt, dass wir in der Nähe sind. Kindesentführung! Die werden jeden Stein umdrehen. Spätestens morgen sind sie hier.«

»Ein guter Grund, den heutigen Abend zu genießen.«

Wir spielten zu dritt Fußball. Den Ball hatte ich aus Geschirrtüchern zusammengeknotet. Danach spielten wir ein selbst gebasteltes Memory auf dem Rasen, unter Geschirrtüchern lagen je zwei Löffel, zwei Messer, zwei Flaschenkorken und so weiter. Als ich Lucky ins Bett brachte, erzählte ich ihm Geschichten von seiner Mutter. Ich erzählte, dass Corazon eigentlich gar kein Kind wollte, aber dann kam er, und als sie ihn in ihrem Bauch spürte, sagte sie: »Na, den will ich!« Ich erzählte, dass sie eine große Künstlerin war, niemand wollte ihr das glauben, aber als die Leute Lucky gesehen haben, sagten sie: »Ein Kunstwerk, eindeutig.«

Es war zu erwarten, dass Lucky nach seinen Pflegeeltern fragt. Aber er hörte zu. Und ich redete, als ginge es um mein Leben, was ja auch irgendwie der Fall war.

»Du heißt Lucky, weil deine Mutter wollte, dass du immer Glück hast.«

»Das heißt, dass ich immer so viel Eis essen kann, wie ich will.«

»Genau. Falls Eis da ist. Aber wenn dir schlecht wird, musst du aufhören.«

Nach einer Weile schlief er ein. Ich ging in die Küche und trank anschließend auf der Terrasse mit Monika Champagner zu gegrilltem Fisch. Sie schien entschlossen zu sein, ihren Ärger herunterzuschlucken. Dass sie es tatsächlich konnte, war eine Überraschung.

Trotzdem sagte sie: »Wann erfahre ich eigentlich, was hier los ist? Irgendwas stimmt nicht, mit diesem Haus, damit, dass Lucky hier ist, obwohl wir kein Auto haben, damit, dass alles so glatt läuft, generell. Keine Lügen bitte, die kann ich auf den Tod nicht ab.«

»Aber es ist doch gut so, oder?«

»Ja, es ist gut. Zu gut. Mir ist das unheimlich.«

»Morgen erzähle ich alles. Morgen ist der große Tag.«

»Warum erst dann?«

»Indem ich es erzähle, verändert es sich. Ich will noch nicht, dass es aufhört.«

»Ich hab seit Tagen fast nichts genommen, ich hab nicht mal mehr die Tranquilizer und fühl mich trotzdem okay. Das kann eigentlich nicht sein. Folglich liege ich gerade auf der Intensivstation und halluziniere.«

»Du halluzinierst nicht. Schau mal, Vollmond.«

»Auch das noch.«

Dann wurde es Morgen, ein Morgen der sonnigen und warmen Sorte. Der ideale Morgen für ein Frühstück im Garten.

Zum Glück hatte Toni Cornflakes und Milch eingekauft, Lucky bekam zu Hause morgens Cornflakes. Gegen seine Pflegeeltern konnte man wirklich nichts sagen.

»Wann holen mich denn Beate und Clemens wieder ab?«

»Sicher bald. Wir können schwimmen, wir haben ein Schwimmbad hier. Ich muss nur mit dem Gartenschlauch Wasser einlassen.«

»Ich kann aber noch nicht schwimmen.«

»Das Wasser ist flach. Aber wir sollten ein Floß bauen.«

»Ein Floß? Womit bauen wir das?« Lucky war wie elektrisiert.

»Ich würde sagen, wir nehmen den Tisch aus dem Wohnzimmer. Der ist aus Holz. Und dazu nehmen wir einen Besen als Mast und hissen eine Fahne.«

»Aber der Tisch geht doch kaputt.«

»Das ist uns egal. Wir kaufen einen neuen Tisch.«

Toni sagte: »Neue Wege entstehen, indem wir sie gehen. Die alten Autoreifen aus dem Garten könntet ihr unter den Tisch binden, dann wird es ein perfektes Floß.«

Das Wasser war kalt. Toni fand einen Wasserkocher, nach etwa einem Dutzend Ladungen merkte man schon etwas, die Sonne besorgte den Rest. Das Floß schwamm.

Ich hatte anfangs Hemmungen, mich vor Lucky nackt zu zeigen, ich wusste nicht, ob er an Nacktheit gewöhnt war, und wollte ihn nicht erschrecken. Als er Toni sah, merkte ich, dass es ihm nichts ausmachte, er schaute kaum hin, es war nichts Neues für ihn. Er wirkte fröhlich und glücklich, während er versuchte, uns mit dem tropfnassen, schweren Stoffball zu treffen. Er hat wahrscheinlich noch nie Angst gehabt, dachte ich, ein bisschen vielleicht, das schon, aber nicht die Art von Angst, die du nicht los wirst und die dich bis zum Ende wie eine Marionette an ihren Fäden hält.

Gerade als wir mit dem Baden fertig und wieder angezogen waren, hupte es draußen.

»Da sind sie«, sagte Toni.

»Die hupen doch nicht. Ich hab gestern ein Taxi bestellt.«

»Das hättest du ruhig früher sagen können. Ich setz meine Perücke auf.«

»Nicht nötig. Ich bin eine Stunde weg, den Kleinen nehme ich mit.«

»Du bringst ihn zurück. Gute Idee.«

»Nein, ich bring ihn nicht zurück.«

»Was immer du vorhast, mach's nicht. Tu dem Kleinen nichts.«

»Ich tu ihm doch nichts.«

»Was immer du vorhast, mach's nicht. Die werden hier jeden Moment aufkreuzen. Sie sollen uns wenigstens zusammen erwischen.«

»Traust du mir?«

»Ich weiß es nicht. Wir sind beide immer noch ein bisschen labil, oder?«

»Der Mietvertrag läuft auf Karl. Kein Nachbar kann

uns hier sehen. Gibt es eine polizeibekannte Verbindung zwischen dir und Karl?«

»Ich glaube nicht. Natürlich durchkämmen sie verlassene Immobilien, das ist doch Routine. Hier ist niemand polizeilich gemeldet. Und sie befragen Leute.«

»Niemand wird sich an uns erinnern.«

»Wieso, verdammt?«

Lucky sagte: »Ich bin noch nie Taxi gefahren.«

»Dann mal los. Taxifahren macht Spaß.«

Es dauerte dann doch fast drei Stunden, bis wir zurückkamen. Ich ging mit dem Koffer voran. Toni saß vor dem Fernseher. »Alles ruhig an der Front, kein Wort über die Entführung.«

»Sie wissen nichts. Wir sind in Sicherheit.«

»Karl war da. Ich muss morgen Geld holen.«

»Nicht nötig. Karl wird sich nicht erinnern.«

»Das ist nicht seine Art.«

»Glaub mir.«

Maria lebte allein, in einer Einzimmerwohnung, Hochparterre, nicht weit vom Fluss. Gehen fiel ihr schwer. »Da bist du ja«, sagte sie.

»Das ist mein Sohn Lucky.«

Sie kniete sich mühsam hin und nahm ihn in den Arm. »Ich hab gar kein Willkommensgeschenk für dich. Moment, da fällt mir etwas ein.« Sie kramte in ihrem Schrank. »Das ist mein alter Teddy, er heißt Winnie. Er hat nur ein Auge, das andere hat er im Krieg verloren.«

»Ist ein Teddy mit einem Auge wertvoller?«

»Die sind selten.«

»Was hat dein Teddy denn im Krieg gemacht?«

»Er hat auf mich aufgepasst. Deshalb lebe ich noch, und deshalb lebst du. Winnie bringt Glück.«

»Teddys leben aber nicht.«

»Nein, die leben von allein nicht, aber du kannst sie lebendig machen. Wenn du es willst, leben sie. Ob Winnie lebt, darfst von jetzt an du entscheiden.«

»Er soll leben.«

Am Abend grillten wir auf der Terrasse den Dosenspeck, Zucchini aus dem Garten, den restlichen Fisch und für Lucky ein paar Marshmellows, die ich mitgebracht hatte. Lucky saß mit Winnie auf Marias Schoß, Toni lehnte an meiner Schulter und steckte mir hin und wieder mit den Worten »Igitt, was für eine Sauerei« ein Stück Dosenspeck in den Mund. Ich fütterte sie mit gegrillten Zucchini.

Lucky wollte von Maria Kriegsgeschichten hören.

»Wir mussten als Kinder manchmal in den Bunker. Das ist ein Raum unter der Erde. Mit dicken Mauern, damit die Bomben nicht durchkommen.«

»Hast du Angst gehabt?«

»Und wie. Ein guter Freund von mir, der schon erwachsen war, hat Bomben geschmissen. Ich habe ihn gefragt, warum er das tut. Ihr macht doch alles kaputt. Gregory hat gesagt, der Krieg soll aufhören. Damit er aufhört, müssen wir gewinnen. Es gibt keinen anderen Weg. Krieg hört erst auf, wenn einer gewinnt.«

»Stimmt das?«

»Nicht immer.« Sie unterhielten sich noch eine ganze Weile, dann merkte ich, dass Maria mit ihren Kräften am Ende war. Ich machte ihr im Wohnzimmer das Bett, auf dem Sofa. Maria sagte: »Darf ich eine Weile bei euch bleiben?«

»Solange du willst. Der Kleine würde sich freuen. Ich auch.«

»Mache ich es jetzt besser?«

»Besser geht es nicht.«

Als ich zu Toni zurückkam, sagte sie: »Ich muss dir etwas gestehen.«

»Ja, ich empfinde das Gleiche für dich.«

»Nicht das, Idiot. Ich habe keinen umgebracht. Das war bloß Gerede. Ich bin eine stinknormale Drogenabhängige mit einem standesgemäßen Strafregister und einer schweren Schacke, ein bisschen aggro, wenn es die Richtigen trifft, ein bisschen Körperverletzung, aber nie was Letales. Hannibal Lecter würde mich nicht mal mit dem Arsch angucken, so weit unten stehe ich in seiner Werteskala, die ich selbstverständlich mit der angemessenen Abscheu verurteile. Obwohl man ihm im Kino gern zugesehen hat. Musst keine Angst haben, Frankie. Obwohl, ein bisschen Angst vor mir zu haben schadet nie.«

»Du hast es eben schwer gehabt. Nicht jeder kommt damit so gut klar wie ich.«

»Es ist durchaus nicht nötig, nicht einmal erwünscht, Partei für mich zu nehmen. Eine Dosis Neugierde, wie vor einem fremden Gewächs, wäre eine intelligentere Haltung zu mir.«

»Das Einzige, was an dir nervt, sind deine Nietzsche-Zitate.«

»Mein gutes Gedächtnis und meine profunden Nietzsche-Kenntnisse sind eben mein Unique Selling Point, damit habe ich Hunderte Männer rumgekriegt. Aber du bist der Einzige, der die Zitate erkennt, das scheint dein Unique Selling Point zu sein. Mal sehen, ob von dir noch ein bisschen mehr kommt.«

»Ich muss dir auch etwas gestehen.«

»Bloß nicht.«

Inzwischen war es fast dunkel. Lucky hatte sich auf dem gemähten Teil der Wiese hingelegt und war eingeschlafen, ich hatte eine Decke über ihm ausgebreitet. Plötzlich schreckte er hoch und sagte: »Leute kommen.« Dann rollte er sich wieder zusammen, wie ein kleines Tier.

Die Geräusche kamen näher, jetzt hörten wir sie auch. Stimmen, Gelächter, eine Gruppe.

»Sie lachen«, sagte Toni, »weil sie mich noch nicht kennen.«

Hemingway trat als Erster auf die Lichtung. »Frank, ich habe dir in Richies Namen versprochen, dass ich für dich da bin, wenn du mich brauchst. Lust auf eine Runde Skat?«

»Wir brauchen den dritten Mann.«

»Kein Problem.«

Richie sah gut aus, verjüngt, er trug eine Kiste mit Getränken. »Ich hab mir sagen lassen, dass du gar nicht so schlecht spielst.« Er klopfte mir auf die Schulter. »Ich lass dich auch mal gewinnen. Mein Junge soll's gut haben. Fragt die Hebamme den jungen Vater: Spielen Sie Skat? Er sagt, ja, gerne. Darauf die Hebamme: Glückwunsch, Sie haben vier Buben.«

Dann sah ich Corazon. Sie fragte: »Wo ist Lucky?«

»Er schläft, da, im Gras.«

»Weiß er von mir?«

»Er denkt oft an dich.«

»Morgen werden wir zusammen aufwachen.« Corazon ging zu Lucky und legte sich neben ihn ins Gras. Sie schlang ihre Arme um ihn und flüsterte ihm etwas ins Ohr. Lucky schlug kurz die Augen auf, dann nickte er wieder ein. Hemingway breitete eine zweite Decke über die beiden.

Die Nacht war warm. Alle saßen draußen, auf Stühlen und der Wohnzimmergarnitur, die Toni, Hemingway, Richie und ich hinausgeschleppt hatten. Greta saß neben Toni, sie redeten miteinander. Als sie mich sah, winkte mich Greta herbei und wollte aufstehen, aber Toni hielt sie zurück. »Frank und ich müssen erst etwas besprechen.«

Wir setzten uns an den Rand des Pools.

»Du hast recht. Die werden uns nie kriegen.«

»Wir sind hier sicher.«

»Der alte Hippie, der mit dem Bier, ist doch wohl dein Vater. Wer ist das dreißigjährige Pin-up-Girl, das er gerade angräbt?«

»Immaculata. Die frühere Klassenlehrerin meiner Mutter.«

»Wo sind wir? Im Jenseits? Den Tod hab ich mir weniger gesellig vorgestellt.«

»Ihr seid meine Erinnerungen. Und das, was ich über die Erinnerungen meiner Mutter zu wissen glaube. Ein paar Erinnerungen hab ich auch erfunden, vor allem, um's mir ein bisschen schöner zu machen.«

»*Bullshit.* Ich bin doch da, ich sitze vor dir. Ich hab selber jede Menge Erinnerungen. Ich bin kein Gespenst, kneif dich mal.«

»Du bist keine Erfindung. Weißt du noch, wie ich zu Hause abgehauen bin, ohne Plan, und einfach bei dir vor der Tür gestanden habe? Du hattest deinem Vater seine teuerste Whiskyflasche auf den Kopf gehauen. Zwei Tage später oder so solltest du in den Entzug kommen.«

»Ich war froh, obwohl du gestunken hast. Ich hab dir meinen Teddy geschenkt. Das historische Duschdebakel war eine Scharte, die ausgewetzt zu werden verdiente. Haben wir's eigentlich gemacht, damals? Ich weiß es nicht mehr, da ist eine Leerstelle, koitale Amnesie.«

»Wir waren verliebt.«

»Liebe ist der Zustand, wo der Mensch die Dinge am meisten so sieht, wie sie nicht sind. »

»Deinen Teddy habe ich Nietzsche genannt. Du bist in dieser Nacht eingeschlafen. Du hattest jede Menge Zeug geschluckt, ich wusste nicht, was. Ich habe dir einen Zettel hingelegt und bin früh am Morgen gegangen. Du hast dich nie gemeldet. Jahre später habe ich erfahren, dass du an diesem Morgen an der Überdosis gestorben bist. Das ist die Schuld, die ich in mir trage. Weil ich die Macht dazu habe, lebst du jetzt wieder. Hier ist der Ort, wo man die zweite Chance kriegt.«

Toni wiegte sich im Sitzen hin und her, hin und her, immer wieder, so kannte ich das von früher.

»Du hast Corazon nicht wirklich umgebracht, oder?«

»Nur im Kopf. Ich mache Tote lebendig und lasse Lebende sterben.«

»Warum hast du es denn im Kopf getan?«

»Ich wollte ausprobieren, wie es wäre, ein anderer zu sein, einer von den vielen, die ich hätte sein können. Kein

Besserer, nur ein anderer. Dazu habe ich Corazon erschaffen. Ich bestimme hier die Regeln. Niemand sonst. Wenn ich Lust habe, eine Tür zu verschließen, dann tue ich es. Davon habe ich immer geträumt.«

Sie verstand sofort.

»Das heißt, wir werden alle verschwinden, wenn du mit uns fertig bist.«

»Ihr werdet erst verschwinden, wenn ich sterbe. Morgen gehe ich zurück in die andere Welt. Heute feiern wir. Ich habe mir vorgestellt, dass wir uns alle kennenlernen, wie der Cast bei einem Film. Zum Abschluss der Dreharbeiten feiern die auch immer. Fred will ich kennenlernen, und Gregory, Luzia und Rosalie, ich will wissen, ob ich alles richtig beschrieben habe. Ich will wissen, wie es Said, Greta und Corazon geht. Ich will mich von Lucky verabschieden, morgen, bevor ich zurück in die andere Welt gehe.«

»Nimm uns mit.«

»Ihr seid immer da. Manchmal spüre ich euch. Ich schrecke im Schlaf auf, weil eine Hand mich berührt, weil ich einen vertrauten Atem spüre, ich bin dann wieder drei, oder sechs, oder, wenn du da bist, größer, siebzehn, ich höre von fern eine Stimme, spüre einen Schlag, immer ins Gesicht, ihr seid immer da, dann schreie ich vor Schmerz und vor Sehnsucht, und es dauert Minuten, bis ich euch wieder verliere, bis ihr mich wieder loslasst. Ich will euch dann folgen, trotz meiner Angst. Ich werde oft wach als das Kind, das ich war, und hoffe, es zu bleiben, damit am Ende vielleicht doch alles gut wird, damit wir neu anfangen, bevor die Albträume wiederkommen, Nacht für Nacht für Nacht.«

Maria lag auf dem Sofa und atmete regelmäßig. Ich flüsterte ihr ins Ohr: »Hast du auch Angst gehabt?«

»Ja. Und Wut.«

Ich ergriff ihre Hand. »Ich auch. Es ist vorbei.«

Sie schlug ihre Augen auf und schaute mich an. Ich glaube, sie hat verstanden, was ich meinte.

Epilog

Als ich meine Mutter besuchte, erkannte sie mich nicht. Sie versuchte, es zu überspielen, aber ich merkte es, als sie nach mir fragte. Sie fragte mich, wie es dem Mann wohl gehe, der meinen Namen trägt. Den habe sie lange nicht gesehen. Sie erinnerte sich noch an mich, obwohl sie mit dem realen Bild, das auf ihrer Netzhaut erschien, nichts mehr anfangen konnte.

Die meiste Zeit schwiegen wir. Ein Pfleger hatte mir gesagt, dass ich sie nicht anfassen darf, wegen der ansteckenden Krankheit, die so vieles verändert hat. Es sei für alle im Heim besonders schwierig, bei ihr die neuen Regeln einzuhalten, sie suche ständig Körperkontakt. »Sie will Nähe«, sagte der Pfleger. »Sie hat Angst, wenn sie allein ist.« Als es ihr noch besser ging, hat sie oft versucht, mich zu umarmen. Ich habe sie zurückgestoßen oder mich steif gemacht, hart und kalt, anders konnte ich ihre Nähe nicht aushalten. Sie tat immer so, als ob sie es nicht merkte. Nun wäre ich dazu in der Lage gewesen, sie anzufassen, durfte aber nicht mehr.

Ich hatte ihr ein altes Fotoalbum aus ihrer Wohnung mitgebracht, mit Bildern aus ihrer Kindheit. Sie als Kind. Zöp-

fe, ein ernstes Gesicht, fast wie eine Erwachsene. Die Tante, bei der sie nach dem Krieg wohnte, viel jünger aussehend, als ich es erwartet hatte. Die Bar der Tante, über der das Zimmer meiner Mutter lag. Ich spürte, wie sich etwas in ihr bewegte, sie blätterte mit zitternden Händen vorsichtig um, sie lächelte, als sie sich selbst sah, mit elf Jahren, vor der Bar. Ihr Lippen bewegten sich, sie suchte nach Worten.

»Gibt es das noch? Steht das Haus?«

»Ja«, sagte ich und log. Dann wurde sie mit ihrem Rollstuhl weggeschoben. Sie drehte sich nicht um.

Sie wird nie wissen, dass ich eine Geschichte erzählt habe, die nicht ihre ist, sicher nicht die Wahrheit, nur eine von mehreren möglichen Versionen, meine Version. Man erzählt Geschichten, um einen Sinn und eine Struktur in etwas zu finden, auch, um sich zu trösten. Das auch.

Ich fuhr in das Viertel, wo ich herkomme, es gibt dort jetzt teure Lokale, die Mieten sind hoch. Eine der alten Rotlichtbars steht noch unverändert da, so ähnlich ist es bei Rosalie gewesen. Heute treten dort Bands auf. Nicht weit davon steht die Kirche, in der ich als Kind oft war und darum betete, dass sie mich nicht mehr schlägt. Einmal habe ich darum gebetet, dass sie stirbt.

Es zieht mich immer wieder zurück an diese Orte meiner Kindheit. Immer wieder fahre ich zurück an den Ausgangspunkt, als ob ich dort neu anfangen könnte, gehe meinen alten Schulweg, stehe vor Häusern, in denen ich einmal gelebt habe, manchmal laufe ich stundenlang ziellos durch dieses Viertel. Ich besuche den kleinen Jungen, der ich war und der dachte, es hört niemals auf, und ich weiß, wo ich ihn immer finden kann.

Jedes Mal beende ich meine Wanderung in einem bestimmten italienischen Restaurant. Es war der erste Italiener, der sich in unserer Stadt niedergelassen hatte, er heißt noch so wie damals. Die Kellner geben mir immer den kleinen Tisch neben der Tür, fast immer bin ich der einzige Gast ohne Begleitung. Ein Mann, der gern allein ist, neben der Tür sitzt und beobachtet und sich dabei in einen anderen verwandelt. Nichts an der Einrichtung scheint sich verändert zu haben, es gibt sogar noch die bauchigen Flaschen mit den Tropfkerzen, die Pizza schmeckt noch heute so, wie ich sie in Erinnerung habe. Vielleicht mache ich mir all das auch nur vor. Auf der Karte stehen Cassata und Zabaione, wie damals. An den Wänden hängen ein paar alte Fotos von Prominenten, die, was mich wundert, an diesem unglamourösen Ort einst gespeist haben. Ein Bundeskanzler, ein berühmter Fußballtrainer, eine Sängerin, ein Entertainer.

In diesem Restaurant sind meine Eltern mit mir zum ersten Mal ausländisch essen gewesen. Die beiden waren noch zusammen, ich muss also sehr jung gewesen sein. Sie hatten sich schick gemacht, in meiner Erinnerung trägt mein Vater Krawatte und sein schwarz-weiß kariertes Jackett, mein Lieblingsjackett. Meine Mutter war schön, wie immer. Sie unterhielten sich ganz friedlich, sie lachten miteinander, zum Nachtisch bestellten sie Obstsalat. Die Soße bestand aus einem süßen Wein, Marsala, ich durfte probieren. Meine Mutter und mein Vater hielten Händchen. Es war das einzige Mal, dass ich sie bei einer Zärtlichkeit beobachtet habe. Auf dem Nachhauseweg, ein paar Hundert Meter nur, fassten sie beide meine Hände, links und rechts, auch dies zum einzigen Mal, an das ich mich erinnere. Jedes Mal überwältigt mich die Erinnerung an diesen Abend, ich bin süchtig danach, ihre warmen, weichen Hände in meinen Händen zu spüren, und wenn ich sterbe, wird dies die letzte Erinnerung sein, die in meinem Kopf aufleuchtet, bevor ich endgültig allein bin.

Alles andere ist nicht der Rede wert.